Lars Szuka

Das Spiel
Die Auserwählten

Teil 1

novum pro

Bibliografische Information
der Deutschen Nationalbibliothek:

Die Deutsche Nationalbibliothek
verzeichnet diese Publikation in der
Deutschen Nationalbibliografie.
Detaillierte bibliografische Daten
sind im Internet über
http://www.d-nb.de abrufbar.

ISBN 978-3-99003-000-4
Lektorat: Ursula Schneider

Gedruckt in der Europäischen Union
auf umweltfreundlichem, chlor- und
säurefrei gebleichtem Papier.

www.novumpro.com

AUSTRIA · GERMANY · SWITZERLAND · HUNGARY

Inhaltsverzeichnis

Kapitel 1

Der Alte

Amerika – vor sehr langer Zeit

Sie hatten ihn gefunden.

Mit gehetzten Schritten floh der Alte über das Felsplateau. Noch war er seinen Verfolgern voraus. Wie weit, vermochte er nicht zu schätzen. Seine Flucht führte ihn Richtung Norden auf eine Hochebene. Seine wenigen Habseligkeiten musste er zurücklassen, geblieben war ihm die verschlissene Kleidung an seinem Körper. Die einzigen Wertgegenstände waren ein Schwert und ein goldenes Medaillon, welches um seinen Hals hing. Gegen die Kälte schützte ihn lediglich eine alte Wolljacke. Seine grauen, langen Haare waren zu einem Zopf geflochten und genauso verfilzt wie sein grauer Bart, der an der Spitze zusammengebunden war. Ein reinigendes Bad lag schon Wochen zurück. Es regnete in Strömen und die Kleidung wie auch die Haare klebten dem Alten auf seiner Haut. Mit langen Schritten näherte er sich seinem Ziel.

Um sein rechtes Knie hatte er eine Art Verband gebunden, bestehend aus einem nun fehlenden Stück seines Hemdes. Der Verband, von Blut durchtränkt, deckte eine Verletzung des Knies ab, die er sich auf der Flucht zugezogen hatte. Sein Knie schmerzte. Doch körperliche Schmerzen konnten den Alten nicht aufhalten.

Seine Schritte wirkten trotz der Verletzung und der nun schon lange andauernden Flucht erstaunlich kraftvoll und seine Füße fanden auch auf dem vom Regen aufgeweichten Boden sicheren Halt.

Auch wenn er für sein Alter erstaunlich ausdauernd war, wusste er, dass er dieses Tempo nicht mehr lange durchhalten konnte. Seine Lungen brannten und Seitenstiche quälten ihn. Sein Körper schrie nach einer Pause, sein Verstand trieb ihn jedoch weiter.

Äußerlich wirkte der Alte gebrechlich und sein knochiges Gesicht und der dünne Körperbau zeigten, dass er sich in letzter Zeit viel zu schlecht ernährt hatte. Niemand würde in ihm einen großen Krieger vermuten. Nur seine tief grünen Augen zeugten noch von diesem Mann. Augen mit einem unerschütterlichen Blick. Dieser Blick hatte in kriegerischen Zeiten bei vielen Menschen mehr Einfluss ausgeübt als ein Trupp mit Schwert und Streitaxt bewaffneter Krieger.

Das goldene Medaillon hing an einer silbernen Kette um seinen Hals und schlug bei jedem Schritt gegen seine Brust.

Der Untergrund veränderte sich. Der Anstieg war vorüber und jetzt ging es langsam bergab. Der Boden war auf dieser Seite des Berges fester und durch den Regen hatten sich schon größere Pfützen gebildet. Die Gewissheit, den höchsten Punkt erreicht und von nun an den leichteren Weg vor sich zu haben, gab dem Alten neue Hoffnung.

Diesen Teil des Gebirges kannte der Alte gut. Vor ein paar Wochen war er aus östlicher Richtung an dieser Stelle vorbeigekommen. In unmittelbarer Nähe hatte er genächtigt.

Während seiner langen Flucht hatte er die Fähigkeit entwickelt, sich seine Umgebung dauerhaft einzuprägen. So konnte er seinen Verfolgern zu jeder Zeit entkommen.

Den jetzigen Verfolgern, das wusste er, konnte er sich nicht stellen. Nicht an einem solchen Ort. Ihm blieb nur die Flucht. Und dem Ausweg aus dieser Situation kam er nun immer näher.

Der Alte musste den nun größer werdenden Pfützen aus eiskaltem Wasser ausweichen. Ob seine Feinde aufholten, wusste er nicht. Jedoch weit konnten sie nicht hinter ihm sein. Doch hinter der nächsten Baumreihe musste er sein Ziel schon erkennen können. Dieses Ziel war eine zur Hochebene führende Hängebrücke. Wenn er es schaffen würde, die Brücke zu überqueren, fing nach kurzer Entfernung ein großes Waldgebiet an.

Dort, wusste er, war er vorerst in Sicherheit. In einem solch dichten Wald würden sie es nicht wagen ihn anzugreifen.

Der Alte, mit der Gewissheit, seinem Ziel nahe zu sein, legte nun trotz größter körperlicher Qualen an Tempo zu. Schon in kürzester Zeit würde er sein Ziel sehen können.

Er rannte nun um die Baumreihe und schlug den Weg Richtung Westen ein. Als die Brücke in Sichtweite kam, verlangsamte er seine Schritte. Er wurde immer langsamer, bis er schließlich stehen blieb. Was er da sah, ließ sein Herz stillstehen. Seine Augen blickten entsetzt auf die Überreste der zerstörten Hängebrücke. Die Seile der Brücke wurden ursprünglich auf jeder Seite der Schlucht mit Holzpfählen gehalten. Sie überspannten die Schlucht und eine Reihe von Holzlatten war in kurzen Abständen daran befestigt.

Zwar war die Hängebrücke schon älter, aber das Holz befand sich trotz des Klimas hier oben noch in gutem Zustand. Es hätte den Alten mit Sicherheit getragen. Doch irgendjemand hatte die Holzpfähle aus dem Boden gezogen und die Seile auf dieser Seite abgeschnitten. Die Überreste der Konstruktion hingen nun an der Felswand der gegenüberliegenden Seite und große Teile der Brücke waren in die Schlucht gestürzt.

Er war in der Falle.

Für den Bruchteil einer Sekunde dachte er über eine andere Möglichkeit nach, um die Schlucht zu überqueren. Doch dafür war die andere Seite der Hochebene zu weit entfernt. Und ein anderer Ausweg war nicht möglich.

Wer für die Zerstörung verantwortlich war, wurde dem Alten sofort klar. Nur seine Verfolger konnten dies getan haben, um ihn in eine Falle zu locken. Und genau in diese war er blindlings hineingetappt. Der Alte wusste, was dies bedeutete, die Jagd war vorüber. Jetzt würde es zu Ende gebracht.

Er zog an der Kette und nahm sein Medaillon unter dem Hemd hervor. Mit seinen Fingern strich er Regentropfen von dem runden Schmuckstück und schaute auf das goldene Symbol in der Mitte. Hunderte Male hatte er es in Händen gehalten und angeschaut. Und jedes Mal sah es für ihn anders aus. Es schien so, als ob das Medaillon die Gefühle des Betrachters ausdrücken könnte.

Der Puls des Alten verlangsamte sich und das Brennen der Lunge und die Seitenstiche waren verschwunden. Sein Knie klagte jedoch nach der Anstrengung umso mehr. Er versuchte, die Schmerzen zu ignorieren. Für einen Moment überlegte er, während er das Symbol berührte, ob es nicht wenigstens für seinen treuen Gefährten einen Fluchtweg gab. Doch er wusste, sein Gefährte würde in dieser Situation nicht von seiner Seite weichen. Zu viele Schlachten hatten sie gemeinsam geschlagen. Zu vielen Gefahren waren sie beide zusammen entkommen. Sie ergänzten sich bei jedem Kampf besser. Es war mehr als eine einfache Freundschaft zwischen ihnen entstanden. Es bildete sich in den letzten Monaten ein unzertrennliches Band. Und auch das Bevorstehende konnte diesen Zusammenhalt nicht zerstören.

Während der Alte dort stand und das Medaillon betrachtete, hörte er hinter sich ein tiefes, unmenschliches Knurren. Sein Herzschlag fing augenblicklich an zu rasen. Eiskalt lief es ihm den Rücken herunter. Die Zeit war gekommen. Er schaute ein letztes Mal auf das Schmuckstück in seiner Hand und steckte das Medaillon wieder unter sein Hemd. Mit seiner rechten Hand zog er sein Schwert aus der Scheide. Er war bereit für das, was ihn nun erwarten würde, und er wusste, dass er nicht alleine war. Langsam, sehr langsam drehte der Alte sich um.

„Nun, mein Freund“, flüsterte er, „kommt unser Ende. Danke für deine unerschütterliche Treue.“

Der Alte wusste, dass er nun seinem Albtraum entgegentreten würde. Die einzige Person, die ihn davor hätte beschützen können, hatte ihn verraten. Doch in diesem Moment verzieh er dieser Person. Er hatte sein Vermächtnis hinterlassen. Auf eine Art und Weise, wie es seine Feinde niemals erwartet hätten.

Er war bereit.

Er hob sein Schwert und wartete auf den Angriff.

Kapitel 2

Jack Norrick

Amerika Humble bei Houston – heute

Jack Norrick hatte einen Fehler gemacht. Genau genommen waren es mehrere. Aber der letzte hatte jetzt Vorrang. Er bestand darin, dass er überhaupt aufgewacht war. Denn ihn quälten ein tierischer Kater und rasende Kopfschmerzen.

Der Kater resultierte aus einer wahren Horde anderer Fehler am Vorabend. Die Kopfschmerzen, die er verspürte, waren wirklich schlimm, sehr sogar. Jack hatte große Lust zu sterben. Konnte Denken Schmerzen verursachen?, fragte er sich. Anscheinend schon. Denn je mehr Gedanken sein Brummschädel zu verarbeiten suchte, desto mehr wurde er durch die Schmerzen gequält. Doch ein Gedanke drängte alles Selbstmitleid zur Seite. Und dieser Gedanke war: nie wieder Alkohol, und: Peter Morgan soll der Teufel holen.

Peter Morgan war Jacks bester Freund. Und Peter hatte einen großen Anteil an Jacks jetzigem Zustand. Als Jack Sarah erzählt hatte, dass Peter ihn darum gefragt hätte, mit ihm etwas trinken zu gehen, war Sarah alles andere als begeistert gewesen. Aber da Jack ansonsten kaum unter Leute kam, hatte Sarah gesagt, dass sie eh am Wochenende einige Besorgungen machen wolle und dann ihre Mutter besuchen gehen würde, damit Jack sich in Ruhe ausschlafen könne.

Sarah konnte Peter nicht besonders leiden. Jedes Mal, wenn Jack und Peter ausgingen, was alle vier Monate einmal der Fall war, passierte annähernd das Gleiche.

Jack kam sehr spät nach Hause, hatte morgens einen schrecklichen Kater, gepaart mit schlechter Laune, Selbstmitleid und dem Gedanken: nie wieder Alkohol, und: Peter Morgan soll der Teufel holen.

Peter und Jack kannten sich schon eine Ewigkeit. Jack war Peters Trauzeuge bei der ersten und dritten Ehe gewesen. Bei der zweiten wollte Peter jemand anderen als Trauzeugen, denn Jack bedeutete wohl ein schlechtes Omen. Doch zwei Jahre später, als auch die zweite Ehe gescheitert war und die dritte vor der Tür stand, meinte Peter, dass er sich wohl doch geirrt habe und Jack als sein allerbester (und einziger) Freund den Job doch noch mal machen solle. Peter war als Ehemann alles andere als geeignet. Warum er überhaupt geheiratet hatte, war für Jack schon immer ein Rätsel gewesen.

Peter war, wie Jack, fünfunddreißig Jahre alt. Und damit erschöpften sich ihre Gemeinsamkeiten aber auch schon. Beide hätten unterschiedlicher nicht sein können. Peter war Buchhalter bei Microsoft und genauso sah er auch aus. Er war mit seinen 1,60 m relativ klein und hatte mit fünfunddreißig kaum noch Haare, dafür aber umso mehr Bauch, was Jack aufgrund Peters Lebensweise nicht verwunderte. Peter ernährte sich hauptsächlich von Fast Food, wenn er nicht gerade eine Ehefrau hatte, die für ihn kochte. Er war unsportlich, immer mies gelaunt, schlecht gekleidet und hatte einen schwarzen Humor, den kaum einer mochte. Besonders seine drei Ex-Frauen nicht.

Aber Peter war ein Arbeitstier. Als Buchhalter war er ein echtes Ass. Es gab nichts, wofür Peter eine solche Ausdauer und Hingabe aufbringen konnte wie für seine Geschäftsbuchprüfungen, und schon gar nicht für seine Ehefrauen. Nach dem Carlsonskandal wurde er zum Chefbuchprüfer der Akquisitionsabteilung ernannt. Aufgrund seiner mangelnden Teamfähigkeit hatten seine Vorgesetzten ihm in weiser Voraussicht keine Führungsaufgaben zugeteilt. Und damit konnte er völlig in seiner Lieblingsbeschäftigung aufgehen und Listen bearbeiten und prüfen, wie es ihm gefiel.

Wie Peter damals Rob Carlson auf die Schliche gekommen war, blieb bis heute sein Geheimnis. Weder seinen Vorgesetzten noch Jack hatte er verraten, wie er Robs System entschlüsselt hatte. Den Vorgesetzten war das egal. Für sie waren nur die fünfzig Millionen Dollar wichtig, die Carlson unterschlagen hatte.

Peter sah äußerlich nicht aus wie ein Partylöwe. Aber alle paar Monate kam er aus seinem Kämmerchen, schmiss sich in sein Hawaiihemd und überredete Jack, mit ihm über die Dörfer zu ziehen.

Jack und Peters Freundschaft war etwas Besonderes. Sie konnten sich Monate nicht sehen, dennoch waren sie immer beste Freunde und würden es auch bleiben. Hatten sie sich lange nicht getroffen, hatte Jack das Gefühl, dass er mit Peter erst gestern zusammen war. Peter schien wie ein Körperteil von Jack zu sein, den man nur wahrnimmt, wenn er schmerzt. Keiner von beiden machte deshalb dem anderen Vorwürfe. Beide genossen es, keine Rechenschaft ablegen zu müssen.

Jedes Mal, wenn beide zusammen ausgingen, schwor Jack sich selbst und Sarah, es nicht zu übertreiben. Aber schon nach kurzer Zeit mit Peter und seinem Hawaiihemd waren alle Versprechungen vergessen. Sonst war er alles andere als leicht zu beeinflussen. Nur Peter schaffte es, dass er nicht lange standhaft blieb. Der Teufel wusste, warum.

Jack war schon immer gut in der Schule gewesen und ein außergewöhnlicher Sportler. Dennoch trieb er jeden Trainer in den Wahnsinn. Er war in allen Sportarten überdurchschnittlich begabt und in den meisten brillant. Er hatte nicht nur eine perfekte Körperkoordination, sondern auch pfeilschnelle Reflexe.

Innerhalb von nur drei Wochen wollte ihn der Footballtrainer der Highschool zum Quarterback machen, obwohl der damalige Quarterback zwei Jahre älter als Jack war und ein Sportstipendium in der Tasche hatte. Jack hörte nach sechs Wochen mit Football auf.

Innerhalb von zwei Wochen war er Stammspieler im Basketballteam, obwohl alle Spieler ihn mindestens um einen Kopf überragten, doch er beendete seine Karriere nach sieben Wochen. Die Trainer redeten sich den Mund fusselig, bedrängten Jack weiterzumachen, versuchten seinen Vater zu überreden.

Doch Jack hatte seinen eigenen Kopf. Und sein Vater ließ Jack dessen Entscheidungen schon immer selber treffen.

Keine Sportart führte er länger als ein paar Monate aus. Nicht weil es ihm keinen Spaß machte, sondern weil er eine Herausforderung suchte, von der er nicht mehr loslassen wollte. Er sagte immer: „Ich suche noch meine Sportart." Und so probierte er alles Mögliche nur zum Spaß aus: Leichtathletik, Squash, Tennis, Volleyball, Schwimmen, Judo, Tanzen, Freeclimbing, Fechten, Schach, Tauchen und ein paar andere.

Jack fragte sich, ob wohl genügend Aspirin im Hause sei und wo die wohl steckten. Er öffnete die Augen und sofort vervielfachten sich seine Kopfschmerzen und ihm wurde schlecht. Er atmete tief durch, schaute sich um. Er lag im Ehebett. Das war gut.

Der Ort, an dem er geschlafen hatte, spiegelte gewöhnlich seine noch zu erwartende Kopfschmerzintensität wider. Ehebett bedeuteten starke Kopfschmerzen. Sofa waren sehr schlimme, verbunden mit fürchterlichen Magenschmerzen, Badewanne richtig schreckliche mit grausamen Magenkrämpfen den ganzen Tag lang. Und Küchenboden war das Allerschlimmste.

Jack lag noch eine Zeit lang ohne jegliche Regung wach. Als seine Schmerzen nicht besser wurden, beschloss er doch, auf die Suche nach Aspirin zu gehen. Im Zimmer war es halb dunkel. Er rollte sich langsam zur Seite, wodurch sein Magen sich drehte, und stand auf. Augenblicklich durchzuckte ihn ein stechender Schmerz im rechten Fuß. Er zog seinen Fuß zurück und fluchte.

Er schaute auf den Boden. Dort konnte er eine Horde kleiner Plastikdinosaurier erkennen, die in Reih und Glied genau vor seinem Bett aufgestellt waren. Jack war auf den stacheligen Rücken eines Euoplocephalus getreten, eines gehörnten Pflanzenfressers. Tommy musste sie dort wohl heute Morgen aufgestellt haben. Sein Fuß brannte vor Schmerz, fast noch mehr als sein Kopf.

Er setzte sich hin und begutachtete die Herde. Am Ende stand ein T-Rex mit weit aufgerissenem Maul. In seinem Rachen steckte eine Schachtel. Jack schaute genauer hin und erkannte das Logo des Aspirinherstellers. Tommy musste die Schmerztabletten dort versteckt haben. Er stand vorsichtig auf, nahm sich die Schachtel und ging so schnell sein Zustand es zuließ ins Badezimmer.

Nachdem er sich erleichtert hatte, füllte er seinen Zahnputzbecher mit Wasser und schluckte vier Aspirin. Erstaunlicherweise ließ sein Magen das zu. Er beugte sich über das Waschbecken, stellte das Wasser an und spülte sich kaltes Wasser ins Gesicht. Danach fühlte er sich besser. Er trocknete sich ab und schaute in den Spiegel. Er sah grässlich aus. Rote Augenringe zierten ihn und er brauchte dringend eine Rasur.

Trotz der Kopfschmerzen, die langsam besser wurden, musste Jack lächeln. Er war mit seinem Leben sehr zufrieden. Er hatte eine bezaubernde Frau, die er über alles liebte, einen kleinen frechen Sohn, der zum Zentrum seines eigenen Lebens geworden war und der seinen Vater vergötterte, und einen sehr guten Job, der ihm Spaß machte und seiner Familie ein angenehmes Leben ermöglichte.

Jack beschloss, erst mal eine Dusche zu nehmen. Anschließend rasierte er sich und zog sich etwas Bequemes an. Er schlurfte in die Küche. Seine Kopfschmerzen waren fast verschwunden und nur sein Magen drehte sich noch bei jedem Schritt. Er würde es erst mal mit Kaffee probieren.

Sarah hatte den Tisch für Jack gedeckt gelassen. Die Morgenzeitung lag auf seinem Platz und neben ein paar Spielsachen standen noch kalte Pfannkuchen für ihn bereit. Jack schaltete die Kaffeemaschine ein, setzte sich hin und nahm sich die Zeitung vor. Terrorwarnung, Tod, Säbelrasseln zwischen Bush und Putin, China mit Wirtschaftsboom, Immobilienkrise und Massenarbeitslosigkeit. Die Schlagzeilen waren seit Wochen die gleichen.

Jack überflog die Zeilen und holte sich zwischendurch einen Kaffee. Als er sich gerade entschlossen hatte, etwas zu essen, klingelte es an der Tür. Wer um alles in der Welt konnte das sein? Sarah würde bestimmt erst gegen Abend nach Hause kommen. Jack ging zur Tür und öffnete sie. Ihm gegenüber stand ein Mann in Uniform.

Jack spürte, dass in ihm ein Gefühl hochstieg, welches er seit Jahren nicht mehr gespürt hatte.

„Jack, ich muss mit dir sprechen, darf ich reinkommen?“, fragte der Mann in Uniform in ruhigem, aber dennoch beunruhigendem Ton.

Jack machte einen Schritt zur Seite und ließ ihn hinein.

Kapitel 3

Der Diplomat

Amerika – Washington

Gregorin Korlikov lag im Bett und rauchte zufrieden eine Zigarette. Neben ihm lag eine junge, hübsche, nackte Frau, die noch immer betäubt war. Die Drogen, die er ihr verabreicht hatte, würden sie noch für ein paar Stunden außer Gefecht setzen. Er hatte mit ihr viel Spaß gehabt und sie würde sich an nichts erinnern können. Er hatte sie in irgendeiner der vielen Szenebars in Washington D. C. kennengelernt und unter dem Vorwand, mit ihr in eine der Nobeldiscos zu fahren, ins Auto gelockt. Der Champagner enthielt die erste Dosis der Droge, sie wurde nur so benommen, dass sie noch gestützt gehen konnte. Ganz bewusstlos wollte er sie nicht haben. Er fuhr mit ihr in eine für diese Abende gemietete Wohnung im Zentrum der Stadt. Dort hatte er sich dann mit ihr intensiv beschäftigt. Alle paar Wochen gönnte er sich diese Art von Vergnügen. Später würde er sie abholen lassen und Michael würde sie irgendwo aussetzen. Sie würde sich an nichts erinnern und die Sache vergessen.

Zwei Jahre war er nun schon in diesem verfluchten Land. Als man ihm mitteilte, dass er als Diplomat nach Amerika gehen müsse, war es für ihn wie ein Schlag ins Gesicht. Seine Vorgesetzten gaben nach dem Massaker im Moskauer Dubrowka Theater ihm als Einsatzleiter die Schuld für den Tod der 132 Menschen, wobei er selbst die 47 Tschetschenen nicht mitzählte. Da offiziell der Einsatz als Erfolg gegen den Terror gewertet wurde und Putin zufrieden war, konnten seine Vorgesetzten ihn nicht dafür verantwortlich machen. Doch sie wollten ihn aus Moskau weghaben. Er machte ihnen Angst. Also beförderten sie ihn zur

Strafe zum Diplomaten und schickten ihn nach Washington, wohl wissend, dass er nichts mehr hasste als die Amerikaner.

Putin, der den Kurs gegen die Amerikaner verschärfen wollte, war mit der Wahl zufrieden und bestellte Gregorin als neuen Chefdiplomaten nach Washington. Er war der erste Major in der russischen Armee, der als Diplomat nach Amerika ging. Die Amerikaner fassten dies in der eh schon angespannten Lage zwischen Russland und Amerika als zusätzliche Provokation auf, traten Gregorin misstrauisch gegenüber und ignorierten ihn, wo es nur ging. Als Soldat der russischen Armee befolgte er natürlich jeden Befehl, egal, welch tiefe Abneigung er dagegen hegte. Er wäre lieber nach Sibirien gegangen als in dieses gottlose Land.

Die ersten Monate waren für ihn die Hölle. Sein Vorgänger, einer dieser alten demokratischen Verräter, schleifte ihn zu unzähligen Veranstaltungen drittklassiger Politiker. Kein Wunder, dass der Alte so fett war. Außer fressen, saufen und sich sinnlose Reden anzuhören tat er nichts. Er selbst trank keinerlei Alkohol. Nach zwei Monaten räumte sein Vorgänger seinen Schreibtisch, holte sich, weiß Gott wofür, seinen Orden ab und ging in den Ruhestand. Gregorin übernahm sein Amt und wusste nicht, was er tun sollte.

Zu Beginn erhielt er noch Einladungen zu irgendwelchen Feierlichkeiten der Washingtoner Prominenz. Doch er nahm an keiner einzigen teil. Und so blieben die Einladungen schnell aus.

Nur alle vier Wochen musste er seinen amerikanischen Kollegen treffen, darauf bestand man in Moskau. Doch diese Treffen waren meist nur belangloses Geplapper. Ansonsten schloss er sich ein, verließ das Konsulat nur selten und kaum jemand bekam ihn zu Gesicht. Um das Tagesgeschäft kümmerten sich seine zahlreichen Mitarbeiter, und die Formulare, die nur er abzeichnen durfte, lagen morgens sortiert auf seinem Schreibtisch. Er hatte im Konsulat einen eigenen Wohnbereich. Er brauchte zu Fuß gerade mal fünf Minuten bis ins Büro und so sah er von der Stadt so gut wie nichts. Er hasste diesen Ort.

Jeden Tag kamen Landsleute von ihm ins Konsulat und wollten die Hilfe ihres Landes, obwohl sie wie Feiglinge abgehauen waren. Für Gregorin waren es alle Verräter, denen man besser den Kopf abschlagen sollte. Seine Mitarbeiter waren bis auf eine Handvoll alles Zivilisten, die ihrem Land vor Jahren den Rücken zugedreht hatten und jetzt auch noch für ihren Verrat bezahlt wurden. Er hasste diese Leute noch mehr als die Besucher des Konsulats. Und seine Mitarbeiter waren froh, ihren neuen Chef nicht allzu oft zu sehen. Sie spürten seine tiefe Abneigung. In den Augen seiner Mitarbeiter konnte er Furcht erkennen, wenn sie ihn sahen. Durch sein rücksichtloses und zum Teil grausames Vorgehen während seiner Militärlaufbahn galt er als berüchtigt.

Er hatte eine Bilderbuchkarriere in der russischen Armee während des Kalten Krieges gemacht. Er war zu seiner Zeit der jüngste Major der russischen Armee und galt als ausgesprochen brutal gegenüber seinen Untergebenen. Doch sein strategischer Verstand und seine Selbstdisziplin waren außergewöhnlich. Die psychologischen Untersuchungen deuteten zwar auf eine starke Psychose hin. Doch zu damaliger Zeit war dies für seine Vorgesetzten kein Grund, ihm nicht eine Karriere in der Armee zu ermöglichen. Er repräsentierte die neue russische Führungskraft, bereit, die Befehle seiner Vorgesetzten jederzeit umzusetzen. Sein größter Erfolg war die streng geheime Teilnahme an dem Projekt „Herlitschka“, an dem nur eine Handvoll ausgewählter Personen teilnehmen durfte. In diesem Projekt wurden mögliche Führungskräfte ausgebildet, die einen Erstschlag gegen die Vereinigten Staaten anführen sollten. Noch nie hatte er eine solche Hingabe für eine Aufgabe aufgebracht. Er hätte sein Herz dafür herausgeschnitten, derjenige zu sein, der den Angriff anführen durfte. Wenn er jemals im Leben so etwas wie Glück gefühlt hatte, dann während dieser dreimonatigen Ausbildung. Doch es kam zu seinem Bedauern alles anders.

Der Berliner Mauerfall und später der Zusammenbruch der Sowjetunion veränderten alles in seiner Welt und er musste zusehen, wie alles, was er an seinem Land liebte, systematisch zerstört wurde.

Man erklärte ihm unter Mordandrohung, dass es das Projekt nie gegeben hätte. Alle Pläne wurden unwiderruflich zerstört.

Und dann begann der unbegreifliche Zerfall seines Landes. Die Säulen der Macht, Russlands Langstreckenraketen, gerichtet auf den Todfeind, wurden unter den Augen der Weltöffentlichkeit verschrottet. Noch nie hatte er eine solche Demütigung erlebt. Die mächtigste Armee der Weltgeschichte vermoderte. U-Boote, einst das Schwert Russlands, verrosteten im Hafen. Die Panzer, erbaut, um Europa zu überrollen, wurden demontiert und der Schrott nach China verkauft. Die gefürchteten MiG Kampfjets blieben am Boden, da es keine ausgebildeten Piloten und kein Bodenpersonal mehr gab. Soldaten verkauften im Internet ihre Waffen ins Ausland. Seine Landsleute überfluteten mit ihren neuen Reichtümern die europäischen Urlaubsziele, kauften wertlosen Plunder für ihre aufgetakelten Frauen und benahmen sich wie Tiere. Damals hätte keiner gewagt, sein Land so bloßzustellen.

Amerika marschierte ungestraft in Länder direkt an Russlands Grenze ein. In den ehemaligen Provinzen sollten Luftabwehrraketen der Amerikaner aufgestellt werden. Mit dem Geld aus russischem Öl wurden ausländische Sportvereine gekauft. Die einzige Macht, die sein Land gegenüber anderen noch hatte, bestand darin, den Erdgashahn zuzudrehen.

Doch Gregorin wusste, dass diese Macht auf Dauer keinen Bestand haben würde. Alternative Energien wurden fast täglich neu erfunden und würden in den nächsten zehn Jahren Einzug halten und Russlands Macht zerplatzen lassen wie eine Seifenblase. Und dann würde das Chaos in seinem Land ausbrechen. Die Feinde würden sich auf sein Land stürzen.

Und Putin, selbst ernannter Zar Russlands, trieb diesen Verfall mit seiner Politik nur voran. Von einem KGB-Mann war auch nichts anderes zu erwarten.

Für Gregorin war dies Hochverrat. Er steckte in der jetzigen Situation fest und konnte nur zusehen, wie dekadent seine Landsleute geworden waren. Er fühlte sich wie ein Schlachtschwein, welches sich selbst im Spiegel betrachten darf. Er steckte tief in einer Krise. Er hasste sein Land und sich selbst. Sein Land war nur noch eine Witzfigur.

Doch nach eineinhalb Jahren hatte sich das Blatt auf eine Art und Weise gewendet, die er nicht für möglich gehalten hätte. Er saß wie gewöhnlich noch bis tief in die Nacht an seinem Schreibtisch im Konsulat und las verschiedene Berichte seines KGB-Verbindungsoffiziers. Der hirnlose Mann schrieb wie jedes Mal nur wertloses Geschmiere über Aktivitäten der russischen Mafia. Deren Akteure waren die Einzigen, die wenigstens noch so etwas wie Ehre im Leib hatten, und wenn ihre Ziele auch fragwürdig waren, mochte er ihre Methoden. Vor 20 Jahren hätte er dem Verbindungsoffizier für solche Berichte erst die Hände abhacken lassen und dann hätte man ihn verscharrt. Doch leider mussten alle KGB-Berichte von Gregorin selbst unterschrieben werden. Und er unterschrieb nie etwas, ohne es gelesen und verstanden zu haben. Nachdem er fertig war, wollte er sich die Beine vertreten und durchstreifte das Konsulat, wie er es in letzter Zeit häufiger zu tun pflegte. Er überlegte gerade, wie er den Kerl vom KGB loswerden konnte, als er geistesabwesend in den Aufzug stieg und ins Untergeschoss fuhr, einen Bereich, den er noch nie betreten hatte. Es war der Versorgungstrakt. Die Lagerräume für Lebensmittel, Weinkeller, Heizungsanlage und die Kühlräume für verderbliche Waren befanden sich hier im Keller. Er ging ziellos durch die schwach beleuchteten Gänge. Am Ende eines Korridors befand sich eine Stahltür mit Zahlenschloss. Er ging auf sie zu und versuchte einzutreten, doch die Tür war verschlossen. „Der Bereich ist nicht zugänglich“, ertönte eine feste Stimme hinter ihm. Gregorin erschrak und drehte sich um. Für eine Sekunde blieb ihm das Herz stehen.

Er hatte keine Schritte kommen gehört. Wie aus dem Nichts stand vor ihm ein hagerer Mann, groß, drahtig, mit blonden, kurzen Haaren, und schaute ihn selbstbewusst an. Er hatte diesen Kerl hier noch nie gesehen.

„Wer sind Sie und wissen Sie nicht, wer ich bin?“, fauchte er den Mann an.

„Oh doch, Sie sind oben der Chef, aber dort kommen Sie trotzdem nicht rein“, antwortete der Mann gelassen und fixierte Gregorin. Der Mann hatte einen braunen Anzug an, trug jedoch kein Jackett und so war sein Pistolenhalfter mit der Waffe nicht zu übersehen. Gregorin ließ sich jedoch nicht so leicht einschüchtern „Wer sind Sie und was machen Sie hier?“

„Das geht Sie gar nichts an", entgegnete ihm der Mann fast flüsternd und trat einen Schritt auf Gregorin zu. Sie standen sich jetzt sehr nah gegenüber, doch der Mann war einen Kopf größer und Gregorin musste unwillkürlich einen Schritt zurückmachen, um dem Mann in die Augen zu blicken. Und da sah er es, nur einen winzigen Augenblick. Doch er erkannte ihn sofort. Der Mann trug einen Ring an der rechten Hand mit einem Zeichen.

Gregoris Herz begann plötzlich zu rasen. Er bekam Schweißausbrüche. „Woher haben Sie diesen Ring?" Der Mann schaute Gregorin überrascht an. Die Anspannung löste sich zwischen ihnen und eine neue entstand. Der Mann trat jetzt auch einen Schritt zurück und schaute Gregorin überrascht an. „Haben Sie das Zeichen schon mal gesehen?", fragte er.

Gregorin öffnete die oberen zwei Knöpfe seines Hemdes und holte eine Kette hervor. An ihr hing ein Duplikat des Ringes, den der Mann trug.

Dieser sah Gregorin erstaunt an. „Ich glaube, wir müssen uns unterhalten", er drehte sich um und gab den Zahlencode der Tür ein. Mit einem Zischen öffnete sich die Stahltür. Der Mann trat ein und Gregorin folgte ihm. Nachdem er durch die Tür gegangen war, veränderte sich sein Leben radikal.

Er hatte hinter dieser Tür den Weg gefunden, sein Land in eine goldene Zukunft zu führen. In wenigen Monaten würde der Name Russland wieder für das stehen, wovon Gregorin immer geträumt hatte. Sein Vater würde sehr stolz auf ihn sein und ihm den Respekt zollen, den er sich schon immer von ihm erträumt hatte.

Das Zeichen, das er setzen würde, konnte selbst Putin nicht missverstehen. Er war freudig erregt und dankbar, dass das Schicksal ihn auserwählt hatte. Und in zwei Tagen würde er die Welt verändern.

Kapitel 4

Der Unfall

Amerika – Humble bei Houston

Jack und Sarah waren nun seit sieben Jahren glücklich verheiratet. Sie war die Liebe seines Lebens. Er hatte sie nach seiner Zeit bei der Army kennengelernt. Jack war damals nach seiner Dienstzeit auf Jobsuche. Sarah hatte in der Personalabteilung bei Houston Weapon Technologie gearbeitet, einer der Firmen, bei der sich Jack beworben hatte.

Er war in der Army bei der Entwicklung von militärischen Waffen beschäftigt und kontrollierte die Waffenproduktion von Anlieferfirmen. Dabei hatte er zu vielen Firmen Kontakt gehabt. Unter anderem lernte er dort seinen späteren Chef Bob Phillips kennen.

Bob leitete die Forschungsabteilung bei Houston Weapon Technologie. Er wollte Jack unbedingt für sein Team und unterbreitete ihm ein Angebot, das er kaum ausschlagen konnte. Jack hatte gerade den Arbeitsvertrag unterschrieben und absolvierte noch seine Probezeit, als er Sarah Miller kennenlernte. Bob machte beide bekannt, wohl schon mit Hintergedanken. Jack hatte sich sofort in Sarah verliebt.

Sie war drei Jahre jünger als er und sie war hinreißend hübsch, hatte ein bezauberndes Wesen und strahlte Jack sofort an. Jack wollte sie gleich nach der ersten Begegnung wiedersehen. Bob wollte die beiden verkuppeln und schickte, wann immer er nur konnte, Jack zu ihr. Wie sich später herausstellte, war Bob schon lange ein Freund der Familie und hatte mit Sarahs Vater gedient.

Jack war bis dahin ein Einzelgänger gewesen. Hin und wieder eine flüchtige Bekanntschaft, aber nie etwas Ernstes. Doch bei Sarah war es vom ersten Augenblick an etwas anderes. Er hatte bei ihr von Beginn an das Gefühl, dass sie zu ihm gehörte und ohne ihre Nähe ihm etwas fehlte. Wenn sie zusammen waren, fühlte er sich so lebendig wie noch nie. Und dieses Gefühl hielt bis heute an. Er musste bei ihr nie Kompromisse eingehen, beide wollten fast immer das Gleiche. Und Sarah himmelte Jack an, was ihm gefiel. Es gab nichts, worüber sie sich nicht unterhalten konnten. Außerdem war sie eine sehr gute Zuhörerin. Sie war klug und sehr willensstark, ohne anderen ihren Willen aufdrängen zu wollen. War Jack schon vorher selbstbewusst gewesen, so vervielfachte sich diese Eigenschaft bei ihm durch das Zusammenleben mit Sarah.

Er machte ihr vier Wochen lang den Hof, bis sie schließlich zum ersten Mal ausgingen. Nach zwei Monaten waren sie ein Paar und schliefen nach fünf Monaten das erste Mal miteinander.

Ein Jahr später zogen sie zusammen. Nach zwei Jahren heirateten sie. Peter wurde ihr Trauzeuge. Sie kauften nach einem weiteren Jahr ein Haus in Jacks alter Heimatstadt, einem Vorort von Houston. Kurz darauf war Sarah schwanger und Tommy wurde geboren.

Glaubte er schon vor der Geburt, glücklich zu sein, so erlebte er jetzt durch Tommy neue Gefühle auf eine Art und Weise, wie er sie nicht für möglich gehalten hätte. Als er unmittelbar nach der Geburt seinen Sohn das erste Mal in seinen Armen hielt, passierte es. Tommy, gerade mal wenige Sekunden alt, lag in seinem Arm und schaute seinem Vater ruhig und tief in die Augen. Seine kleinen Händchen griffen nach dem Finger seines Vaters. In Jack veränderte sich in diesem Moment alles. Er spürte förmlich, wie in ihm etwas Wunderbares erwachte. Tränen stiegen ihm in die Augen, er empfand eine unglaubliche Liebe und erlebte ein Gefühl der absoluten Zufriedenheit. Er wollte mehr als alles andere auf der Welt dieses Wesen beschützen. Nach einer Ewigkeit schaute er mit tränengefüllten Augen Sarah an und sagte leise: „Danke."

Sarah weinte ebenfalls.

Von diesem Moment an hatte Jack einen neuen Mittelpunkt in seinem Leben.

Der Mann in Uniform, den Jack hereingelassen hatte, hieß Paul Simpson.

Jack kannte Paul Simpson schon seit seiner Collegezeit. Paul war drei Jahre älter als er und Sheriff in Humble, einem Vorort von Houston. Jack und Paul konnten sich schon immer ganz gut leiden. Bevor Jack und Sarah das Haus in Humble kauften, hatten sie sich ein wenig aus den Augen verloren. Tommy und Pauls Tochter Lisa gingen nun zusammen in den Schwimmkurs. Sarah verstand sich gut mit Pauls Frau Jenny. Ansonsten gab es nur bei den üblichen Feierlichkeiten, wie dem jährlichen Thanksgiving im November oder auf dem Sommerfest, Kontakt.

„Was führt dich hierher?", fragte Jack beunruhigt, als er Paul in die Küche führte. Paul war zuvor noch nie vorbeigekommen. Hatte er gestern Abend irgendetwas angestellt?

„Kaffee?"

„Jack, es hat einen Unfall gegeben. Äh, Sarah und Tommy – sie …", doch weitere Worte fand Paul nicht.

Jack sah in Pauls Gesicht, fühlte sich, als wäre er auf einmal körperlos. Die Worte, die er gehört hatte, schwebten im Raum. Er sah in Pauls Augen Tränen. Jack setzte sich.

„Nein, Paul, bitte nicht."

„Es tut mir leid, Jack – unendlich leid."

Paul trat zu Jack, legte ihm die Hand auf seine Schulter. „Jack, Sarah und Tommy sind tot."

Und dann erzählte Paul, was geschehen war, wie er es in der Ausbildung gelernt hatte.

Jack hörte zwar die Worte, doch fanden sie seinen Verstand nicht. Er fühlte sich weit entfernt.

Paul erzählte von dem Massenunfall auf der Interstate, dem umgefallenen Öltankwagen, der Feuer fing, von ausgelaufenem Öl, von Autos, die ungebremst in den Tankwagen gerast waren, von Autos, die ausweichen wollten, doch auf der Ölspur in den Gegenverkehr rutschten, von vielen Verletzten und Toten, von Hilfe von außerhalb, von Hunderten Helfern, etwas vom schrecklichsten Verkehrsunfall in Humble seit Menschengedenken.

Auf einmal saß Jack alleine in der Küche. Er hatte nicht einmal mitbekommen, wie Paul sich verabschiedet und ihm angeboten hatte, wenn Jack etwas bräuchte, so solle er ihn ruhig anrufen.

Er saß nur da, hielt Pauls Karte in der Hand und sein Geist suchte nach etwas, das er greifen konnte. Es fühlte sich an, als würde er schweben. Er hatte das Gefühl, sich selbst zu sehen. Er wollte es nicht glauben. Er wollte keinen klaren Gedanken. Er wollte nicht, dass er es spürte. Doch es würde passieren. Er würde zurück in seinen Körper gleiten. Er kannte es. Diese unsägliche Trauer, die er vor zehn Jahren schon einmal gespürt hatte, sie würde kommen. Und dieses Mal würde sie um ein Vielfaches schlimmer sein als damals.

Kapitel 5

Beseitigung der Zeugen

Amerika – Houston

James Fletcher war fünfundfünfzig Jahre alt und leitender Arzt der Autopsie im Houston Memorial Hospital. Er war seit zwanzig Jahren unglücklich verheiratet und hatte zwei Töchter, die ihn genauso hassten wie er sie. Er war dünn, hatte eine Halbglatze und war bei seinen Kollegen und Mitarbeitern nicht gerade beliebt, galt jedoch als fachkompetent. Sein Titel hörte sich besser an, als seine Bezahlung war. Seine Frau, die fette Kuh, gab mehr Geld aus, als er verdienen konnte. Doch scheiden lassen konnte er sich auch nicht, denn dann würde sie ihm nach den geltenden Gesetzen jeden Penny aus der Tasche ziehen. Und außerdem, das wusste er, hatte ihr Vater, der alte Sack, eine beträchtliche Summe an Aktien in seinen Schließfächern. Ewig konnte der doch auch nicht leben. Nach seinen Investitionen in ein Bauprojekt für eine Hotelkette in den Everglades, das aufgrund eines bescheuerten, vom Aussterben bedrohten Käfers nicht realisiert wurde, war seine finanzielle Lage schlecht.

Er saß an seinem Schreibtisch und vor ihm stand eine halb leere Flasche Whiskey. Durch den Massenunfall auf der Interstate lag vor ihm ein langer, arbeitsreicher Tag. In der Notaufnahme war schon der Teufel los. Doch das kümmerte ihn im Moment nicht. Vor ihm auf dem Schreibtisch lag ein Umschlag mit Fotos. Der Mann, der vor einer halben Stunde in sein Büro gekommen war, hatte sie hiergelassen. Es gab mit Sicherheit noch Kopien. Die Bilder zeigten ihn mit einem zehnjährigen Jungen in einer eindeutigen Situation. Die Aufnahmen waren ungefähr ein Jahr alt und waren in einem Motel in Mexiko gemacht worden. Die Anweisungen des Fremden waren eindeutig. Würde er ihnen nicht nachkommen, würde jener die Bilder seiner Frau zukommen lassen. Man würde sie am Schwarzen Brett in der Schule seiner Kinder aufhängen und seinen Arbeitskollegen als E-Mail zuschicken.

James war schlecht und der Whiskey hatte seine Nerven auch nicht beruhigt. Die Anweisungen des Fremden waren klar und deutlich. Ein „Nein" kam gar nicht infrage. Die Aufgabe, die er erledigen sollte, war denkbar einfach.

Als sein Telefon klingelte, schrak er zusammen. Er nahm ab und meldete sich: „Hallo, hier Doktor Fletcher."

„Doktor Fletcher, Sie werden in der Pathologie erwartet", meldete sich seine Assistentin, eine 22-jährige, neunmal-kluge Studentin. Für ihn war sie eine echte Nervensäge und wahrscheinlich auch noch lesbisch.

„Die ersten Opfer des Unfalls sind eingetroffen. Eine Frau und ein kleiner Junge. Soll ich die beiden schon mal vorbereiten?"

„Nein, lassen Sie sie runter in die Eins bringen, dann helfen Sie in der Unfallchirurgie aus, ich mache das heute alleine."

„Aber Chef, äh, was ..., wieso ..., ich kann Ihnen doch sicher helfen?!"

„Nein, ich brauche keine Hilfe, und wenn weitere Fälle kommen, sollen sie in die Zwei gebracht werden. Sie können heute oben am meisten lernen."

„Das versteh' ich aber nicht. Ich bin doch für den Dienst in der Pathologie eingeteilt und bei der Vielzahl der Fälle heute kann ich doch sicher ..."

„Nein", unterbrach er sie hart. „Sagen Sie mir nicht, wie ich meine Arbeit verteilen soll, und schieben Sie Ihren Hintern in irgendeine Ecke der Unfallaufnahme und versuchen Sie, niemanden zu stören, vielleicht lernen Sie ja mal was." Er knallte den Hörer aufs Telefon.

Dieses Weib erinnerte ihn immer an seine älteste Tochter. Er trank noch einen, stand wutentbrannt auf und ging in Richtung Aufzug, um in die Pathologie eins zu fahren. Hoffentlich hatte ihn die blöde Kuh verstanden und sich verzogen.

Als er die Pathologie betrat, standen die beiden schon bereit. Zwei Leichensäcke, ein großer und ein kleiner. Auf den Säcken lagen jeweils eine Akte und ein Totenschein.

James schloss die Tür ab, er erinnerte sich an die Worte des Fremden: „Es darf keine Obduktion durchgeführt werden. Füllen Sie den Totenschein entsprechend aus."

„Ja, natürlich", hatte er dem Fremden eingeschüchtert entgegnet.

Der Fremde hatte nur genickt und war genauso schnell verschwunden, wie er auch gekommen war.

James hatte eine Scheißangst. Er kontrollierte nochmals, ob die Tür abgeschlossen war, holte aus den Fächern zwei Metallsärge heraus und stellte sie jeweils neben die Bahren. Er bettete die beiden um, erledigte die Aufgabe so schnell er nur konnte. Er versiegelte die Särge, füllte die Totenscheine aus und flüchtete aus dem Raum. Er stürmte in sein Büro und knallte die Tür hinter sich zu.

Dann holte er die Handynummer heraus und wählte sie.

„Ja, Doktor?", meldete sich die eiskalte Stimme des Fremden.

„Ich bin fertig, der Schein ist entsprechend ausgefüllt."

„Gut, passen Sie auf, dass sich keiner an ihnen zu schaffen macht. Wenn alles gut geht, werden Sie nie wieder von mir hören." Der Fremde hatte aufgelegt.

James ging zum Waschbecken und musste sich übergeben.

Simona Fernandez lag angezogen im Bett und hatte die Augen geschlossen. Es war noch nicht mal Mittag und der Tag war schon gelaufen. Sie war fix und fertig. Der Unfall war die Hölle gewesen. Sie fuhr jetzt schon seit sieben Jahren im Notarztwagen mit, doch der heutige Tag übertraf alles.

Als sie den Unfallort erreicht hatte, dachte sie in ein Kriegsgebiet geraten zu sein. Es war ein Feuerinferno, Schreie und Dutzende Autos zerquetscht. Sie hatte wie angewurzelt dagestanden und sich die Szenerie angeschaut. Sie war nicht in der Lage zu handeln.

Erst als sie jemand hart anrempelte und anschrie. Sie wusste nicht mehr, wer es war. Sie war zum nächsten Unfallwagen geeilt, eine Familienkutsche, die Marke wusste sie nicht mehr. Vor dem Wagen lagen zwei Personen, eine Frau und ein Junge. Feuerwehrleute hatten beide schon aus dem Auto geborgen. Beide waren regungslos, ihre Augen geschlossen und sie sahen tot aus. Sie wollte schon weiterrennen, als ein Mann im schwarzen Anzug auf sie zukam und mit einer sehr bestimmenden Stimme sagte: „Bringen Sie die beiden in das Houston Memorial Hospital, sofort."

Simona war nicht in der Lage gewesen zu widersprechen, sie wollte nur weg dort. Der Fremde half, beide einzuladen. Sie stieg in den Notarztwagen und fuhr los.

Als sie beide in der Notarztaufnahme abgeliefert hatte, kümmerte sich sofort ein Arzt um sie.

„Die sind ja tot!", hörte sie den Arzt ihr hinterherrufen. Sie musste raus. Als sie durch die Tür ins Freie trat, traf sie die kalte Luft wie ein Hammer. Ihr wurde schlecht. Und auf einmal stand der Fremde im schwarzen Anzug wie aus dem Nichts vor ihr. Sie war zu Tode erschrocken.

„Ich glaube, der Tag war hart genug für Sie", sagte der Mann mit ruhiger Stimme. „Gehen Sie nach Hause und ruhen Sie sich aus. Das hier wird Ihnen dabei helfen." Der Mann hielt ihr ein kleines Päckchen hin. Sie hatte gewusst, was das war. Sie nahm es, ohne den Fremden anzusehen, und ging heim.

Jetzt lag Simona im Bett. Die leere Spritze lag auf dem Nachttisch. Langsam wurde ihr warm. Es war ein bekanntes, beruhigendes Gefühl. Sie war zwar jetzt schon sechs Monate clean, aber nach dem heutigen Tag brauchte sie dringend einen Schuss. Woher wusste der Fremde es? Doch sie war wie in Trance, ihr Körper begann, schwerelos zu werden. Sie wollte sich keine Gedanken machen und das Zeug schien wirklich gut zu sein. Doch auf einmal spürte sie einen stechenden Schmerz, als würde jemand ihr ein glühendes Eisen in das Herz rammen. Sie konnte nicht schreien, der Schmerz war höllisch und dauerte noch einen kurzen Augenblick an, dann hörte ihr Herz auf zu schlagen.

Sie war tot.

Monica Bettermann lag auf dem Boden ihrer Praxis. Der Fremde im schwarzen Anzug hatte ihr ein starkes Betäubungsmittel gespritzt. Sie lag hilflos auf dem Boden und konnte sich nicht mehr bewegen. Selbst sprechen, geschweige denn Schreien konnte sie nicht mehr. Ihr Atem ging sehr langsam, sie war noch bei Sinnen und sie konnte noch sehen. Monica hatte Todesangst, vielleicht würde sie gleich sterben. Der Fremde war noch da, er durchsuchte ihre Patientenakten. Zuvor hatte der Mann überall eine Flüssigkeit aus einem Behälter verschüttet. Sie roch starkes Lösungsmittel. Auch über ihrem Körper hatte der Mann die Flüssigkeit verteilt. Es gab nur einen Grund, warum er das gemacht hatte, das wusste Monica. Sie wurde fast verrückt bei dem Gedanken, was auf sie zukam. Hätte das Schwein sie nicht lieber erschießen können? Aufgrund ihrer Ausbildung wusste sie, dass Tod durch Verbrennung eine der qualvollsten Arten zu sterben war. Hoffentlich würde das Beruhigungsmittel ihr den Schmerz nehmen.

Kurze Zeit später hatte der Fremde gefunden, wonach er suchte. Sie hörte, wie er zur Ausgangstür ging. Doch bevor er die Praxis verließ, stellte er etwas auf den Boden und sie hörte ein Feuerzeug. Zehn schreckliche Minuten später brach die Hölle um Monica aus. Das Mittel, das er ihr gespritzt hatte, nahm ihr die Schmerzen leider nicht. Ihr Tod trat erst nach einer Ewigkeit ein.

Kapitel 6

Sarahs Familie

Amerika – Humble bei Houston

Es war mittlerweile Nachmittag. Jack saß regungslos da, noch so, wie ihn Sheriff Paul Simpson verlassen hatte. Vor ihm stand die unberührte Tasse Kaffee. Jack starrte ins Leere. Er konnte das, was ihm Paul mitgeteilt hatte, nicht glauben. Er konnte keinen klaren Gedanken fassen. Er versuchte, nicht daran zu denken, was die wenigen Worte für eine Tragweite hatten.

Sarah und Tommy tot. Nein, das konnte und durfte nicht wahr sein. Er hatte das Gefühl, das sie jeden Moment durch die Tür kommen mussten.

Tommy springt sofort auf Jack und klettert an ihn herum, wie er es immer tut. Er schleift seinen Papa ins Kinderzimmer, um mit ihm zu spielen. Sarah macht sich über seine Kopfschmerzen lustig und sagt zu ihm: „Ich habe dich ja gewarnt." Dann tut sie, was sie immer tut, Jack umsorgen, bis es ihm wieder besser geht. Und später bereitet sie ihm einen gemütlichen Abend ...

Doch diese Dinge würden Sarah und Tommy nie wieder tun.

Nie wieder würde er ihre Stimmen hören, Tommy nie wieder am Fenster stehen und auf ihn warten, wenn er nach der Arbeit nach Hause kam. Sarah würde ihn nie wieder mit ihren wunderschönen Augen ansehen und ihm sagen, dass sie ihn liebt. Nie wieder würde er ihren wunderschönen, warmen Körper spüren. Nie wieder würde er mit ihr nach einer kuscheligen Nacht, eng umschlungen, wach werden.

Und dann brach es aus Jack heraus. Ihm wurde bewusst, dass sein Leben, wie er es kannte und liebte, vorbei war. Er wollte aufstehen, doch seine Beine gaben nach und er fiel hin.

Er krümmte sich wie ein Säugling im Mutterleib und schrie seinen Schmerz heraus. Er schrie der Welt seine Verzweiflung entgegen. Er zitterte am ganzen Körper und weinte fürchterlich. Er wollte, dass es nicht wahr war, er wollte aufwachen aus diesem Albtraum. Es konnte nicht wahr sein. Er hatte das Gefühl, dass ihm jemand das Herz herausgerissen hätte. Er wollte nie wieder aufstehen. Er wusste, das Grauen erwartete ihn. Wie lange er dort lag, wusste er nicht. Er versuchte, seinen Geist zu verschließen und an nichts zu denken.

Es klingelte. Jack nahm das Klingeln nur in großer Entfernung wahr. Es klingelte erneut und es kam ihm vor, als wäre er nicht in seinem Körper, als befände er sich weit weg. Doch bei jedem Klingeln wurde er mehr in seinen Körper zurückgezogen. Und das Klingeln wurde lauter. Er öffnete die Augen. Das Klingeln verstummte und ein mechanisches Klicken war zu hören. Der Anrufbeantworter schaltete sich ein und Jack spürte bei Sarahs Stimme auf dem Band einen Stich im Herzen.

„Hallo, hier ist der Anschluss der Familie Norrick. Wir sind nicht zu Hause. Bitte hinterlassen Sie eine Nachricht nach dem Signalton."

Es meldete sich Peter: „Hi Jack, bist du schon wieder unter den Lebenden? Kannst dich ja mal melden. Schöne Grüße an deine Gattin und deinen Zwerg."

Jack schloss die Augen. Er versuchte sich zu sammeln. Er suchte Halt. Doch es war nichts da, woran er sich festhalten konnte. Er lag eine Unendlichkeit auf dem Boden, als das Telefon wieder klingelte.

Jack machte die Augen auf und schaute zum Apparat. Er sah den Anrufbeantworter. Er wollte nicht noch mal die Stimme von Sarah hören. Er konnte es nicht ertragen. Und so stand er mit wackeligen Beinen auf und ging zum Telefon. Es war mehr ein Stolpern als ein Gehen.

Er erreichte den Hörer dennoch, bevor der Anrufbeantworter ansprang.

„Ja", meldete er sich knapp.

„Jack, bist du es?" Die aufgeregte Stimme der Anruferin war ihm wohlbekannt. Es war Sandra, Sarahs Mutter.

„Jack, Paul hat uns angerufen und erzählt, was passiert ist. Es tut mir so unendlich leid." Er hörte ihre völlig verweinte Stimme. „Wir können es nicht fassen. Mein Gott – Tommy war doch so jung, das ganze Leben noch vor sich. Jack, was sollen wir nur tun?"

In ihrer Stimme lag Verzweiflung.

„Jack, Sarah war doch immer eine so gute Autofahrerin, wie konnte das nur passieren? Bill und ich kommen gleich morgen rüber, der Referent kommt gleich. Ich weiß nicht, was ich machen soll."

Jack musste tief durchatmen, bevor er antworten konnte. Er spürte instinktiv, dass er jetzt gebraucht wurde. Zum ersten Mal an diesem Tag hatte er einen klaren Gedanken. Er musste Sandra und Bill helfen. Er musste stark sein. Sarah würde von ihm erwarten, dass er ihre Familie beschützte. Sarah verlässt sich auf dich, sagte er sich. „Bitte, helfe ihnen", hörte er Sarahs Stimme in seinem Geist. Es klang wie ein Echo aus einer anderen Welt. Es war mehr ein Spüren als ein Hören. Er fühlte Sarahs Stärke in sich.

„Sandra, bitte, versuch dich zu beruhigen." Jack wusste von ihren Herzproblemen und befürchtete das Schlimmste. „Bitte, gib mir Bill." Er hörte, wie der Hörer weitergegeben wurde.

„Jack, ich weiß nicht, was ich sagen soll, sie war immer unser Engel."

Zum ersten Mal, seit Jack Bill kennengelernt hatte, klang Bills Stimme nicht ruhig und souverän, sondern hilflos und flehend: „Sie war doch mein Baby, wir waren immer so stolz auf sie."

Jack spürte die tiefe Verzweiflung in Bills Stimme. „Hör mir zu, Bill, jetzt müssen wir alle stark sein. Pass bitte auf Sandra auf. Ruf den Doktor, er soll ihr was zur Beruhigung geben. Sie muss sich beruhigen. Ich komme zu euch, bleibt, wo ihr seid."

Jacks Gehirn arbeitete auf einmal wie ferngelenkt. „Versprich mir, dass du stark bist, Bill. Wenn die Zeit reif ist, trauere, aber jetzt kümmere dich um deine Frau. Sandra braucht dich jetzt, sei stark."

Jacks Tonfall war ungewollt scharf und er erschrak vor seiner eigenen Stimme. Doch die Wirkung war die richtige.

„Ja, natürlich Jack, du hast recht, danke. Wann kommst du?", fragte Bill, der froh war, dass jemand die Initiative ergriff.

„Ich muss hier ein paar Dinge erledigen und fahr' dann gleich los. Ich bin in einer Stunde bei euch. Bitte passt auf euch auf. Gemeinsam werden wir das schon schaffen."

„O.k., fahr vorsich...", doch die Worte konnte er nicht zu Ende sprechen. „Ich meine, bis gleich."

Bill hatte aufgelegt. Jack fühlte, dass er das Richtige getan hatte. Er legte den Hörer auf und schaltete den Anrufbeantworter aus.

Er stand allein in der Küche. Das Haus war still. Er hatte eine Aufgabe. Sarah hatte ihm diese gestellt. Er würde versuchen stark zu sein. Er wollte um nichts auf der Welt diese beiden Menschen auch noch verlieren. Sarah verlässt sich auf dich. „Sei stark", hörte er sich selber sagen. Er wischte sich die kalten Tränen aus dem Gesicht und ging ins Schlafzimmer, um einige Sachen zu packen. Er würde länger wegbleiben.

Sandra und Bill wohnten nur einen Ort weiter, in Kingwood. Die Fahrt dorthin würde nicht lange dauern.

Jack hatte Sarahs Eltern, Sandra und Bill, vier Wochen, nachdem er offiziell mit Sarah zusammen war, kennengelernt. Es war kurz vor der Feier, anlässlich Bills 55. Geburtstag. Sie hatten ihn und Sarah zum Mittagessen in ein Restaurant in Humble eingeladen. Nur ein paar Stunden, bevor die anderen Gäste eintrafen. Sarah war furchtbar nervös gewesen. Sie hatte vorher noch nie länger als ein paar Wochen einen Freund gehabt und keinen von denen ihren Eltern vorgestellt. Jack amüsierte das Ganze.

Er hatte so viel schon über Sandra und Bill von seinem Chef Bob gehört, dass er das Gefühl hatte, sie schon eine Ewigkeit zu kennen. Bob hatte ihm immer erzählt, was für liebenswerte Menschen beide waren und wie stolz sie auf ihre einzige Tochter seien. Als er sie dann persönlich traf, spürte er direkt eine tiefe Zuneigung zu ihnen. Jack mochte sie sehr gerne. Sandra und Bill waren von ihm vom ersten Augenblick an begeistert. Sandra war, wie ihre Tochter, sehr hübsch und intelligent, wirkte sehr aktiv und brachte ihr Umfeld manchmal an den Rand des Wahnsinns. Es gab kaum etwas, worüber sie sich keine Gedanken machte. „Kindchen, du musst mehr an die frische Luft, du musst mehr trinken, deine Schuhe sind ungesund." Was Sarah zur Weißglut trieb, fand Jack eher lustig. Und die Streitgespräche zwischen Mutter und Tochter verfolgte er mit Interesse.

Wirklich schlimm wurde es, als Tommy geboren wurde. Haufenweise Zeitschriften mit allesamt unentbehrlichen Tipps für Säuglinge wurden von Sandra an ihre Tochter feierlich übergeben. Sarah rastete jedes Mal aus. Es gab nicht eine Kleinigkeit, die fürs Baby angeschafft wurde, die nicht vorher stundenlang debattiert worden wäre. Bill und Jack saßen meist bei einem kühlen Bier auf der Veranda und dachten, drinnen im Haus würde ein neuer Tarifvertrag zwischen Hafenarbeitern und Schiffgesellschaftern ausgetragen.

Tonnenweise Biobabynahrung wurde angeschleppt. Jack probierte scherzhafterweise mal ein Glas. Es kam ihm vor, als ob er Schwefelsäure verschluckt hätte. Das Brennen im Mund ließ erst nach Stunden wieder nach.

Sarah blockte mit Beharrlichkeit alles ab, was ihre Mutter an guten Vorschlägen anbrachte, egal wie sinnvoll diese waren. Denn einige dieser Vorschläge waren eigentlich sehr interessant. Nichtsdestotrotz wurde genau das Gegenteil gemacht.

Dieses Spiel dauerte etwa zwei Jahre. Bis ein unausgesprochener Waffenstillstand zwischen beiden ausgehandelt wurde. Und das Leben von Bill und Jack wieder ruhiger wurde.

Die Abmachung bestand darin, dass zu Hause Sarahs Regeln galten und Sandra sich raushielt. Natürlich nicht, ohne die Augen zu verdrehen, sodass Jack manchmal dachte, ein Chamäleon säße im Wohnzimmer. Wenn Tommy dagegen mit Oma unterwegs war, hielt sich Sarah zurück und Oma durfte den Kleinen so versorgen, wie es ihr am besten gefiel. Tommy war es sowieso egal. Er vergötterte seine Oma über alles.

Zweimal die Woche war Omatag. Und die sonst so hektische und besorgte Frau verwandelte sich in einen Babyentertainer von Weltklasse. Es gab keinen Quatsch, den sie nicht für ihren Enkel machte. Tommy war ihr ganzer Stolz. Trotz der vielen Streitereien mit ihrer Tochter erlebte Jack einen Zusammenhalt zwischen Mutter und Tochter auf eine Art und Weise, die ihm unbekannt war. Er war fasziniert von den beiden und liebte seine Frau noch mehr als je zuvor.

Bill war das Gegenteil von Sandra. Er war sehr ruhig – was Jack nicht verwunderte, Sandra ließ ihm nicht viel Zeit zum Reden. Bill strahlte eine souveräne Gelassenheit aus. Er war ebenfalls total vernarrt in Tommy und stiftete ihn immer zu allem möglichen Blödsinn an. Wenn er Ziel von Verbesserungsvorschlägen seiner Frau wurde, hatte er die Gabe, sich mit ihr zu unterhalten, ohne zuzuhören. Nur manchmal fiel es Sandra auf und dann gab es Ärger. Doch Bill und Sandra ergänzten sich hervorragend und lebten fast immer sehr harmonisch. Man hatte immer das Gefühl, dass diese beiden zusammengehörten und sich noch in hundert Jahren streiten würden.

Kein Wunder, dass Sarah eine so starke Persönlichkeit geworden ist, dachte sich Jack. Bei solchen Eltern.

Bill liebte seine Tochter mehr als alles andere auf der Welt. Dennoch hatte Jack nie das Gefühl, dass Bill auf ihn eifersüchtig war. Im Gegenteil, er behandelte ihn wie einen eigenen Sohn.

Jack war begeistert von Sarahs Eltern und erlebte mit seiner neuen Familie die schönste Zeit seines Lebens. Einen solchen Zusammenhalt hätte er sich in seiner Familie auch gewünscht. Doch das lag lange hinter ihm. Er genoss jetzt dieses Familienleben. Er holte alles nach. Und aus diesem wunderbaren Leben wurde er heute Mittag herausgerissen.

Er holte seine Reisetasche aus dem Kleiderschrank und stopfte alles, was er für ein paar Tage benötigte, hinein. Sein Blick schweifte durch das Zimmer. Die Vorhänge waren noch zugezogen. Der Raum lag im Halbdunkel. Es kam ihm vor, als wäre er vor Jahren das letzte Mal in diesem Zimmer gewesen. Das Bett war noch unordentlich. Die Dinosaurierherde stand noch neben dem Bett. Auf seinem Nachttisch war ein Bild von Sarah.

„Nein, tu das nicht“, rief er sich zu. „Später, wenn die Zeit reif ist.“

Wieder spürte er die Präsenz von Sarah in ihm.

Er verließ den Raum und ging die Treppe herunter. Er schaltete überall das Licht aus, ohne lange in den Räumen zu verweilen. Er schaute bewusst nirgends lange hin, um sich nicht mit Erinnerungen zu quälen. Er zog sich seine Jacke an, nahm die Autoschlüssel und verließ das Haus.

Vor dem Haus stand sein Wagen, ein VW-Golf. Er schaute auf das Garagentor. Die Garage, das wusste er, war leer. Der Wagen von Sarah, ein Chrysler, stand wahrscheinlich völlig zerstört auf der Interstate oder schon auf einem Schrottplatz. Da wurde ihm bewusst, dass er fast nichts über den Unfall wusste. Paul hatte es ihm zwar erzählt, doch er hatte nichts von dem aufnehmen können. Nur an einzelne Wortfetzen konnte er sich erinnern.

„Ungebremst in einen Öltankwagen."

Da fiel ihm auf, dass alles bis jetzt nur Worte waren. Er hatte nichts von all dem gesehen. Keinen Beweis für das Grauen, nicht den zerstörten Wagen, keine Unfallstelle. Nicht Sarahs oder Tommys Leichnam. Kein Krankenhaus. Es kam ihm auf einmal unwirklich vor.

Er sollte zu ihnen fahren, sich vergewissern. Doch irgendetwas in ihm verhinderte den Drang, ins Krankenhaus zu fahren. Sein Instinkt wollte ihn zu seinen Schwiegereltern führen. Er ging zu seinem Wagen, schloss ihn auf, stieg ein und fuhr los.

Kapitel 7

Sheriff Simpson

Amerika – Humble bei Houston

Paul Simpson fuhr mit seinem Polizeiwagen gerade auf die Hauptstraße von Humble ein. Er hatte soeben die Familie Smith besucht und ihnen schweren Herzens mitgeteilt, dass ihr Sohn Fred heute Morgen bei dem Unfall auf der Interstate ums Leben gekommen war. Es war an diesem Tag schon sein achter Besuch dieser Art.

Bis jetzt waren vierzehn Tote und zweiunddreißig Verletzte bei dem Unfall zu beklagen. Da sich der Unfall unmittelbar an der Auffahrt Humble zur Interstate ereignet hatte, stammten viele der Opfer aus der Stadt. Sein Amtskollege aus Kingwood, Jeff Miles, hatte ihm sofort seine Hilfe angeboten. Jeff und sechs seiner Beamten waren auch eine sehr große Hilfe. Dank der Unterstützung aus Kingwood brauchte er die Hilfe der Statetroopers nicht annehmen. Diese arroganten Affen wollte er nicht in seiner Stadt haben.

Nachdem der Brand unter Kontrolle war und die ersten Opfer identifiziert waren, wollte er seinen Leuten die Last abnehmen und die schreckliche Nachricht den Familien selbst überbringen.

Vor Ort hielt Ralf die Stellung. Sein Hilfssheriff war sein Vorgänger im Amt gewesen und ein treuer Freund. Paul konnte sich zu hundert Prozent auf ihn verlassen. Er war es auch, der Paul dazu riet, die Nachrichten persönlich zu überbringen.

„Ich mach das hier. Die Leute werden es dir nie vergessen, wenn du persönlich vorbeikommst", sprach Ralf mit eindringlicher Ruhe, trotz des Chaos um sie herum.

Paul schaute auf die Unfallstelle, der Brand war unter Kontrolle. Die Feuerwehr entwirrte nun das Autopuzzle mit schwerem Gerät. Die Menschen waren fast alle aus ihren Fahrzeugen befreit. Nur in ein paar schwierigeren Fällen bekam die Feuerwehr die Menschen nicht mit einfachen Geräten raus. Diese Opfer waren aber so schwer verletzt, dass jede Hilfe für sie zu spät kam. Die Verletzten waren abtransportiert und ins Krankenhaus nach Houston gebracht worden. Die Leichen lagen in entsprechenden Säcken aufgereiht und warteten auf ihre letzte Reise. Die Beamten aus Kingwood sicherten das Gelände.

Die Presse belagerte die Unfallstelle. Einige Fernsehsender hatten ihre Funkwagen geschickt und etliche Kamerateams filmten. Mehrere Helikopter kreisten über der Auffahrt und berichteten live von dem Unglück aus der Luft.

Nach Rücksprache mit dem Einsatzleiter der Feuerwehr, einem erfahrenen, guten Mann aus Kingwood, hatte er sich ins Auto gesetzt und mit dem schwierigsten Teil dieses Tages begonnen.

Nachdem er seinen Besuch bei den Smiths beendet hatte, machte er sich auf den Weg in Richtung Mainstreet. Dort hatte es einen Brand in der Praxis von Monika Bettermann gegeben. Monika war wahrscheinlich dabei ums Leben gekommen. Die Feuerwehr war zu spät eingetroffen aufgrund ihres Einsatzes auf der Interstate, sodass die Praxis völlig ausgebrannt war. Es wurde eine Leiche gefunden, und da sich bis auf Monika alle Angestellten gemeldet hatten, war sich Paul sicher, dass es sich um die Ärztin handelte. Sie war bekannt dafür, am Wochenende in der Praxis zu arbeiten, um in Ruhe ihren Papierkram zu erledigen.

Doch bevor er zur Praxis fuhr, musste er noch mal im Büro vorbeischauen und sehen, wie sich Britta hielt. Britta war die gute Fee des Sheriffs und kümmerte sich schon eine Ewigkeit um den Schriftverkehr im Büro. Sie war schon weit über fünfzig, klein, übergewichtig und hatte ein rundes Pfannkuchengesicht. Sie war schon immer sehr nervös und keine besonders starke Frau. Die gelegentlichen Dienste am Funk verlangten ihr an Belastung schon alles ab. Sie kochte jedoch den besten Kaffee der Welt und ihre selbst gemachten Donuts waren ein Gedicht. Sie war ein wirklich gutes Mädchen und alle seine Leute mochten sie.

Früher gab es wegen ihr und seinem Vorgänger Ralf böse Gerüchte, obwohl Britta seit dreißig Jahren verheiratet war. Und gelegentlich ließ einer seiner Leute einen Scherz in diese Richtung fallen. Danach gab es tagelang nichts Selbstgebackenes mehr und der Kaffee schmeckte schrecklich.

Paul hielt sein Wagen unmittelbar vor dem Sheriffoffice an und parkte auf seinem Parkplatz. Er stieg aus und ging erschöpft die steinerne Treppe hinauf. Der Tag hatte ihm alles abverlangt.

Das Sheriffoffice war ein altes, eingeschossiges Backsteingebäude aus den Zwanzigerjahren. Über der alten Holztür wehte die Fahne der Vereinigten Staaten von Amerika an einer Fahnenstange aus Holz.

Paul Simpson trat in das Gebäude, in dem er und seine Mitarbeiter untergebracht waren. Vor dem Office standen nur wenige Autos. Seine Leute waren fast alle noch unterwegs. Trotz seiner körperlichen Fitness war er am Rande der Belastbarkeit angekommen. Außer einem Frühstück hatte er noch nichts zu sich genommen.

Er betrat das Büro. Britta stand mit verweinten Augen vor ihm. Sie sagte nichts. In ihrem Gesicht war reine Verzweiflung zu sehen. Sie blickte ihren Chef angstvoll an. Simpson hatte kaum noch Kraft in sich, schaffte es jedoch, seiner Mitarbeiterin Zuversicht zu vermitteln. Er legte seine Hände auf ihre Schultern und sagte mitfühlend: „Ich weiß, Britta. Ich brauche dich jetzt. Du schaffst das.“ Britta schluckte und versuchte, ihre Tränen zu unterdrücken. Sie nickte ihm langsam zu und biss sich dabei auf ihre Lippen und er wusste, dass er sich heute auf sie verlassen konnte.Dann sagte sie: „Es ist jemand in Ihrem Büro. Er wartet schon länger da.“

Paul schaute verwundert in Richtung seines Büros. Hoffentlich doch kein Reporter. Er hasste diese Aasgeier, die schon den ganzen Tag den Unfallort belagert und ihn zu einer Stellungnahme aufgefordert hatten. Seine knappen Worte waren immer die gleichen: „Es ist noch zu früh. Wir müssen uns erst einen Überblick verschaffen und jetzt lassen Sie uns unsere Arbeit machen."

Dann ließ er Britta los, schaute ihr noch mal in die Augen und ging auf die Tür von seinem Büro zu.

Ein ihm unbekannter Mann saß auf seinem Stuhl an seinem Schreibtisch. Als der Sheriff eintrat, machte der Mann keinerlei Anstalten aufzustehen und schaute den Sheriff aus schwarzen Augen durchdringend an. In seiner Hand hielt er einen Brieföffner, den er durch seine Finger gleiten ließ. Der Mann trug einen schwarzen Anzug. Sein Alter vermochte der Sheriff nicht zu schätzen. Er sah nicht nach Kleinstadt aus. Doch Paul hatte das Gefühl, den Fremden schon mal gesehen zu haben.

„Wer sind Sie?", fragte er ihn, ohne auf die Tatsache hinzuweisen, dass der Besucher nichts an seinem Schreibtisch verloren hatte.

Der Fremde stand provozierend langsam auf und schob den Stuhl beiseite. Den Brieföffner ließ er achtlos auf den Schreibtisch fallen. Er ging um den Tisch und seine Hand griff in seine Jacketttasche. Instinktiv zuckte Paul zusammen und für den Bruchteil einer Sekunde fuhr seine Hand zu seiner Waffe. Der Fremde registrierte diese Reaktion, doch seine Bewegung führte er, ohne zu stoppen, aus. Paul spürte eine gewisse Belustigung des Fremden in dieser Handlung und er schaute ihm nun ins Gesicht.

Der Mann holte ein Abzeichen hervor und hielt es Paul vor die Augen. „Mein Name ist Andre Perry. Ich bin Spezialagent vom FBI."

Paul schaute den Fremden verwundert an. Was wollte das FBI hier?, dachte er. „Seit wann interessiert sich ein Spezialagent des FBI für Autounfälle?", fragte er.

Perry antwortet nicht, er drehte sich um und schloss die Bürotüre.

„Wissen Sie schon, wie es zu dem Unfall gekommen ist, Sheriff?", fragte er herausfordernd.

Das geht Sie gar nichts an, dachte Paul. Aber er merkte, dass er vorsichtig sein musste.

„Nein, bis jetzt haben wir uns erst um die Opfer gekümmert. Wir sind hier nur ein paar Leute." Ohne es zu wollen, verteidigte er sich. „Die Unfallstelle ist weiträumig abgesperrt, und sobald wir Zeit haben, werden wir mit den Untersuchungen anfangen."

Was will der Kerl?, fragte sich der Sheriff.

„Aber ich glaube nicht, dass dies in Ihre Zuständigkeit fällt."

Perry machte zuerst einen halben Schritt auf Paul zu und ging dann wieder um den Schreibtisch herum. Er ließ sich in den Stuhl des Sheriffs fallen, stützte sich mit den Ellenbogen auf den Tisch und schaute Paul tief in die Augen.

„Ich habe Informationen, für die Sie sich bestimmt interessieren werden", sagte er und fixierte Paul mit seinen schwarzen Augen. „Ich glaube, der Unfall könnte womöglich das Resultat eines Mordanschlags gewesen sein."

Paul blickte Perry erschrocken an. „Was haben Sie da gerade gesagt?", fragte er ungläubig.

Der FBI-Mann lehnte sich zurück und sagte eindringlich: „Ich habe den begründeten Verdacht, dass der Auslöser des Unfalls die Sabotage an einem der beteiligten Fahrzeuge war", Perry machte eine kurze Pause, bevor er weitersprach. „Und ich habe dafür Beweise."

Pauls Gedanken rasten. War das möglich?

„Wovon zum Teufel reden Sie", schrie er Perry nun an.

In dessen Gesicht war sichtlich Zufriedenheit zu erkennen. Er hatte es geschafft, den Sheriff dahin zu bringen, wo er ihn haben wollte.

Und dann erzählte der Fremde im schwarzen Anzug dem Sheriff die Geschichte. Paul glaubte, sich in einem Spionageroman wiederzufinden. Er hatte geglaubt, dass ihn nach dem heutigen Tag nichts mehr erschüttern könne. Und jetzt dies. Er war wie vor den Kopf gestoßen. Das, was Perry ihm erzählte, konnte er kaum glauben.

Als Perry seine Geschichte beendet hatte, lehnte er sich zurück und starrte den Sheriff an. Dieser sah wie ein Mann aus, der jeden Widerstand aufgegeben hatte. Perry genoss den Moment für einen Augenblick und sagte provozierend: „Sheriff, in dem Umschlag vor Ihnen liegt ein Bild des Mannes, der dafür verantwortlich ist."

Paul hatte den Briefumschlag auf dem Schreibtisch bis jetzt noch gar nicht wahrgenommen. Er nahm den Umschlag in die Hand, öffnete ihn und zog ein Foto heraus. Er schaute sich das Bild an und hatte augenblicklich das Gefühl, jemand hätte ihn mit einem Baseballschläger die Beine weggeschlagen. Den Mann auf dem Bild erkannte er sofort. Paul glaubte, sich übergeben zu müssen.

Kapitel 8

Herlitschka

Amerika – Washington

Gregorin Korlikov saß in seinem Wagen und fuhr zurück ins russische Konsulat.

Er hatte das Mädchen zurückgelassen, sie war immer noch am Schlafen. Nach dem Verlassen der Wohnung hatte er Michael angerufen. Er würde sich wie immer um das Mädchen kümmern. Michael war so etwas wie sein persönlicher Berater geworden. Er war kein Mitglied der Botschaft, sondern eine Art Betreuer.

Der Verkehr lief ruhig, in wenigen Minuten würde Gregorin in der Botschaft ankommen.

Diese Art von Vergnügen erlaubte er sich jetzt seit ein paar Monaten. Die Drogen, die er den meist sehr jungen Mädchen verabreichte, bekam er von seinen neuen Freunden, der russischen Mafia. Dass man ihn deswegen verhaften und ins Gefängnis stecken würde, war ausgeschlossen. Die Mädchen erinnerten sich morgens an nichts mehr. Diese Droge war völlig neu auf dem Markt, sie machte einen nicht nur besinnungslos, sondern löschte auch das Gedächtnis. Sie ließ sich kaum nachweisen. Außerdem besaß er diplomatische Immunität. Er war unantastbar. Und so fühlte er sich auch.

Vor Monaten war er noch ein emotionales Wrack. Doch seit dem Abend, als er mit dem Mann durch die Stahltür im Keller gegangen war, hatte sich das Blatt gewendet. Er erinnerte sich an den Abend, so als wäre es gestern gewesen.

Der große, drahtige Mann mit den blonden Haaren und der Waffe, den er im Keller getroffen hatte, hieß Boris und war vom

KGB. Als Gregorin ihm durch die Tür gefolgt war, dachte er in eine andere Welt einzutreten.

Es war ein großer, steriler Raum, der an die Leitzentrale der NASA erinnerte. Eine Reihe von Computerterminals nahm die Kopfseite des Raumes ein. Es mussten mindestens zwanzig voll ausgestattete Arbeitsplätze sein. An der Wand darüber hing ein überdimensionaler Bildschirm, der nicht dicker als fünf Zentimeter war und einen Durchmesser von knapp zehn Metern hatte. Das Bild war gestochen scharf, obwohl Gregorin im Fünfundvierzig-Grad-Winkel zur Bildschirmoberfläche stand. Auf dem Bildschirm sah man die Landkarte der Vereinigten Staaten abgebildet. Die großen Städte waren namentlich aufgeführt. Rote und blaue Punkte und Kreise verteilten sich rund um die Namen.

Bis auf zwei Plätze waren alle Terminals leer. Dort arbeiteten zwei Männer in grauen Anzügen, die ihr Kommen nicht beachteten. Am anderen Ende des Raumes hing eine Fahne der Sowjetunion. Die Wände und Decken waren mit Stahlplatten versehen. Die Struktur auf den Platten erkannte Gregorin und er wusste, dass man solch eine Konstruktion in abhörsicheren Gebäuden installierte. Einen Raum, der nur einen Bruchteil der Größe von diesem hier hatte, mit einem solchen Material auszukleiden, kostete schon ein Vermögen. Gregorin kannte sich mit Computern nicht besonders gut aus, doch diese hier schienen alle das Neueste vom Neuesten zu sein. Er schätzte, dass in diesem Raum mehrere Millionen Dollar stecken mussten.

Boris führte ihn wortlos durch den Raum. Am Ende befand sich eine Tür mit dem gleichen Zahlenschloss wie im Korridor. Boris gab die Zahlenkombination ein. Sie betraten ein kleines Büro. Die Wände und Decken waren mit dem gleichen Material ausgekleidet wie der große Raum. Ein einsamer Tisch mit zwei gegenüberstehenden Stühlen stand im Raum, dazu in der Ecke ein Wasserspender. Boris holte zwei Becher mit Wasser, gab einen davon Gregorin und setzte sich dann hin. Gregorin nahm auf dem anderen Stuhl Platz. Für einen Moment sahen sich die beiden Männer an, bevor Boris zu sprechen begann.

„Mein Name ist Boris Rutschenko und ich arbeite für eine Sonderabteilung des KGB“, begann er. „Ich leite die Einsatzzentrale. Alles, was Sie hier sehen, ist streng geheim, nur wenige Personen wissen von dem Raum hier."

Gregorin war wütend. Was wollte der KGB hier in seinem Konsulat? Wenn es etwas gab, das er mehr verabscheute als die Amerikaner, dann war es der KGB.

Boris fixierte Gregorin und sprach dann sehr langsam mit einem gefährlichen Unterton: „Hören Sie mir zu, Herr Botschafter, ich werde es nur einmal sagen. Dieser Raum existiert nicht, vergessen Sie das nie." Dann lehnte er sich zurück und schaute auf die Kette mit dem Ring in Gregorins Hand. „Woher haben Sie den Ring?"

Gregorin schaute den Ring an, er hatte gar nicht mehr gemerkt, dass er ihn in der Hand hielt. Er überlegte, was er sagen sollte. Er musste vorsichtig sein.

Rutschenko sah ihn eindringlich an. „Ich kenne Sie, Gregorin, ich kenne Sie wahrscheinlich besser als Sie sich selbst. Ich weiß, dass Sie uns vom KGB nicht leiden können. Was ich allerdings nicht wusste, ist, dass sie im Projekt Herlitschka waren."

Gregorin wurde noch wütender und antwortete nicht.

„Und an Ihrem Gesichtsausdruck sehe ich, dass Sie auch nicht wussten, dass der KGB über Herlitschka Bescheid weiß."

Boris hatte recht, das Programm Herlitschka war ein rein militärisches Programm. Nach Auskunft seiner damaligen Vorgesetzten wusste der KGB nichts davon. Es unterlag der höchsten Geheimhaltungsstufe und so sollte es auch bleiben. Zu oft hatte der KGB militärische Operationen versaut.

Das Projekt Herlitschka hatte einen neuen Ansatz der atomaren Kriegsführung. Der Erstschlag sollte so ausgeführt werden, dass niemand ahnte, dass es sich um einen Angriff handelte. Es sollten keine militärischen Einrichtungen angegriffen werden, sondern Ziel waren hauptsächlich Atomkraftwerke. Bevorzugt in der Nähe von Biolabors, Wirtschafts- oder öffentlichen Versorgungseinrichtungen. Die Amerikaner sollten glauben, es handele sich um einen Unfall im Atomkraftwerk, einen sogenannten Supergau.

Die Auswirkungen einer solchen atomaren Katastrophe würden Amerika für immer schwächen, so war der Plan. Dafür hatte das Militär in strengster Geheimhaltung eine neue Waffe entwickelt. Es handelte sich dabei um eine Miniatur-Atombombe. Dabei ging es nicht um die Sprengkraft der Atombombe, sondern um den als Nebenwirkung einer atomaren Explosion auftretenden elektromagnetischen Impuls (EMP). Dieser Impuls setzt alle elektrischen Geräte unwiderruflich außer Gefecht. Der Anschlag würde zum Totalausfall der Steuerung des Kraftwerks führen und zu einer Kettenreaktion. Die daraus resultierende Kernschmelze würde alle Beweise vernichten. Ein Nachweis dafür, dass es sich um einen Anschlag handelte, wäre fast unmöglich.

Unmittelbar nach Fertigstellung der Waffe sollte sie eingesetzt werden. Gregorin war einer der Kandidaten für die Operation. Der Ring, den er in seiner Hand hielt, war sozusagen ein Erkennungszeichen der Programmmitglieder. Es gab keine zwanzig Personen auf der Welt, die von dieser Operation wussten. Doch man schaffte es nicht, die Waffe herzustellen, und so wurde das Projekt geschlossen. Und unmissverständlich erklärte man ihm, dass es das Projekt Herlitschka nie gegeben hatte. Nur noch der Ring und ein paar Erinnerungen waren ihm geblieben.

Und Boris Rutschenko hatte ebenfalls einen solchen Ring. Gregorin starrte den KGB-Mann an. Boris trank sein Wasser aus. Er stand auf und ging zum Wasserspender. Gregorin beobachtete ihn wortlos dabei. Er wusste nicht, was er von all dem halten sollte. Boris hatte seinen Becher aufgefüllt und drehte sich um.

„Passen Sie auf, Gregorin, ich weiß, dass Sie den KGB hassen. Aber auch bei uns haben sich einige Dinge geändert. Neue Zeiten brechen an. Neue Ideen entstehen. Neue Möglichkeiten tun sich auf." Boris' Worte wurden auf eine bestimmende Art freundlicher. „Ein Mann in Ihrer Position kann uns von großem Nutzen sein."

„Glauben Sie ernsthaft, dass ich für den KGB arbeite?", antwortete Gregorin fast lachend.

„Nein, Gregorin, das hier hat mit dem KGB nichts zu tun. Der KGB ist eine zahnlose, alte Schlange. Die Zeit des KGB ist vorbei." Boris machte eine Pause und schaute Gregorin tief in die Augen. „Wir sind nicht der KGB, wir sind Herlitschka."

Gregorin spürte, dass Boris es völlig ernst meinte.

Konnte das sein? Seine Gedanken rasten. Er dachte, er wäre schwerelos. Er sah Boris an und suchte in seinen Augen nach einem Beweis der Unwahrheit. Aber er fand ihn nicht.

„Gregorin, glauben Sie mir, wenn Putin von dieser Operation wüsste, wäre ich schon lange ein toter Mann." Gregorin spürte, dass Boris die Wahrheit sagte.

Und dann erzählte Boris ihm alles über die Operation. Er erzählte die ganze Nacht durch. Boris zeigte ihm Dinge, die er nie für möglich gehalten hätte. Sie hatten es tatsächlich geschafft, die Waffe fertigzustellen. Als Gregorin am nächste Morgen den Raum verließ, war er ein neuer Mensch. Ein Mensch mit einem Ziel vor Augen. Und seit jenem Moment spürte er immer dieses Gefühl der freudigen Erwartung.

Die Operation hatte gewisse Schwierigkeiten, aber mit Gregorins Hilfe würde man diese überwinden können. Boris hatte ihm daher eine Reihe von Aufgaben übertragen. Dafür musste er sein Leben von Grund auf ändern.

Eine seiner Aufgaben war es, die Finanzierung zu sichern. Und dafür brauchte er neue Freunde. Freunde mit sehr viel Geld. Freunde, die keine Fragen stellten. Leute ohne Gewissen und Moral. Und wer war da besser geeignet als die Mafia?

Kapitel 9

Feuerinferno

Amerika – Kingwood

Jack steuerte seinen Wagen in Richtung Kingwood. Die Fahrt zu seinen Schwiegereltern dauerte unter normalen Umständen keine halbe Stunde. Doch durch den Unfall auf der Interstate waren die Nebenstraßen überfüllt. Er war jetzt schon eineinhalb Stunden unterwegs. Hunderte Male war er diese Strecke schon gefahren. Doch nie mit einem solchen Unbehagen wie jetzt. Die Überwältigung der Trauer hatte ihn fast jegliche Kraft gekostet.

Die Trauer wich der Angst. Angst um das Leben seiner Schwiegereltern. Und diese Angst gab ihm neue Kraft. Er war entschlossen, jetzt stark zu sein und den Tod seiner Familie später zu betrauern. „Sarah verlässt sich auf dich."

Entschlossenheit war schon immer seine größte Stärke. Wenn er sich ein Ziel gesetzt hatte, verfolgte er es so lange, bis er es erreicht hatte. Wie er es schaffte, war ihm dabei egal. Nie erreichte man seine Ziele auf gerader Strecke. Sarah war schon immer erstaunt, mit welcher Hingabe und welchem Einfallsreichtum Jack vorging, wenn er sich etwas in den Kopf gesetzt hatte. Es war einer der Gründe, warum Sarah Jack so sehr liebte. Er war ein Mann mit Träumen, der versuchte, diese Träume auch zu verwirklichen. Ein Mann mit Idealen. Und diese Ziele trieben ihn ein Leben lang an und gaben ihm Kraft.

Jack hatte die Stadt erreicht und bog in die Straße ein, in denen Sarahs Eltern wohnten. Erschrocken trat er hart auf die Bremse und blieb unvermittelt stehen. Er blickte in Richtung des Hauses. Und was er dort sah, ließ ihm das Blut in den Adern gefrieren.

Vor dem Haus standen mehrere Feuerwehrwagen und einige Polizeifahrzeuge. Der Bereich um das Haus war weiträumig abgesperrt. Dort, wo ursprünglich das Haus seiner Schwiegereltern gestanden hatte, waren nur noch verbrannte Überreste zu sehen. Jack trat aufs Gas und fuhr zum Haus. Er hielt mit quietschenden Reifen und stürmte aus seinem Wagen in Richtung des Hauses.

Sheriff Jeff Miles drehte sich bei dem Lärm von Jacks Auto um. Er kannte den Schwiegersohn von Sandra und Bill vom Sehen.

Jack rannte auf die Absperrung zu und Sheriff Miles stellte sich mit ausgebreiteten Armen vor Jack.

„Nein, Mr. Norrick bleiben Sie hier, nicht da rein!"

Jack blieb kurz vor dem Sheriff stehen, sein Atem ging schwer, sein Puls raste wie wild.

Da, wo zuvor das Haus stand, befand sich nur eine Ruine. Das oberste Stockwerk und das Dach waren völlig eingestürzt. Vom Erdgeschoss waren nur die verbrannten Grundmauern zusehen. Ohne seinen Blick von dem Haus abwenden zu können, wollte Jack eine Frage stellen. Doch diese Frage kam nie über seine Lippen, sie wurde, bevor er sie gestellt hatte, beantwortet.

Feuerwehrmänner trugen zwei Leichensäcke aus den Trümmern.

„Es tut mir schrecklich leid", sagte der Sheriff zu Jack.

Doch er hörte die Worte des Sheriffs nur schwach, er fühlte sich kilometerweit entfernt.

Ein Schrei brachte ihn zurück. Einer der Feuerwehrmänner rief: „Hier ist noch eine Leiche."

Der Sheriff schaute von der Unfallstelle zu Jack und fragte ihn etwas. Aber Jack war nicht imstande ihm zu antworten.

Als er in die Straße eingebogen war, hatte er für einen winzigen Augenblick im Augenwinkel am Straßenrand ein Fahrzeug gesehen. Zuerst hatte er es nicht wahrgenommen. Doch in diesem Moment wusste er, wem das Auto gehörte, seinem Freund und Mentor Bob Phillips, einem Mann, den er mehr liebte als seinen eigenen Vater. Er war der beste Freund von Sarahs Eltern.

Jack gaben die Beine nach, ihm wurde schwarz vor Augen. Sheriff Jeff Miles hielt ihn fest, damit er nicht auf den Boden fiel. Zwei Hilfssheriffs stürmten auf die beiden zu, um Jeff zu helfen.

Jack bemerkte durch den Zusammenbruch nicht, wie auf der gegenüberliegenden Straßenseite ein Auto hielt. Zwei Personen stiegen aus. Einer der beiden war Sheriff Paul Simpson. Er sah aus wie eine wandelnde Leiche. Der andere Mann war für Jack ein Fremder. Er trug einen schwarzen Anzug. Jack hatte keine Ahnung, dass beide Männer zuvor in seinem und Sarahs Haus gewesen waren. Der Fremde hatte einen richterlichen Durchsuchungsbefehl mitgebracht und daraufhin das ganze Haus und die Garage auf den Kopf gestellt. Sheriff Simpson konnte ihn nicht daran hindern. Er hatte nur tatenlos dabeigestanden. Er war nicht mehr imstande gewesen, einen klaren Gedanken zu fassen. Jeder Mut zur Gegenwehr war beim Sheriff gebrochen.

In der Garage des Hauses hatten sie dann Werkzeuge gefunden, an denen sich Bremsflüssigkeit eines Autos befand. Die gleiche wie auf dem Garagenboden. Außerdem stellten sie mehrere Kanister einer brennbaren Flüssigkeit in der Garage sicher. Offensichtlich fehlten einige davon.

Der Fremde schien das abgebrannte Haus nicht wahrzunehmen. Er ging zielstrebig auf Jack zu, der immer noch von den Polizisten gestützt wurde.

Paul folgte dem Fremden wortlos. Er ahnte nicht, dass er in nicht mal zwei Stunden tot auf dem Boden von Jacks Garage liegen würde.

Kapitel 10

Der Dämon

Amerika

Der schwarze Dämon erwachte.

Dieses Erwachen dauerte nicht wie bei den Sterblichen einen Augenblick, sondern der Dämon erwachte nun schon seit mehren Wochen.

Die Zeit war gekommen. Das Spiel würde in Kürze beginnen.

Der Dämon befand sich in einem dunklen Raum. Er kannte diesen Raum. Viele Male war er hier schon gewesen und hatte das Spiel aus diesem Raum verfolgt und seine Figuren gelenkt. Die Dunkelheit machte ihm nichts aus, er konnte im Dunkeln genauso gut sehen wie die Menschen bei hellem Tageslicht. Dunkelheit war seine Welt.

Der Dämon hatte Hunger. Aber nichts Essbares auf der Welt konnte diesen Hunger stillen. Das Spiel würde ihn mit allem versorgen, was er benötigte. So war es immer gewesen und so würde es auch bleiben. Wenn die Zeit reif war, begannen die Vorbereitungen für das Spiel. Und die Vorbereitungen waren fast abgeschlossen. Die Pallas, die Hüter des Spiels, sorgten immer dafür. Keine der beiden Seiten hatte Einfluss auf die Pallas, so war das Gesetz des Spiels.

Der Dämon ging langsam in dem Raum umher. Die Tür war fest verschlossen. Doch schon bald würde sich die Tür öffnen lassen und er könnte endlich in den Tempel. In seinen Tempel.

In dem Tempel befand sich etwas, das der Dämon mehr als alles andere begehrte: die Säulen. Er konnte es kaum mehr erwarten, diese Säulen in Besitz zu nehmen. Ungeduld machte sich in ihm breit. Er wollte die Säulen. Und schon bald würde er sie bekommen.

Die Pallas hatten die Auserwählten gefunden, das spürte der Dämon. Und schon bald würden diese Menschen in das Spiel eintreten. Das taten sie immer. Dafür würden die Pallas sorgen. Die Belohnung für die Teilnahme war für die Auserwählten zu verlockend.

Doch gegen den Dämon und seine Helfer hatten die Menschen keine Chance. Auch wenn die Gegenseite ihnen etwas anders erzählte.

Die Pallas trugen Vorsorge dafür, dass sich die Welt veränderte.

Der Dämon dachte sehnsüchtig an die Säulen, er wollte sie berühren.

Schon viele Male hatte das Spiel stattgefunden. Der Dämon hatte immer gewonnen. Nie hatte einer der Auserwählten auch nur einen Fuß in seinen Tempel setzen können. Der Dämon war zu stark und so würde es immer bleiben.

Der Hunger des Dämons war unermesslich. Nur durch Tod und Leid der Menschen war dieser Hunger zu stillen.

Und durch das Spiel würde der Dämon genügend Nahrung bekommen. Das Spiel würde so lange dauern, bis die Auserwählten gestorben waren.

Doch der Dämon wollte die Auserwählten wie immer lange am Leben erhalten. Um sich an den Grausamkeiten, die den Menschen bevorstanden, zu ergötzen.

Und dann, wenn die Zeit reif war, würde er die Auserwählten von seinem Helfer töten lassen.

So war es immer.

Kapitel 11

Vorbereitung des Anschlags

Amerika – Kansas City

Richard Best saß im Büro seiner Autohandlung am Schreibtisch und wartete auf eine E-Mail. Hinter ihm an der vertäfelten Wand hing eine Südstaatenflagge, darunter ein Porträt von George W. L. Bickley.

Bickley war Gründer eines Geheimbundes, der vor dem Bürgerkrieg in Tennessee gegründet worden war. Die Mitglieder dieses Bundes nannten sich selbst „Ritter des goldenen Zirkels." Ziel war die Schaffung eines auf Sklavenarbeit basierenden Imperiums, zu dem die Westindischen Inseln, der Süden der USA, Mexiko und Zentralamerika gehören sollten. Erstes Etappenziel auf dem Weg zur Schaffung des Imperiums sollte die Rückeroberung Mexikos sein. Aber das Unternehmen Mexiko kam nie zustande. Nach der Wahl von Abraham Lincoln zum US-Präsidenten im Jahr 1860 sah der Geheimbund eine neue Aufgabe auf sich zukommen. Die Abtrennung des Sklaven haltenden Südens von dem gegen die Sklaverei eingestellten Norden.

Heute richtete sich der Kampf des Bundes gegen alle Schwarzen, Juden und Ausländer. Besser bekannt war der Geheimbund unter dem Namen Ku-Klux-Klan.

Best war in der Vergangenheit Mitglied dieser Organisation gewesen und unterstützte als freiwilliger Helfer 1991 David Duke, der als Führer des Ku-Klux-Klan für den Posten des Gouverneurs von Louisiana kandidierte und knapp scheiterte. Best war anschließend jahrelang vom FBI regelrecht verfolgt worden.

Das Büro, in dem Best saß, war sein persönliches Reich. Weder ein Kunde noch einer seiner faulen Angestellten durfte hier hinein.

Best spielte ungeduldig mit einem Kugelschreiber und starrte auf den Bildschirm seines Laptops. Er wartete auf eine Nachricht des Russen. Die Nachricht, die er erwartete, enthielt einen verschlüsselten Code für eine abhörsichere Telefonleitung über Internet. Die Verbindung nutzten beide für die Kontaktaufnahme schon seit mehreren Wochen. Der Russe hatte diese Art der Kommunikation gewählt und für jede Nutzung brauchte Best einen neuen Code, den er zuvor als E-Mail zugeschickt bekam. Den Laptop, eine Spezialanfertigung, hatte er von den Russen erhalten. Nach Aussage des Mannes war diese Art der Kommunikation absolut sicher und konnte nicht abgehört werden. Best hatte keinen Zweifel daran, ansonsten säße er schon längst hinter Gittern. Der Russe schien sehr mächtige Verbündete zu haben. Persönlich getroffen hatten beide sich noch nie und der Plan sah es auch nicht vor.

Es war der Russe, der mit Best und seiner Organisation, der NO, Kontakt aufgenommen hatte. Die NO hatte das Ziel, den Staat aufzuhalten, der im Begriff war, den Menschen in diesem Land ihre Persönlichkeitsrechte zu nehmen. Steuern wurden auf alles Mögliche erhoben. Amerikanische Fabriken mussten durch Gesetzesauflagen des Umweltschutzes geschlossen werden und wurden zeitgleich in einem Land in der Dritten Welt wieder aufgebaut. Die dort hergestellten Maschinen wurden nach Amerika exportiert und teurer als zuvor verkauft. Deshalb saßen hier die eigenen Landsleute auf der Straße und hatten keine Arbeit. Die staatlichen Behörden spionierten die Bewohner des Landes aus. Die Rechte des amerikanischen Bürgers wurden mit Füßen getreten. Ein Neger durfte für die Präsidentschaft kandidieren. Amerika war seiner Meinung nach ein einziger Sündenpfuhl geworden.

Die NO hatte vor Monaten einen schweren Schlag erlitten und ohne die Hilfe des Russen wäre sie auch für immer auseinandergebrochen. Die Organisation plante zu dieser Zeit einen Angriff auf ein Büro von Amnesty International in Kansas City.

Doch bevor der Anschlag durchgeführt werden konnte, wurden bei einer Hausdurchsuchung fast alle Waffenbestände der NO beschlagnahmt und zehn seiner Gesinnungsgenossen verhaftet. Dadurch konnte der Angriff nicht durchgeführt werden. Die Heimatschutzbehörde, der Name an sich war schon ein Witz, hatte den E-Mail Verkehr der Mitglieder ausspioniert und dann bei einem Treffen zugeschlagen. Man hatte auch ihn anschließend verhaftet, ohne Haftbefehl, und ohne Anwalt zehn Stunden verhört. Doch man konnte ihm nichts nachweisen und ließ ihn laufen.

Best hatte sich geschworen, dass die Schweine dafür bezahlen würden.

Seine Leute von der NO würden ihre Rechte verteidigen, und wenn es notwendig sein sollte, auch mit Waffengewalt. Es war Zeit zurückzuschlagen.

Und mithilfe des Russen würde dieser Schlag die Regierung treffen wie ein Faustschlag ins Gesicht. Der Russe hatte die NO mit Waffen und ausreichend Geld versorgt, damit sie die alte Stärke wieder erlangte.

Best hasste zwar alle Ausländer, nahm die Hilfe des Russen aber an, manchmal musste man sich eben mit dem Teufel verbinden, um seine Feinde zu schlagen.

Der Russe besaß alles, was Best für diesen Schlag brauchte. Best war zu allem entschlossen, er wollte sich lieber mit einem Knall verabschieden, als in sechs Monaten auf einer vergammelten Krankenstation an dem verfluchten Tumor in seinem Kopf sterben. Und was aus seiner Frau, der fetten Schlampe, wurde, war ihm scheißegal, dachte er.

Auf seinem Bildschirm erschien mit einem Klang ein Zeichen, dass eine E-Mail eingetroffen war. Er öffnete die Mail und notierte sich mit dem Kugelschreiber die vierzehnstellige Zahlen- und Buchstabenkombination auf einen Zettel.

Er löschte die E-Mail, setzte sich das Headset auf und startete das Kommunikationsprogramm. Nach kurzer Zeit erschien der Anmeldebildschirm für das Programm. Ein Benutzername und ein Kennwort wurden gefordert. Best gab seinen Benutzernamen ein und anschließend den zuvor notierten Code.

Die Verbindung wurde hergestellt. Best wurde wie immer nervös und bekam schweißnasse Hände. Er hörte im Kopfhörer ein kurzes elektronisches Summen und dann meldete sich, elektronisch verzerrt, die Stimme des Russen.

„Mr. Best“, sprach der Russe, „die Durchführung ist für Morgen um zwölf Uhr geplant. Merken Sie sich unbedingt diese Anweisungen. Ich werde sie nicht wiederholen. Notieren Sie die Anweisungen und prägen Sie sich diese unbedingt ein. Anschließend vernichten Sie die Notiz.

Hören Sie jetzt genau zu. Fahren Sie um elf Uhr zur Kansas City Central Station und suchen Sie das Schließfach hunderteinundachtzig. Der Zahlencode für das Fach lautet zwei, drei, vier. In dem Fach befindet sich ein Koffer. In dem Koffer liegt das Geschenk. Des Weiteren finden Sie eine nicht registrierte Waffe und einen Autoschlüssel in dem Fach. Der Schlüssel gehört zu einem schwarzen BMW, er steht auf Parkdeck zwei, Platz einhundertsechs. Fahren Sie zum vereinbarten Zielort und geben Sie das Geschenk ab.“

Best sprach kein Wort und schrieb mit.

„Viel Glück“, sagte die verzerrte Stimme. Die Verbindung war beendet.

Gregorin hatte das Programm beendet und nahm das Headset ab. Er saß in dem Kommunikationsraum im Keller des Konsulats an einem der vielen Computerterminals. Hinter ihm, an die Wand gelehnt, stand Boris und schaute ihn mit stillem Blick an.

Jetzt waren alle Vorkehrungen abgeschlossen. Alle Teilnehmer der Aktion waren instruiert und die Waffen verteilt. Auch wenn nur die Hälfte der Anschläge gelingen sollte, wäre der Schaden für die Amerikaner so groß, dass er das Land ins Chaos stürzen würde. Morgen um siebzehn Uhr war es soweit.

Gregorin hatte vor Monaten, wie Boris es ihm aufgetragen hatte, sein Leben geändert. Gregorin war für die Beschaffung von Geldern verantwortlich. Dazu hatte er als Erstes seinen Lebensstil ändern müssen. Um an das Geld anderer Leute zu kommen, brauchte er Kontakte. Die knüpfte man nicht, indem man sich einschloss. Er fing mit der Teilnahme an kleineren Veranstaltungen von Kommunalpolitikern der Stadt an. Zuerst spielte er seine Rolle mit Beklemmung, doch nach einigen öffentlichen Auftritten verflog das Unbehagen. Es dauerte nicht lange und Einladungen von ranghöheren Politikern und Stadträten folgten. Nach ein paar Wochen sah er sich auf Feiern von Senatoren und der High Society von Washington. Gregorin lernte auf diesen Partys eine Menge Leute kennen. Unter anderen den Leiter des Kunstmuseums in Washington, David Parchman. Er war sechzig Jahre alt und hatte eine bezaubernde Zwanzigjährige als Ehefrau. Sie war Russin und sehr temperamentvoll. Sie studierte Kunst und wickelte ihren Mann um den Finger. Um seine wunderschöne Frau zu beeindrucken und bei Laune zu halten, wollte Parchman gerne eine Ausstellung russischer Kunstwerke in seinem Museum organisieren. Doch durch den sich verschärfenden politischen Ton zwischen Moskau und Washington stellten sich die russischen Behörden bei jeder diesbezüglichen Anfrage aus Amerika stur. Parchman flehte Gregorin förmlich an, ob dieser nicht etwas für ihn tun könne, Gregorin meinte, er wolle sehen, was sich tun ließe.

Noch in der gleichen Nacht telefonierte er mit einigen seiner alten Bekannten und überwies eine Summe von fünfundzwanzigtausend Dollar nach Russland. Innerhalb der nächsten vier Wochen wurde ein erster Container mit zwanzig Gemälden der „Bonjour-Russland-Ausstellung" von Moskau nach Washington geschickt. Diese Bilder sollten ursprünglich in der Royal Academy London ausgestellt werden. Doch durch die Spannungen zwischen London und Moskau wegen der Aufklärung des Mordes an dem Spion Alexander Litwinenko wurden die Bilder nicht nach London ausgeliehen. Die Engländer hatten nicht verbindlich garantiert, dass die Kunstwerke nach Moskau zurückkehren würden. Und so fanden sie über dunkle Kanäle ihren Weg nach Washington. Dort sollten sie für jeweils vier Wochen bleiben, um dann gegen andere Exemplare ausgetauscht zu werden. Ein Freund von Parchman sorgte dafür, dass die Gemälde, wie auch der Transportcontainer, in dem die Bilder verschickt wurden, diplomatische Immunität genossen. Dadurch kamen die Container ohne jegliche Kontrolle auf der amerikanischen Seite ins Land. Gregorin hatte über Nacht das perfekte Transportmittel für alle Dinge von Russland nach Amerika und umgekehrt in seiner Hand. Es dauerte auch nicht lange und diverse Interessengruppen traten auf Gregorin zu, um diese Möglichkeit gegen entsprechende Bezahlung zu nutzen.

So wurde Gregorin über Nacht einer der besten Freunde der Russenmafia. Schnell wurden sie seine Hauptkunden. Drogen, Waffen, Datenträger, Geld, sogar Organe wurden mit den Containern ins und aus dem Land transportiert. Im Gegenzug versorgte die Mafia ihn mit Geld und Waffen für seine eigenen Unternehmungen. Ein Großteil der Einnahmen floss in Organisationen wie die NO.

Die Transporte waren in kurzer Zeit für die Mafia zu einem wichtigen Geschäft geworden. Deshalb stellte man Gregorin einen Berater zur Seite. Diese Aufgabe übernahm Michael, ein zwei Meter großer Hüne mit einer Hakennase und vernarbtem Gesicht. Er war offiziell zu seinem Schutz außerhalb der Botschaft da, doch Gregorin wusste, dass er ihn überwachen sollte. Gregorin störte das nicht im Geringsten. Michael sorgte nicht nur für seine Sicherheit, sondern versah ihn auch mit der Droge für seine Abenteuer, den jungen Mädchen.

Gregorin schaltete so, wie er es gewohnt war, den Computer im Kellerraum ab, dann stand er langsam auf und drehte sich zu Boris um.

Er freute sich auf den morgigen Tag, doch eines machte ihn nervös. Boris hatte den Teil, der Gregorin betraf, überraschend geändert. Gregorin selbst sollte die Schlüsselrolle in diesem Plan spielen. In den letzten Wochen waren alle Aktionen von Gregorin geplant und koordiniert worden. Er hatte das Gefühl, der Anführer dieser Verschwörung zu sein. Boris war vom Chef zu seinem Handlanger geworden und hatte Gregorins Position nie angezweifelt. Doch vor einer Stunde hatte Boris ihm mitgeteilt, dass Gregorin nicht persönlich an der Aktion teilnehmen sollte. Gregorin wollte zuerst protestieren, doch die Art und Weise, wie Boris ihm seinen Entschluss mitgeteilt hatte, ließ keinen Platz für Verhandlungen. Gregorin wusste, wann es sich um einen Vorschlag und wann um einen Befehl handelte. Er war durch seine Militärlaufbahn gewohnt, einen Befehl, egal welche Abneigung er gegen diesen hegte, zu befolgen.

Er vertraute Boris.

Boris hatte ihm den Ort genannt, an dem Gregorin morgen die Operation verfolgen sollte. Es würde ein sicherer Ort sein. Ein Ort, an dem Gregorins Überleben gesichert wäre. Er sollte dort bleiben, bis man ihn abholen würde.

Gregorin müsste schon heute Nacht aufbrechen, um dorthin zu gelangen. Einerseits fühlte Gregorin sich betrogen. Betrogen um die Ehre und den Ruhm, andererseits würde eine neue Aufgabe auf ihn warten und er war gespannt, um welche es sich dabei handelte. Es sollte eine ehrenvolle Aufgabe sein.

Gregorin saß noch auf dem Lehnsessel vor dem Computer, schaute Boris energisch blickend an und nickte ihm zu. Dann stand er auf, ging zur Tür. Dort gab er den Zahlencode ein. Das Schloss der Tür wurde entriegelt und Gregorin trat ein letztes Mal in seinem Leben durch diese Tür. Er drehte sich um und warf einen letzten Blick auf Boris. Dieser arbeitete bereits vertieft an einem der Bildschirme. Gregorin blickte auf die an der Wand hängende Fahne und spielte dabei an seinem Ring.

Boris Worte füllten seinen Gedanken aus: „Wir sind Herlitschka! Neue Möglichkeiten! Neue Zeiten!"

Boris hatte recht behalten und morgen würden diese Zeiten anbrechen.

Gregorin ging entschlossen hinaus.

Boris schaute bei dem Geräusch der sich schließenden Tür auf und lehnte sich zurück. Gregorin war gegangen. Boris war gezwungen worden, den Plan zu ändern. Der Russe sollte ursprünglich als Märtyrer bei dem Anschlag sterben. Doch die Fähigkeiten, die Gregorin in den letzten Wochen der Vorbereitung an den Tag gelegt hatte, hatten Begehrlichkeiten für seine Person geweckt. Die dunkle Seite hatte den Anspruch geltend gemacht. Der Einfallsreichtum und die Führungsfähigkeiten Gregorins waren für die bevorstehenden Zeiten sehr wertvoll. Er besaß eine gewisse Autorität Fremden gegenüber, die selten war, und er würde eine ruhmreiche Aufgabe übertragen bekommen. Es war eine Ehre, wie sie nur wenigen Menschen im Laufe der Geschichte zuteilgeworden war.

Als Pallas wusste Boris, dass es seine Aufgabe war, Gregorin den Personen zu übergeben, die sich seiner bemächtigen wollten. Nach den Regeln des Spiels konnte ein solcher Anspruch in der Zeit der Vorbereitung geltend gemacht werden. Und als Wächter des Spiels war es Boris' Bestimmung, dafür zu sorgen, dass Gregorin überlebte, bis das Spiel begann.

Boris fragte sich, ob Gregorins Seele tatsächlich schon so verkümmert war, dass er diese Aufgabe übernehmen würde. Doch Mitleid kannte ein Pallas nicht, deshalb verfolgte er diesen Gedanken nicht länger.

Kapitel 12

Verdacht und Tod

Amerika – Humble bei Houston

Jack saß am Küchentisch seines Hauses. Die Ereignisse des Tages lagen wie ein Schleier über seinen Gedanken. Sheriff Paul Simpson hatte ihn zurück nach Hause gebracht. Ein Fremder hatte dem Sheriff dabei geholfen. Jack hatte ihn zuvor noch nie gesehen. Vor dem völlig zerstörten Haus seiner Schwiegereltern war Jack zusammengesackt. Paul und der Fremde hatten ihm in Pauls Wagen geholfen und nach Hause gebracht. An die Fahrt konnte sich Jack nicht mehr erinnern. Wie ein schwarzer Nebel zogen einzelne Bilder vor seinem geistigen Auge vorbei. Es schmerzte eine tiefe Leere in ihm und es kam ihm vor, als würde er an einem Abgrund stehen.

Paul hatte sich und Jack eine Tasse heißen Kaffee eingegossen und vor ihn auf den Tisch gestellt. Der Mann, der mit Paul gekommen war, befand sich nicht im Raum. Paul setzte sich gegenüber von Jack auf einen Stuhl und umklammerte seine Tasse.

„Jack, wie geht es dir?“, begann der Sheriff mit trauriger Stimme.

Jack schaute Paul an und blickte ihm in die Augen. Das Gesicht des Sheriffs sah völlig erschöpft aus. Der Tag musste für ihn die Hölle gewesen sein. Trotz seiner eigenen Empfindungen fühlte er für den Freund tiefes Mitleid. Eine Eigenschaft, die Jack zu einem hervorragenden Teamleiter in der Firma gemacht hatte. Auch in größten Stresssituationen gelang es ihm noch, auf die Bedürfnisse seiner Leute einzugehen.

„Ich möchte Sarah und Tommy sehen“, sagte Jack.

Paul nippte an seinem Kaffee, ging auf Jacks Worte aber nicht ein.

„Jack, wir müssen reden." Verlegenheit war in seinem Tonfall zu hören.

„Worüber?", fragte Jack, strenger, als er klingen wollte.

Ein Geräusch aus dem Wohnzimmer zerschnitt das Gespräch der beiden. Der Fremde war offensichtlich dort. Es hörte sich an, als würde er die Schränke durchsuchen.

Jack schaute Paul herausfordernd an. Was hatte der Mann da zu suchen? Doch der Sheriff machte keine Anstalten, den Fremden zu unterbrechen oder es Jack zu erklären. Er schaute stattdessen nur verlegen in seine Tasse.

Jacks war von einer auf die andere Sekunde hellwach. Eine böse Vorahnung regte sich in ihm. Er setzte sich gerade auf den Stuhl und lehnte sich demonstrativ nach vorne. „Paul, was hat das alles zu bedeuten?", fragte er den Sheriff mit ernstem Tonfall.

Der Sheriff schaute immer noch in seinen Kaffeebecher und suchte nach den richtigen Worten. „Jack, versteh mich nicht falsch, aber wie lief es zwischen dir und Sarah?"

Jack war wie vor den Kopf gestoßen. Diese Frage. Die Anwesenheit des Fremden, der anscheinend im Haus etwas suchte. Pauls Verschlossenheit Jack gegenüber. Dies alles regte einen schrecklichen Verdacht in ihm.

Der Fremde betrat das Zimmer und blieb, angelehnt am Türrahmen, stehen. Seine schwarzen Augen ruhten auf Paul Simpson und beobachteten den Sheriff. Jack hatte den Fremden bemerkt, doch seinen Blick heftete auf Paul.

Dann antwortete er scharf: „Wieso willst du das wissen?"

Paul schaute von der Tasse auf, mit zittriger Stimme antwortete er: „Jack, wir haben in der Garage Spuren von Bremsflüssigkeit an deinem Werkzeug und auf dem Garagenboden gefunden."

Jack spürte die Worte wie einen Fausthieb. Seine Gedanken tobten in seinem Kopf. Der Fremde trat näher an den Tisch und mit eisiger Stimme sagte er: „Vielleicht sollte ich das Gespräch führen, Sheriff. Wir sollten ihn mitnehmen."

Jack schaute den Fremden, der jetzt unmittelbar neben ihm stand, an. In dessen dunklen Augen sah er eine argwöhnische Entschlossenheit.

Der Sheriff stand schnell auf, dabei stieß er seine Tasse um. Der Kaffee lief über den Tisch und tropfte auf den Boden. Jack rührte sich nicht, er blickte dem Fremden immer noch in die Augen. Seine Gedanken kämpften mit der Situation und Wut stieg in ihm auf.

Paul Simpson antwortete dem Fremden mit aller Kraft, die er noch besaß: „Nein, ich werde mit ihm reden, hier und jetzt."

Der Fremde blickte immer noch Jack an, den Sheriff beachtete er nicht. Ein arrogantes Lächeln huschte ihm über das Gesicht, dann nahm er seinen Blick von Jack und ging zur Hintertür.

„Sie haben zehn Minuten, Sheriff", sagte der Fremde streng im Hinausgehen. Er verließ das Haus Richtung Garage.

Paul ließ sich zurück auf den Stuhl fallen. Er schien jegliche Kraft verloren zu haben. Jacks Instinkt sagte ihm, dass Paul noch auf seiner Seite stand.

„Was soll das alles und wer ist der Kerl, Paul?", fragte er.

Der Sheriff seufzte auf und rieb sich die Schläfen.

„Der Mann heißt Andre Perry und ist vom FBI. Er glaubt, dass du das Auto von Sarah ..."

Doch bevor Paul den Satz zu Ende gesprochen hatte, sprang Jack auf und schrie: „Das ist doch Wahnsinn! Warum sollte ich das getan haben? Du weißt doch, was Sarah und Tommy mir bedeuten." Die Worte hingen in der Luft. Jack wurde schmerzlich klar, dass Sarah und Tommy nicht mehr da waren.

Dann blickte er Paul tief in die Augen. Doch Zuspruch fand er dort nicht. Er sah etwas anderes. Es waren Zweifel, die Jack dort erkannte, und das machte ihm Angst.

Der Sheriff biss sich auf die Lippen und antwortete leise: „Jack, wann hast du das letzte Mal Kate Cressier gesehen?"

Überrascht sah ihn Jack an. „Was hat Kate damit zu tun?" Seine Gedanken schweiften ab. Jack und Kate Cressier kannten sich aus der Zeit auf der Uni. Vor fünf Monaten war er zu einer Tagung über taktische Abwehrraketen nach Washington eingeladen worden. Dort hatte er Kate nach vielen Jahren überraschend wiedergesehen.

Seine Firma hatte sich an der Ausschreibung für die Herstellung des Raketenabwehrschildes in Osteuropa beworben. Dieser Schild war ein Traum, den das amerikanische Militär schon seit Jahrzehnten träumte. Ein Hightechschutzschild gegen Raketenangriffe feindlicher Mächte. Doch trotz größter Anstrengungen der Rüstungsfirmen konnten die ersten Entwürfe für das Abwehrsystem nicht das leisten, was sie versprachen. Selbst das unter der Reagan-Regierung mit 110 Milliarden US-Dollar finanzierte SDI-Programm – im Weltall installierte Laserwaffen – scheiterte kläglich. Seit 1995 lief die Entwicklung eines neuen Abwehrsystems, das zurzeit in Alaska erprobt wurde und bis 2011 nach dem Willen der Amerikaner auch in Osteuropa installiert werden sollte. Um einen möglichen Raketenangriff des Iran oder eines sogenannten Schurkenstaates abzuwehren, würden verbunkerte Raketenabschussbasen in Polen und Radaranlagen in Tschechien aufgestellt werden.

HWT, die Firma, bei der Jack beschäftigt war, hatte sich für die Entwicklung der Radaranlage beworben. Das Team um Jack bei HWT sollte die Entwicklung dazu beitragen. Für HWT wäre es der größte Auftrag der Firmengeschichte.

HWT war eines von drei Unternehmen, die in die engere Auswahl für den Zuschlag des Projektes gekommen waren. Insidern nach hätte HWT sehr gute Chancen, wenn die Probleme mit der Zielerfassung überwunden würden. Jack und sein Team standen unmittelbar vor dem Durchbruch. Einer der größten Konkurrenten war General Military. Military hatte ein anderes System als HWT ins Rennen geschickt. Und Kate arbeitete bei General Military.

Kennengelernt hatte er Kate, als er damals an der Universität den Fechtsport ausprobierte. Kate war damals die Freundin von Rob Carlson. Sie war, wie Rob Carlson auch, ein Star der Uni. Sie war Landesmeisterin im Fechten und galt als Anwärterin einer Teilnahme an den Olympischen Spielen. Sie war bildhübsch und sehr impulsiv. Und sie war mit Rob schon über ein Jahr liiert.

Jack hatte seine erste Stunde im Fechtkurs absolviert und nach dem Training schaute er wie alle anderen noch der Einzelstunde von Kate zu. Sie bekam von ihrem Trainer, einem ehemaligen Weltmeister, Einzelstunden. Als Kate bei einer Parade ins Straucheln geriet und hinfiel, musste Jack lachen. Das war während Kates Training so etwas wie Hochverrat. Augenblicklich war es in der Halle totenstill geworden und alle starrten Jack ungläubig an. Selbst der Trainer traute sich kaum zu atmen. Kate fixierte Jack und fauchte ihn an: „Wer, glaubst du eigentlich, wer du bist? Komm runter, wenn du dich traust, und ich spieß dich auf wie ein Schwein, wenn irgendetwas komisch ist."

Jeder andere hätte sich wie ein Mäuschen in ein tiefes Loch verkrochen, doch in Jack regte sich etwas, das ihm noch völlig unbekannt war, und es trieb ihn förmlich nach vorn. Er stand auf und ging auf Kate zu.

„Mit einem kleinen Mädchen werde ich es ja wohl noch aufnehmen können", meinte er mit einem herausfordernden Lächeln.

Kate schoss sofort die Zornesröte ins Gesicht. Sie schrie Jack an: „Los, mach dich bereit!"

Der Trainer stand wie angewurzelt da und hatte nicht den Mut dazwischenzugehen.

Kaum hatte Jack seine Gesichtsmaske übergezogen und den Degen in der Hand stürmte Kate auf ihn zu und griff an. Jack war zuerst über die Geschwindigkeit der Hiebe überrascht und musste eine große Zahl von schmerzlichen Treffern einstecken. Doch schon nach kurzer Zeit hatte er sich auf die Schläge eingestellt und parierte die meisten. Kate setzte dennoch eine Vielzahl harter Körpertreffer. Jack war über ihre Kombination von Schnelligkeit und Kraft überrascht. Doch nach einiger Zeit merkte er, dass ihr die Kräfte schwanden. Er gewann die Oberhand und schlug zurück. Doch er konnte kaum Treffer landen. Dafür war ihre Abwehr viel zu stark. Deshalb packte er einfach ihre Hand und drehte sie ihr auf den Rücken. Er stellte sich hinter sie. Ihr Puls raste und ihr Atem ging wahnsinnig schnell. Er spürte, wie ihr Körper zitterte.

Sie zischte: „Lass mich los."

Jack taten alle Knochen weh und er fühlte sich wie ein geprügelter Hund. Er ließ sie los, nahm seine Maske ab und schaute sie an. Niemand in der Halle traute sich, ein Wort zu sagen.

„Bist du eigentlich wahnsinnig?“, flüsterte der Trainer Jack mit zittriger Stimme zu, als Kate wutentbrannt aus der Halle stürmte.

Jack und Kate trafen sich vor der Halle wieder. Sie kam auf ihn zu, stellte sich vor ihn und holte zum Schlag aus. Doch er wehrte den Schlag ab. Sie raste noch mehr vor Wut. Keine Stunde später landeten sie im Bett und fielen wie Tiere übereinander her.

Doch so schnell der Zauber zwischen ihnen entstanden war, so schnell verging er auch wieder. Jack verlor schon nach ein paar Trainingsstunden den Spaß am Fechten und die Spannung aus der damaligen Ausnahmesituation baute sich nie wieder zwischen ihnen auf. Nach einiger Zeit hatten sie sich aus den Augen verloren.

Bei der Tagung in Washington hatten sie sich zum ersten Mal seit Jahren wieder getroffen. Nach einem langweiligen Vortrag über die Bedeutung dieses Projektes von einem schmierigen Beamten des Außenministeriums sah er sie zufällig an der Garderobe. Es war ein herzliches Wiedersehen. Kate und er verabredeten sich zum gemeinsamen Abendessen, um über die alten Zeiten zu plaudern. Es war ein schöner Abend gewesen. Kate war eine tolle Frau, sie sah immer noch umwerfend aus und hatte von ihrem Temperament nichts eingebüßt. Beruflich hatte sie eine steile Karriere gemacht. Nach dem Studium hatte sie, wie Jack auch, ein paar Jahre für das Militär gearbeitet. Anschließend wurde sie von General Military abgeworben und saß nach sechs Jahren als jüngstes Mitglied im Vorstand.

General Military war eines der aufstrebenden Rüstungsunternehmen. Die Aktien hatten in den letzten drei Jahren um 200 Prozent zugelegt. Sie verdiente mindestens das Doppelte, wenn nicht sogar das Dreifache von Jacks Gehalt. Privat lief es bei ihr nicht so glatt. Noch während ihrer Militärzeit hatte sie einen Anwalt aus Dallas geheiratet, mit dem sie eine Wochenendbeziehung führte. Nach zwei Jahren ging die Ehe in die

Brüche. Seitdem war sie, nach eigenen Worten, ein glücklicher Single.

Jack erzählte beim Essen stundenlang von Tommy und Sarah. Kate war eine gute Zuhörerin. Am Ende des Abends begleitete Jack sie zu ihrem Hotel. Bei der Verabschiedung vor ihrer Zimmertür fragte Kate, ob er nicht noch Lust auf einen Drink hätte. Jack verneinte lächelnd. Kate gab ihm zum Abschied einen Kuss auf die Wange und dann blickte sie Jack verführerisch tief in die Augen. Nach einer Ewigkeit schmunzelte sie und sagte: „So möchte ich auch mal geliebt werden. Deine Frau kann sich sehr glücklich schätzen." Dann umarmte und drückte sie ihn. Jack schlief in dieser Nacht alleine und träumte von Sarah und Tommy. In den nächsten Tagen hatte er Kate nicht mehr gesehen und seitdem auch nie wieder etwas von ihr gehört.

„Es gibt da gewisse Bilder von dir und Kate", sagte Paul vorsichtig.

Jack wurde aus seinen Gedanken gerissen. Ihm wurde schwindelig, sein Verstand geriet ins Wanken. „Paul, was ist hier los?", wollte er wissen.

Paul holte einen Umschlag hervor und gab ihn Jack.

Jack öffnete ihn hastig. Zum Vorschein kamen drei Fotos. Mit ungläubigen Augen betrachtete er die Bilder. Auf den Fotos waren Jack und Kate zu sehen. Auf einem Bild umarmte Kate Jack. Auf einem anderen gab sie ihm einen Kuss. Und auf dem letzten schauten sie sich tief in die Augen.

Jack gelang es nicht, seinen Verstand zu beruhigen. Die Bilder gaben ein verzerrtes Bild der Geschehnisse wieder. Er wollte protestieren, sparte sich jedoch die Worte. Allein der Gedanke, Sarah zu betrügen, verursachte bei ihm Magenschmerzen. Niemals, nicht er.

Der Sheriff stand auf, ging zum Fenster und schaute hinaus. Seine Körperhaltung war die eines gebrochenen Mannes. Seine Schultern hingen herunter, er sah um Jahre gealtert aus. Er seufzte tief, bevor er sprach.

„Das FBI glaubt, dass Kate dich von Houston Weapon Technology abwerben wollte, um einen Vorteil bei der Vergabe des Radarsystems für das Abwehrschild zu bekommen. Perry glaubt, dass ihr zusammen den Unfall geplant habt, damit du frei bist für Kate."

Jacks Welt brach zusammen. Er fühlte sich wie im Inneren einer Monsterwelle in einer Brandung. Wirre Fragen kreisten in seinem Kopf: Wer hatte die Bilder gemacht? Und wieso? Er und Kate? Er wusste nicht mehr, was er denken sollte. Jack starrte auf die Bilder, dann warf er sie auf den Tisch.

„Das ist doch alles ausgemachter Blödsinn", rief er.

In diesem Moment klingelte das Mobiltelefon des Sheriffs. Er holte es aus seiner Tasche und nahm den Anruf entgegen. Es war ein sehr kurzes Gespräch. Paul hörte dem Anrufer nur zu. Dann seufze er und bejahte widerwillig. „Ich muss kurz in die Garage gehen, ich komme gleich wieder." Er schnaubte leicht und ging durch die Tür nach draußen.

Jack setzte sich hin und schaute auf die Bilder. Sein Kopf fühlte sich taub an.

Paul Simpson ging in Richtung Garage. Perry hatte ihn angerufen und gesagt, er solle ohne den Verdächtigen in die Garage kommen. Paul hatte kaum noch Gefühl in seinen Beinen. Er wünschte sich nur noch weg hier. Die Ereignisse des Tages hatten ihn völlig erschöpft. Als er die Garage erreichte, öffnete er die Hintertür und trat ein. Perry war nirgends zu sehen. Er trat in den schwach beleuchteten Raum. Für den Bruchteil einer Sekunde spürte er hinter sich jemanden. Im Augenwinkel sah er die Person sich schnell auf ihn zu bewegen. Doch bevor er sich umdrehen konnte, war es zu spät. Ein harter Gegenstand traf seinen Hinterkopf, er verlor das Bewusstsein und fiel zu Boden.

Perry stand mit einem Baseballschläger in der Hand über dem bewusstlosen Körper von Simpson. Der erste Schlag hatte den Sheriff niedergestreckt. Doch er hatte nicht gereicht, um ihn zu erledigen. Aber das würde er jetzt nachholen. Er holte mit dem Schläger aus und schlug mit voller Wucht auf den wehrlosen Kopf des Sheriffs. Ein lautes Knacken war zu hören. Er spürte, wie die Schädelknochen beim Aufprall des Schlägers zerbrachen. Der Kopf des Sheriffs fing stark zu bluten an. Drei weitere Schläge verwandelten den Kopf zu einer breiigen Masse aus Blut, Knochen und Gehirn.

Emotionslos betrachtete Perry den völlig entstellten Leichnam. Kurze Zeit später ging er mit dem Baseballschläger in der Hand aus der Garage Richtung Haus. Den toten, geschändeten Körper von Paul Simpson ließ er zurück. Der nächste Job wartete auf ihn und er würde ihn mit der gleichen brutalen Effizienz erledigen wie diesen.

Kapitel 13

Bär

Amerika – Kansas City

Bruno Butler war wütend. Und wenn Bruno wütend war, ging man ihm besser aus dem Weg. Alle nannten ihn Bär. Treffender war nie ein Spitzname vergeben worden. Er war ein Baum von einem Kerl, hatte eine stämmige Figur und war außerordentlich kräftig. Er zählte achtundvierzig Jahre, sein markantes Gesicht zierte ein buschiger Bart.

Bär war mit seiner Jugendliebe Jane verheiratet und beide hatten zusammen sieben Kinder. Sechs Söhne und eine kleine Tochter, Nicki. Sie war die Jüngste in der Reihe und mit Abstand das Süßeste, was Bär in seinem Leben je gesehen hatte.

Der Grund für seine Wut war sein ältester Sohn Tom. Bär und Jane waren bekennende Pazifisten und hatten sich vor fünf Jahren offen gegen Toms Pläne ausgesprochen, eine Karriere beim Militär zu starten. Doch Tom ließ sich nicht beirren und verfolgte seine eigenen Pläne. Nach ein paar Jahren hatten sich Bär und Jane damit abgefunden.

Heute stand das monatliche, gemeinsame Familienessen an. Der einzige Tag im Monat, an dem sich alle Familienmitglieder gemeinsam trafen. Drei der sieben Kinder, Tom, George und Steve, wohnten nicht mehr zu Hause und kamen immer seltener zu Besuch. Doch einmal im Monat waren fast immer alle da.

Tom hatte seinen Eltern und Geschwistern beim Essen mitgeteilt, dass er sich freiwillig für den Einsatz im Irak gemeldet hatte.

Bruno war ausgerastet wie noch nie. Gegenseitige Vorwürfe wurden durch den Raum geschleudert. Tom warf Bär mangelnden Patriotismus vor. Bär nannte seinen Sohn eine Marionette von Bush. Nach einem langen und lauten Wortgefecht verließ Tom das Haus und verschwand. Bär stürmte wutentbrannt in seinen Keller und schloss sich ein. Dort verschwand er immer, wenn er wütend alleine sein wollte. Der Keller war sein Reich. Dort wagte es kaum jemand ihn zu stören, nicht mal Jane. Nur Nicki, die Kleinste, kletterte manchmal zu ihm, setzte sich in eine Ecke und sortierte mit Eifer Schrauben, bis Papa wieder lieb war. Im Keller bastelte er an einem alten V 8-Motor, den er vor Jahren auf einem Schrottplatz ergattert hatte. Dabei konnte er am besten abschalten.

Noch voller Wut putzte er seine Werkzeuge. Warum tat Tom ihm das an, fragte er sich. Er hatte alles, was er fürs Leben brauchte. Er war klug, sah gut aus und hatte wie alle seine Kinder eine gute Schulausbildung genießen können. Warum um alles in der Welt riskierte er sein Leben für diesen schwachsinnigen Krieg? Bush sollte den Menschen im Irak lieber Bücher schenken und echte Hilfe geben, als Raketen auf sie abzufeuern und ihre Kinder zu töten.

„Verdammt nochmal“, fluchte er. Er hatte sich doch nicht ein Leben lang krummgelegt, damit seine Kinder in den Krieg zögen.

Bär hatte eine eigene Autowerkstatt in der Stadt, die sehr gut lief. Sein Ruf war in der Gegend legendär. Er war einer der wenigen, die sowohl alte Karren als auch die neuesten Modelle quasi durch Handauflegen reparieren konnten. Er machte sehr viele Überstunden, damit es ihm und seiner Familie gut ging. Sie lebten in dem alten Haus seiner Eltern und führten ein stürmisches, lautes, aber glückliches Leben. Bär und Jane hatten immer alles fest im Griff gehabt. In letzter Zeit jedoch glitten ihnen die Dinge aus der Hand. Die Jungs trafen mittlerweile ihre eigenen Entscheidungen, ohne Mama und Papa zu fragen. Im Grunde freute er sich, dass seine Jungs so selbstständig geworden waren, aber es schmerzte. Bis jetzt war er immer derjenige gewesen, der die Richtung vorgab.

Die Jungs fragten ihn in allen wichtigen Dingen ihres Lebens und holten sich bei ihm Rat. Bär blieb von Anfang an auf dem Laufenden, was das Leben seiner Kinder betraf. Trotz der vielen Überstunden bekam er stets alles mit. Er wusste Bescheid über anstehende Klassenarbeiten, Zeugnisnoten, jede gewonnene oder verlorene Rauferei, jedes gebrochene Herz und kannte viele Sorgen seiner Kinder. Seine Kinder vertrauten ihm.

Doch das alles verschwand in letzter Zeit. Seine Jungs trafen wichtige Entscheidungen selbst und sprachen diese häufig nur nebenbei an. Bär wurde kaum noch gefragt. Jane machte diese Tatsache augenscheinlich weniger aus. Doch für Bär war diese Zeit verdammt schwer. Selbst Bob, einer der Zwillinge, hatte ihn gestern „Bär“ genannt, was in all den Jahren noch nie eins seiner Kinder gewagt hatte. Für seine Kinder war er stets „Dad“ oder „Papa“. Bär durften ihn nur Jane und ein paar seiner Freunde nennen.

Der Streit mit Tom ging ihm an die Nieren. Die Intensität des Streits uferte langsam aus. Bär fühlte sich wie ein Kapitän auf einem sinkenden Schiff, das seine Mannschaft lachend verlässt. Noch ein paar Jahre und er würde mit Jane alleine sein. Nur Nicki würde noch da sein. Aber die wickelte ihn jetzt schon um den Finger. Bär fühlte sich alt und überflüssig.

Das würde sich schon sehr bald ändern. Er konnte nicht ahnen, dass ihn in ein paar Tagen die Kreaturen, die ihn jagten, „Führer der Menschen“ nennen würden. Hunderte von Menschen auf der Flucht würden ihm ihr Leben anvertrauen und ihm folgen.

Kapitel 14

Angriff auf Jack

Amerika – Humble bei Houston

Während seiner Zeit bei der Army und bei seiner Arbeit als Teamleiter bei HWT hatte sich Jack eine Eigenschaft angeeignet: in Krisenzeiten seine persönlichen Gefühle auszuschalten und eine Situation emotionslos zu betrachten. Er konzentrierte sich dermaßen auf das Problem, dass er es schaffte, seine Empfindungen abzustellen. Diese Eigenschaft verschaffte ihm in solchen Augenblicken riesige Vorteile. Und schnelles Handeln und Entscheiden waren in seiner Position lebenswichtig.

Der jetzigen Situation versuchte er sich auf die gleiche Weise zu stellen. Es gelang ihm nur schwer, sich zu konzentrieren. Er saß immer noch halb benommen am Küchentisch und wartete auf die Rückkehr des Sheriffs. Die Anschuldigungen, die im Raum standen, überforderten seinen Verstand. Die Bilder von Kate und ihm lagen auf dem Tisch und starrten ihn an. Es war, als schrien sie ihn an. Ein Fremder geisterte in seinem Haus umher und durchwühlte die Zimmer.

Er zwang sich, sich zu konzentrieren. Er atmete tief ein und schloss die Augen. Er versuchte, seinen Geist zu beruhigen, und sagte sich: Geh das Problem der Reihe nach an.

Zuerst die Bilder.

Die Bilder, was hatte es damit auf sich?

Er und Kate hatten nichts miteinander. Derjenige, der die Fotos gemacht hatte, wäre mit Sicherheit auch in der Lage gewesen, in das Hotelzimmer einzudringen, wenn etwas passiert wäre. Aber es war nichts zu sehen. Nur dieser flüchtige Augenblick. Ein Beweis für einen Seitensprung war das niemals. Sarah hätte das nicht geglaubt, dafür waren die Bilder nicht geeignet.

Sein Gehirn fing an, die Sache logisch zu betrachten. Zum ersten Mal seit Stunden konnte er klar denken.

Er stand auf, ging zum Kühlschrank, holte sich ein Stück vom gestrigen Hühnchen heraus und aß es kalt. Er brauchte was zum Essen, er brauchte Kraft. Noch vor wenigen Minuten hätte er sich alleine bei dem Gedanken, etwas zu essen, übergeben müssen. Aber jetzt war er bereit, sich mit der Situation auseinanderzusetzen, wie er es am besten konnte. Er spürte, dass er in Gefahr war, und er war entschlossen, alles daran zu setzen, sich dieser Gefahr zu stellen.

Nächstes Problem – Kate wolle ihn bei HWT abwerben.

Schwachsinn!

Jack würde HWT niemals verlassen. Er hatte weder die Qualifikation noch die Fähigkeit, eine Position bei General Military zu bekleiden, die ihn von HWT weglocken konnte. Kate konnte er niemals das Wasser reichen. Auch wenn das Projekt mit dem Radarsystem an HWT ging, wäre das für General Military nur ein kleines Stück vom großen Kuchen. General Military würde das spielend wegstecken, wenn sie den Auftrag nicht bekämen. Dafür würden sie sich nicht Jack ins Boot holen müssen.

Irgendjemand versuchte aber, es so darzustellen.

Er nahm sich ein großes Glas Milch und trank es mit einem einzigen Zug leer. Das Essen tat seinem müden Körper gut und gab ihm neue Kraft. Das Denken fiel ihm immer leichter.

„Das FBI ermittelt gegen mich. Das macht alles keinen Sinn. Dafür gab es keinerlei Beweise. Kein Kontakt mit Kate vor und nach der Tagung. Keine Anrufe, keine Mails. Einer genaueren Überprüfung würde das alles nicht standhalten. Kein Richter der Welt würde dafür einen Durchsuchungsbefehl ausstellen. Was die Frage aufwirft, um was geht es wirklich? Wer war dieser Typ, den Paul als Perry vorgestellt hatte?“, dachte er weiter. Eine seiner ersten Aufgaben bestand darin herauszufinden, wer dieser Kerl wirklich war.

Als Nächstes sollte es Beweise dafür geben, dass Jack das Auto manipuliert hatte. Das würde bedeuten, dass die Person, die ihn belastete, auch noch sein Werkzeug manipuliert hatte.

Da traf Jack die Erkenntnis mit voller Wucht: Es war keine Mutmaßung von Paul. Jemand hatte Sarah und Tommy umgebracht. Ermordet! Kein Unfall!

Er fing am ganzen Körper an zu zittern. Kalter Schweiß brach ihm aus. Der Drang, Sarahs Leichnam zu sehen, wurde unbändig. Doch er zwang sich, weiter über seine Situation nachzudenken.

Eines wurde ihm klar, derjenige, der die Sache mit Kate eingefädelt hatte, musste auch für die Morde verantwortlich sein. Und sein Instinkt sagte ihm, dass dieser Perry damit zu tun hatte.

Der Mörder seiner Familie war in seinem Heim.

Mit festen Schritten ging Perry auf das Haus zu. In seiner Hand hielt er den Baseballschläger, mit dem er Paul Simpson den Schädel eingeschlagen hatte. Seine Aufgabe war bald beendet. Eine Sache wartete noch auf ihn. Der Plan, den er verfolgte, würde gleich seinen Abschluss finden. Um die Auserwählten für den Eintritt in das Spiel vorzubereiten, war immer großer Aufwand notwendig.

Die Auserwählten mussten, wenn sie vor die Wahl gestellt wurden, freiwillig an dem Spiel teilnehmen. Seit Jahrhunderten waren es die Pallas, die dafür sorgten, dass sich die Auserwählten für eine Teilnahme entschieden. Das Vorgehen der Pallas war fast immer identisch und folgte eigenen Regeln:

- *„Füge den Auserwählten großes Leid zu."*
- *„Nehme ihnen alles, was sie lieben."*
- *„Lass sie ihren Preis während der Vorbereitung nicht mehr sehen, die Sehnsucht wird ihnen Kraft geben."*

Die Regeln hatte er alle befolgt.

Er hatte das Auto der Frau manipuliert, er hatte den Brand bei den Eltern der Frau gelegt, er hatte die Bilder mit der anderen Frau gemacht, um den Sheriff zu verwirren. Dann hatte er den Sheriff umgebracht. Und er hatte dafür gesorgt, dass der

Auserwählte nicht mehr die Leiche seiner Frau und seines Sohnes sehen konnte.

Dieser Punkt war einer der wichtigsten, so würde der Auserwählte sich nicht mit dem Tod abfinden können. Der Herzenswunsch, sie wiederzusehen, würde ihn antreiben. Weil er die Vorbereitung schon lange Zeit begleitete, wusste der Pallas, dass dies eine der Grundlagen des Spiels war.

Perry erreichte die Eingangstür, öffnete sie und betrat das Haus. Jack Norrick stand in der Küche. Er schien sich gefangen zu haben. Der trübe Blick war verschwunden. Der Mann sah ihn mit festen und entschlossenen Augen an. Es würde ihm nichts nutzen. Beim Eintreten versteckte er mit der freien Hand seine Waffe hinter seinem Rücken.

Jack sah Perry eintreten und registrierte nur den Baseballschläger in dessen Hand. Er erkannte ihn als seinen eigenen. Perry blickte ihn aus eiskalten Augen an. Entschieden trat er auf Jack zu. Dann warf Perry ihm den Schläger zu. Der Wurf war nicht gedacht, um Jack damit zu verletzen, sondern es war eher ein Zuschmeißen. Instinktiv fing er den Baseballschläger auf und drehte ihn beim Fangen in einer Bewegung so, dass er ihn sofort als Waffe einsetzen konnte. Sein Blick war dabei fest auf Perry geheftet. Im Augenwinkel erkannte er an der Oberseite des Schlägers etwas. Für den Bruchteil einer Sekunde wendete er den Blick von Perry ab und schaute auf die Stelle des Schlägers. Er erschrak. Dort sah er Blutreste auf dem Holz. An dem Blut klebten einzelne Haare und helle Splitter. Jack musste schlucken, er hoffte, dass es nicht das war, wofür er es hielt. Doch ein unheimliches Gefühl sagte ihm, dass Paul Simpson nicht mehr lebte.

Jack Norrick hatte einen Fehler gemacht. Für einen winzigen Moment hatte er seine Augen von Perry genommen. Zeit genug für diesen, seine Waffe hervorzunehmen, sie auf Norrick zu richten und zu zielen.

Jack schaute auf Perry und sah, dass dieser eine Schrotflinte auf ihn richtete. Noch bevor er irgendetwas sagen konnte, spürte er, dass Perry im Begriff war, auf ihn zu schießen. Perry drückte ab. Mit einem Sprung zur Seite konnte Jack ausweichen. Der Schuss verfehlte ihn um Haaresbreite. Er war kurz vor der Küchentür, zum Flur hin, gelandet und lag jetzt auf dem Rücken. Den Schläger hatte er beim Sprung verloren. Zwischen ihm und Perry befand sich nichts mehr, wo er hätte Schutz finden können. Er saß in der Falle. Perry sah ihn mit todbringenden Augen an und zielte erneut auf ihn. Jack richtete sich langsam auf.

Perry war überrascht, mit welcher Schnelligkeit Norrick dem Schuss ausgewichen war. Doch dieses Mal würde er sich nicht retten können. Perry drückte ab und traf die Brust des Auserwählten. Dieser wurde durch die Wucht des Aufpralls nach hinten geschleudert und blieb regungslos liegen.

Perry senkte emotionslos die Waffe. Er ging hinüber zu der Stelle, wo Norrick den Schläger hatte fallen lassen, und nahm ihn wieder an sich. Die Fingerabdrücke von Norrick waren mit Sicherheit an der Schlägerunterseite. Er drehte sich um und ging aus dem Haus zu seinem Wagen. Er stieg ein und fuhr fort.

Seine Aufgabe war erledigt und es war Zeit zurückzukehren.

Kapitel 15

Bärs Ärger

Amerika – Kansas City

Es war mittlerweile spät. Bär schraubte schon seit Stunden im Keller gedankenverloren an seinem alten Motor. Die Wut im Bauch über seinen Sohn Tom hatte sich kaum gelegt. Nicht nur seine Kinder hatten sich geändert, sondern auch er. Früher reichte es aus, längere Zeit alleine zu sein, um seinen Ärger zu vertreiben, aber mittlerweile konnte ihn das nicht mehr ausreichend beruhigen. Er brauchte jemanden, mit dem er sich darüber unterhalten konnte. Hauptsächlich war es Jane, mit der er dann redete. Aber meist brachte das nicht den gewünschten Erfolg. Denn in ihrer Ehe gab es gewisse Regeln. Alle Entscheidungen wurden von Bär getroffen und Jane hatte sich daran bedingungslos zu halten. Damit basta. Mit Ausnahme der wichtigen Entscheidungen, die traf Jane.

Und die Entscheidungen im Zusammenhang mit den Kindern wurden alle als wichtig eingestuft. Was Bär dabei ärgerte, war, dass Jane sich nicht offen gegen ihn aussprach, sie schaffte es, ihn zu überzeugen. Darin war sie eine Weltmeisterin. Wenn sie es nicht mit Worten schaffte, spielte sie die Waffen einer Frau aus und davon hatte sie eine Menge. Anschließend konnte Bär nicht mehr wütend sein und fügte sich sein Schicksal. Doch dieses Mal wollte Bär wütend bleiben, er wollte sich nicht überzeugen lassen. Er wusste, was passieren würde, wenn er jetzt hochgehen würde.

Jane würde in der Küche am Esstisch sitzen und eines ihrer Kreuzworträtsel lösen. Sie würde ihr halb durchsichtiges, rosa Nachthemd tragen, ein Glas Rotwein trinken und auf ihn warten. Wenn er dann zu ihr gehen würde, hätte sie ihn nach kürzester Zeit davon überzeugt, dass es doch besser wäre, mit ihr ins Bett zu gehen, als sich weiter zu ärgern. Er solle doch den Dingen ihren Lauf lassen und sich um seine Frau kümmern. Und am nächsten Tag wäre seine Wut weg.

Doch heute nicht. Tom war im Begriff, Selbstmord zu begehen, wenn er freiwillig in den Irak ginge. Heute würde Jane ihn nicht umstimmen. Er würde es nicht zulassen. Heute hatte Jane keine Chance, ihn um den Finger zu wickeln, dafür war die Sache zu wichtig. Und je eher er ihr dass sagen würde, desto besser. Er legte sein Werkzeug zur Seite, machte das Licht über seiner Werkbank aus und marschierte fest entschlossen nach oben.

Im Haus war es schon ruhig und dunkel. Die Kinder schliefen bereits. An der Treppe angekommen, spürte er das Verlangen hochzugehen, Nicki noch einen Kuss zu geben und dann heimlich ins Bett zu schleichen. Schnell verwarf er den Gedanken. In der Küche brannte noch Licht. Er holte tief Luft und ging durch die Tür, hinein in die Höhle des Löwen.

Am Tisch saß Jane und blickte ihn sanft aus ihren wunderschönen braunen Augen an. Mist! Sie trug ihr rosa Nachthemd. Vor ihr stand ein fast leeres Glas Rotwein. Die Flasche daneben war so gut wie leer.

Er versuchte, sich so unbeeindruckt zu geben, wie es eben ging, machte sich auf den Weg zum Kühlschrank und nahm sich ein Bier. Ohne sie anzusehen, ging er durch die Küche zum Flaschenöffner. Er löste den Verschluss der Bierflasche und warf den Deckel in den Mülleimer. Dann nahm er einen tiefen Schluck. Das kühle Bier tat gut.

Er drehte sich zu Jane um. Ihr Blick ruhte auf ihm. Er ging zum Tisch und setzte sich ihr gegenüber. Seine Augen huschten dabei für eine Sekunde über ihre halb nackten Beine. „Mein Gott, sieht die Frau unglaublich gut aus“, dachte er im Stillen. Er ermahnte sich jedoch sofort selbst, dass er ja immer noch sauer sein wollte.

Jane war sein Blick nicht entgangen und sie wusste, dass sie jetzt schon gewonnen hatte. Sie brauchte nur noch zu überlegen, wie einfach sie den Sieg einfahren wollte. Sie entschloss sich, Bär nicht vernichtend zu schlagen, sondern ihn zu überzeugen und ihm anschließend seine süße Belohnung zu gönnen. Sie freute sich auf ihren Mann.

Bär nippte an seiner Flasche, dann brach es aus ihm heraus: „Warum tut er uns das an?! Warum geht er freiwillig an den gefährlichsten Ort der Welt? Er ist doch so jung. Kann er nicht an seine Eltern denken. Das ist doch alles sinnlos. Dieser bescheuerte Krieg bringt doch nichts. Bush killt mir nicht unsere Kinder. Ich habe unseren Sohn doch nicht erzogen, damit er zum Mörder wird.“ Soeben hatte Bär alle seine Argumente in nur zehn Sekunden verbraucht.

Jane nahm seine Hand und schaute ihn aus ruhigen Augen an. Sie atmete tief ein, bevor sie antwortete: „Du fragst dich, warum? Weil dein Sohn Ideale hat. Er folgt den Werten, die er sich selbst auferlegt hat, und versucht, ihnen treu zu bleiben. Und nichts in der Welt hält ihn davon ab, für das einzustehen, woran er glaubt. Antworte mir, Bär, was ist daran falsch? Du lebst nach den gleichen Regeln. Du hast ihn das gelehrt und deshalb liebe ich dich über alles auf der Welt. Ich danke Gott dafür, dass ich mein Leben mit einem solchen Mann, wie du es bist, teilen darf.“

Bär musste schlucken und versuchte einen Befreiungsschlag: „Aber ich habe nicht an Friedensmärschen vor dem Weißen Haus teilgenommen, damit mein Sohn in einem fremden Land in den Krieg zieht.“

„Du hast doch nur teilgenommen, um mich ins Bett zu kriegen“, sagte Jane und schmunzelte dabei verführerisch. Mist, dachte Bär, doch so leicht wollte er nicht aufgeben: „Willst du etwa am Grab deines Sohns stehen? Willst du ihn beerdigen?“, fragte er provozierend.

Ihre Hand fasste seine stärker an und ihre Augen bohrten sich förmlich in sein Gehirn. Sie antwortete mit fester, bestimmter Stimme: „Sag mir, Bär, glaubst du, dass es einen Menschen auf der Welt gibt, der besser dafür geeignet wäre, die Werte seines Landes gegenüber anderen zu vertreten und hilflose Menschen zu schützen. Tom würde lieber sterben, als seine Ideale zu verraten. Ich respektiere das. Und dann solltest du es auch tun.“

Der Griff ihrer Hand wurde sanft und sie streichelte mit ihren zarten Fingern seinen Handrücken. Bär hatte verloren, sie hatte wie immer recht. Tom war ein guter Junge. Das war er schon immer gewesen. Er betete zu Gott, dass er auf sich aufpassen würde.

„Und jetzt, mein Großer", sagte Jane geschmeidig, „komm mit deiner Frau ins Bett. Deine Pflichten als Ehemann sind gefragt, eine Flasche Wein hat mir sehr gut getan."

Bär war ruhig geworden, Jane hatte recht. Er stand auf, ging zu seiner Frau, umarmte und küsste sie. Dabei spürte er ihren warmen Körper. Er nahm sie an die Hand und führte sie zur Treppe. Da flüsterte sie ihm ins Ohr, dass er schon mal hochgehen solle, und lächelte ihn dabei an. Langsam schlich er die Treppe hoch und blieb auf halbem Weg stehen, um zu lauschen. Jane ging zurück in die Küche. Sie nahm das Telefon und wählte. Bär hörte das kurze Gespräch und wusste sofort, wer auf der anderen Seite der Leitung war.

„Ja, ich habe mit ihm gesprochen ... Nein, er ist nicht mehr sauer. Er hat dich lieb ... Natürlich werden wir zur Verabschiedung kommen. Ja, ich liebe dich auch. Schlaf gut, Tom."

Jane hatte aufgelegt.

Bär stand auf der Treppe und war glücklich. Mein Gott liebte er diese Frau.

KAPITEL 16

JACK ERWACHT

Amerika – Humble bei Houston

Als Jack erwachte, hatte er große Schmerzen. Er konnte kaum atmen, sein Brustkorb tat ihm höllisch weh. Er lag auf dem Fußboden seiner Küche. Das letzte, woran er sich erinnern konnte, war, dass Perry mit einer Schrotflinte auf ihn geschossen hatte. Der Schuss hatte ihn mitten auf die Brust getroffen. Eigentlich hätte er tot sein müssen.

Vorsichtig berührte er mit seiner Hand die Stelle, an der er getroffen worden war. Sie bereitete ihm zwar Schmerzen, aber er spürte zu seiner Verwunderung kein Blut. Er öffnete langsam die Augen und versuchte sich aufzurichten. Er fühlte einen stechenden Schmerz am Hinterkopf. Anscheinend war er durch den Treffer nach hinten geschleudert worden und mit dem Kopf auf den Boden geschlagen. Seine Hand wanderte zum Zentrum der Schmerzquelle. Dort angekommen fühlten seine Finger getrocknetes Blut in den Haaren. Die Wunde schien nicht allzu schlimm zu sein. Das Atmen fiel ihm schwer. Dennoch zwang er sich aufzustehen.

Als er es unter großen Qualen geschafft hatte, sah er sich im Zimmer um. Perry war verschwunden. Sein Blick hastete zum Fenster.

Es war draußen bereits dunkel. Er schleppte sich mit müden Beinen zum Fenster. Die Straße lag verlassen in der Dunkelheit. Kein Polizeiwagen war zu sehen. Er hatte damit gerechnet, dass eine ganze Armee von Beamten vor seiner Haustür stehen würde. Aber niemand war zu sehen. Er war allein. Er ahnte, dass das nicht lange so bleiben würde.

Er setzte sich an den Küchentisch und versuchte, sich einen Überblick zu verschaffen über das, was geschehen war. Er schaute auf die Stelle, an der er gestanden hatte, als er getroffen worden war. Dort, wo eigentlich Schrotkugeln auf dem Boden verteilt liegen sollten, lag ein kleiner Beutel. Er hatte so einen schon einmal bei der Army gesehen. Es war ein sogenannter „Bean Bag".

Bean Bags auch Power Punch genannt waren Geschosse, die in einem Beutel, meist aus Nylon oder anderen Kunststofffasern, Schrot enthielten. Diese Geschosse sollten ihre Wucht an der Körperoberfläche auf das Ziel übertragen, jedoch nicht in den Körper eindringen. Die Person sollte umgerissen werden oder Schmerzen erleiden, jedoch keine tödlichen Verletzungen davontragen. Die Polizei, aber auch die Army hatten diese Waffen getestet, um Verbrecher unschädlich zu machen. Die Risiken dieser als nichttödliche Munition bezeichneten Geschosse waren für den Getroffenen schwer und reichten von Gehirnerschütterungen über Verrenkungen, Platzwunden und Rippenbrüchen bis hin zu inneren Blutungen.

Jack konnte sich darauf keinen Reim machen. Warum um alles in der Welt hatte der Typ ihn nicht umgebracht? „Irgendetwas hat das Schwein mit dir vor", sagte sich Jack. Eines war ihm klar, dass er so schnell wie möglich von hier verschwinden musste. Die Erinnerungen an die Geschehnisse kehrten langsam zurück. Er sah sich im Zimmer um und suchte nach dem Baseballschläger. Fand ihn aber nicht. Perry musste ihn mitgenommen haben. Seine Gedanken streiften zu Sheriff Simpson. Jack ahnte, was mit ihm geschehen war. Perry hatte ihn getötet. Erschlagen mit Jacks Baseballschläger. Und nun waren auf dem Schläger seine Fingerabdrücke und Perry hatte ihn in seinem Besitz.

Egal was Perry vorhatte, kampflos würde Jack sich nicht ergeben. Wenn er ihn das nächste Mal treffen würde, schwor sich Jack, würde Perry für alles bezahlen müssen, was er ihm angetan hatte. Noch einmal würde er ihm nicht die Chance lassen, ihn zu töten. Jack würde ihm zuvorkommen.

Er brauchte einen sicheren Ort, an dem er in Ruhe über seine Situation nachdenken konnte. Aber vorher wollte er unbedingt ins Krankenhaus fahren, um Sarah und Tommy zu sehen. Er brauchte die Bestätigung ihres Todes. Das Verlangen, sie zu sehen, war unbändig, er spürte es in jeder Faser seines Körpers.

Er überlegte, was er alles mitnehmen sollte. Er glaubte nicht, dass er in nächster Zeit noch einmal in sein Haus zurückkehren würde. So schnell es sein Zustand zuließ, schleppte er sich die Treppe hinauf ins Schlafzimmer. Er zog sich unter großen Qualen aus und betrachtete seinen geschundenen Körper im Spiegel des Kleiderschrankes. Er sah schrecklich aus. Auf seiner Brust war ein riesiger blauer Fleck. Bis auf eine gewaltige Prellung schien er nicht weiter verletzt worden sein. Kurz überlegte er, ob er irgendetwas gegen die Prellung tun sollte. Doch Eile war geboten und deshalb entschied er sich einfach für ein paar Schmerztabletten. Das würde schon reichen. Er holte sich frische Kleidung aus dem Schrank: Unterwäsche, eine Jeans, T-Shirt und einen Pullover. Er zog die Sachen vorsichtig an, die Bewegungen verursachten Schmerzen.

Als er fertig war, holte er aus dem Schrank eine kleine Reisetasche hervor. Er stopfte hastig Reservekleidung hinein. Dann nahm er aus seinem Nachttisch seinen Reisepass – man konnte ja nie wissen.

Er ging ins Badezimmer und nahm sich die Schachtel mit dem Aspirin. Drei Stück schluckte er mit einem Glas Leitungswasser direkt hinunter, die restlichen steckte er in die Tasche. Aus dem Erste-Hilfe-Schrank packte er dann noch eine Sportsalbe gegen Entzündungen, Desinfektionsmittel und Verbandszeug ein. Seine Bewegungen wurden von Sekunde zu Sekunde schneller und gezielter. Sein Verstand arbeitete mittlerweile schnell und logisch.

Er ging die Treppe hinunter ins Wohnzimmer. Im Wohnzimmerschrank waren in einem Buch ihre Geldreserven versteckt. Er öffnete den Schrank und nahm das Buch heraus. Es waren etwas mehr als hundert Dollar darin. Damit würde er nicht weit kommen. Er brauchte Geld. Er überlegte, ob er zum Geldautomaten gehen konnte. Da sie noch nicht bei ihm zu Hause waren, konnte er wahrscheinlich gefahrlos Geld abheben. Aber bestimmt nicht mehr lange.

Auf dem Weg zum Krankenhaus musste er zuerst Geld holen, tanken und etwas zu essen und zu trinken organisieren. Er ging davon aus, dass er die nächste Zeit so wenig wie möglich in der Öffentlichkeit auftreten würde. Er würde sich verstecken müssen.

Er musste Nachforschungen anstellen und dafür brauchte er außerdem ein Mobiltelefon, eines, welches man nicht zurückverfolgen konnte. Er würde es mit Sicherheit in einem Supermarkt bekommen. Diese billigen Dinger wurden mittlerweile überall verkauft. Für seine Zwecke ideal.

Er zog sich seine Nikes an und nahm seine Lederjacke. Er prüfte, ob er seine Geldbörse und die Schlüssel dabei hatte, bevor er das Haus verließ. Er stand schon in der Tür und sein Blick wanderte ein letztes Mal durch den Raum. Ein mulmiges Gefühl befiel ihn. Er fühlte sich wie ein neuer Mensch. Ein neues Leben lag vor ihm. Worte, die er schon seit Jahren nicht mehr gehört hatte, kamen ihm in den Sinn. Sie waren von dem Menschen gesprochen worden, dem Jack mehr als allem in der Welt vertraut hatte. Dieser Mensch hatte Jack zu dem gemacht, der er heute war. Doch diese Vertrauensperson hatte er leider vor vielen Jahren verloren. Damals war sie der einzige Mensch auf der Welt, der für ihn da gewesen war. Er hatte diesen Menschen über alles geliebt. Er hätte sein Leben für ihn gegeben. Jahre später traf er Sarah und durch sie erlebte er ein zweites Mal, was wirkliche Liebe war.

Die Worte, die ihm jetzt durch den Kopf gingen, waren die gleichen, die ihn damals nach dem Verlust angetrieben und am Leben gehalten hatten:

„Wenn du etwas mit reinem Herzen und völliger Hingabe versucht hast zu ändern, macht es keinen Unterschied, ob es dir gelungen ist oder nicht. Du wirst glücklich sein."

Jack wusste nicht, ob er jemals wieder so etwas wie Glück fühlen würde. Doch seinem Schicksal würde er sich stellen.

Er drehte sich um und verließ entschlossen das Haus. Es war bereits mitten in der Nacht. Die Nächte wurden in dieser

Jahreszeit schon langsam wieder milder. Noch ein paar Wochen und die Hitze würde wieder Einzug halten.

Jack ging zügig zu seinem Wagen, öffnete die Tür und stieg ein. Er startete den Motor und fuhr augenblicklich Richtung Krankenhaus los. Er musste unbedingt zu Sarah.

Das Krankenhaus befand sich in Houston. Er fuhr aber erst mal in die entgegengesetzte Richtung. Am Ortsrand, an der 1960 Richtung Spring gab es eine Tankstelle, die wollte er aufsuchen. Falls ihn jemand dabei sah, so hoffte er, würde man glauben, er sei in Richtung Dallas unterwegs.

Die Stadt war wie ausgestorben. Die Uhr auf seinem Armaturenbrett zeigte 02.37 Uhr. In einer Kleinstadt wie Humble war zu dieser Zeit kaum noch jemand unterwegs. Nur einige Nachtschwärmer, die aus Houston kamen, traf man gelegentlich um diese Zeit.

Als er die Tankstelle erreicht hatte, stellte er fest, dass bis auf einen jungen Mann im Geschäft kein Mensch weit und breit zu sehen war. Er fuhr den Wagen an eine der Zapfsäulen, die nicht im direkten Blickfeld des Mannes standen. Er blieb kurz im Wagen sitzen und tat so, als suche er etwas. Dabei beobachtete er den jungen Mann.

Dieser schien Jack kaum zu beachten. Anscheinend beschäftigte er sich mit einem Gerät in seiner Hand. Könnte ein Mobiltelefon sein, dachte Jack. Er stieg aus, öffnete seinen Tankdeckel und tankte den Wagen ganz voll. Anschließend betrat er den Kassenraum.

Der junge Mann war noch ein halbes Kind mit pickeligem Gesicht und sah so aus, als würde er noch die Highschool besuchen. Als Jack die Theke erreicht hatte, stand der Junge widerwillig auf und legte das Gerät, mit dem er sich beschäftigt hatte, zur Seite. Es war eine kleine Sony Spielekonsole. Den Geräuschen nach, die das Ding von sich gab, spielte der Junge ein Autorennen. Die Spielunterbrechung schien ihn zu ärgern.

Aus zusammengepressten Zähnen konnte Jack so etwas wie „Guten Abend" hören. Es konnte aber auch etwas anderes bedeuten. Der Junge sah seinen Kunden kaum an und wartete auf die Scheine, die dieser gerade aus seiner Brieftasche holte. Jack legte das Geld passend auf die Theke. Der Junge nahm es, tippte schnell ein paar Zahlen in die Kasse und verstaute das Geld in das dafür vorgesehene Fach. Dann schloss er es wieder und die Kasse spuckte einen Zahlungsbeleg aus. Diesen Schein überreichte er teilnahmslos, drehte sich ohne weitere Worte um und widmete sich sofort wieder seinem Spiel.

„Funktioniert der Geldautomat?“, fragte Jack. Ohne seine Augen von dem Gerät zu nehmen, antwortete er mit einem leisen, gleichgültigen „Ja“!

Jack verspürte große Lust, dem Jungen eins auf die Nase zu hauen. Er widerstand diesem Drang jedoch, drehte sich um und verließ den Raum. Die kühle Luft im Freien tat gut. Anscheinend suchten sie ihn noch nicht.

Er ging zum Geldautomaten, der etwas abseits der Tankstelle stand, schob seine Kreditkarte in den Schlitz und tippte den Pincode ein. Die Maschine begann zu arbeiten. Auf dem Bildschirm erschien eine Liste von Beträgen, die man auswählen konnte. Er suchte sich den Höchsten aus und tippte das Feld dazu an.

Hinter sich hörte er auf einmal das Geräusch eines sich nähernden Wagens.

Er erschrak. Es war tatsächlich ein Polizeiwagen, der auf den Parkplatz der Tankstelle gefahren kam. Der Wagen drehte eine Runde und fuhr im Schritttempo an Jacks Auto vorbei. Die Scheinwerfer blendeten ihn. Hastig schaute er wieder auf das Display des Geldautomaten. Aus den Augenwinkeln konnte er dabei den Wagen beobachten. Sein Herz fing zu rasen an. Der Polizeiwagen fuhr jetzt zur Eingangstür der Tankstelle und hielt unmittelbar davor. Ein Mann in Uniform stieg aus. Jack erkannte ihn. Es war Oliver King, einer der Hilfssheriffs von Humble.

King schaute nochmals auf Jacks Wagen und dann in Richtung Jack, der zur Säule erstarrt am Geldautomaten stand.

Jack tat so, als würde er auf den Tasten des Automaten tippen. Am liebsten wäre er so schnell es ging weggelaufen. Wenn er jetzt loslaufen würde, würde ihn der Hilfssheriff niemals kriegen. Zwischen ihnen waren über hundert Meter und Jack wusste, dass er sehr schnell war. „Sie suchen dich noch nicht – bleib ruhig“, sagte er zu sich selbst.

Der Hilfssheriff blickte angestrengt zu Jack. Dann machte er sich auf den Weg zu ihm.

Jacks Puls raste, kalter Schweiß brach ihm aus. Der Automat spuckte soeben sein Geld aus. Er nahm mit zittrigen Fingern die Scheine und die Karte an sich. Dann drehte er sich langsam um und ging mit gesenktem Kopf zu seinem Auto. Er tat so, als würde er den Beamten nicht sehen. Dabei versuchte er, so unauffällig wie nur möglich zu gehen. Er hatte fast seinen Wagen erreicht und wollte schon einsteigen, als King ihm zurief:

„Mister Norrick, sind Sie es? Bitte warten Sie. Wir müssen kurz miteinander reden."

Jack hatte dem Hilfssheriff den Rücken zugedreht und konnte nicht sehen, ob dieser seine Waffe gezogen hatte. Für den Bruchteil einer Sekunde suchte er in seinem Wagen einen Gegenstand, den er als Waffe einsetzen konnte, um King außer Gefecht zu setzen. Doch es war nichts da. Der Hilfssheriff hatte ihn jetzt fast erreicht. Jack konnte seinen Atem schon hören. Die Schritte des Polizisten klangen wie Trommelschläge in seinem Kopf.

Was machst du, wenn er eine Waffe hat?, fragte er sich selbst. Noch einmal wird keiner auf dich schießen, schwor er sich.

Sein Körper spannte sich an. Dann drehte er sich fast in Zeitlupe zu dem Hilfssheriff um.

Kapitel 17

Der weisse Tempel

Amerika

Sie stand in der weißen Halle des Tempels. Endlich hatte sich die Pforte geöffnet.

Ihr seidiges, schwarzes Haar legte sich glatt auf ihr weißes Gewand. Es war niemand anwesend, der ihre makellose Schönheit hätte bewundern können. Ihre tiefblauen Augen wanderten durch den großen Raum. Ihre Gesichtszüge waren weich und von vollkommener Harmonie. Mit Anmut, fast schwebend, betrat sie den großen Vorraum des Tempels.

Der Tempel bestand aus einem rechteckigen Bauwerk. Es war über hundert Meter lang, fünfzig Meter breit und über dreißig Meter hoch. Boden und Wände waren aus reinem, weißem Marmor. Im hinteren Bereich, an der Stirnseite, befand sich das höher gelegene Zentrum des Tempels.

Eine mächtige Rampe führte auf eine erste, von unzähligen großen Säulen flankierte, zwanzig Meter breite Terrasse. In deren Mitte stand ein goldener Behälter, auf dessen Oberfläche verschiedene eingravierte Symbole zu erkennen waren. Der Behälter war über einen halben Meter hoch und erinnerte an einen großen Kelch. Aus diesem Kelch loderten helle Flammensäulen in die Höhe. Eine Quelle der Flammen war nicht zu erkennen, abgesehen von dem stetigen Feuerstrom, der im Inneren rotierte.

Das eigentliche Heiligtum des Tempels befand sich auf einer zweiten Terrasse. Sie war der höchste Ort des Bauwerks und maß zehn Meter. Man gelangte über eine breite Treppe dorthin. Herzstück dieser Terrasse waren drei weiße Säulen von jeweils mehr als drei Metern Höhe. Ihr Durchmesser war so groß, dass ein erwachsener Mann sie nicht mit den Armen umschließen konnte. Sie bestanden aus einem weißen Material, welches an Marmor erinnerte. Es war jedoch um ein Vielfaches reiner und glatter als jedes von Menschen hergestellte Material.

Die Decke des Raums glich der Farbe des strahlend blauen Himmels. Nichts deutete auf eine Lichtquelle hin. Boden, Wände und Decke schienen eine eigene Leuchtkraft zu besitzen.

Ihre Blicke durchstreiften den Raum und fanden die auf der oberen Terrasse stehenden Säulen. Zufrieden betrachtete sie deren Schönheit.

Dieser Tempel war der Ort, an dem das Spiel seinen Anfang finden sollte.

Sie war eine Pallas, eine der Mächtigsten auf Erden. Ihre Aufgabe war es, die Auserwählten in den weißen Tempel zu führen, ihnen die heiligen Regeln des Spieles zu erläutern und sie vor die Wahl zu stellen. Sie würde ihnen ihren Preis vor Augen führen und ihr mögliches Opfer begreiflich machen. Würden die Auserwählten sich dafür entscheiden, den Kampf anzunehmen, würde sie ihnen ihre Waffen zuweisen und sie zur Wahl ihres Gefährten begleiten.

Die Zeit war fast gekommen. Sie fühlte sich stark und bereit. Sie spürte die Gegenwart der Auserwählten. Bald würde sie ihnen entgegentreten.

Kapitel 18

Jacks Flucht

Amerika – Humble bei Houston

Jack blickte in gerötete Augen. Den Mann, den er vor sich hatte, kannte er schon etliche Jahre. In einer Kleinstadt wie Humble kannte jeder jeden. King sah völlig erschöpft und ausgebrannt aus. Auch sein Tag musste die Hölle gewesen sein. Er hatte keine Waffe in der Hand und schaute Jack verlegen ins Gesicht. Anscheinend bereitete es ihm Unbehagen, Jack anzusprechen.

„Mr. Norrick, das mit Ihrer Familie tut mir schrecklich leid", sprach er mit leiser Stimme.

Einerseits war Jack erleichtert, aber die Worte wirkten wie Fausthiebe und Jack bekam weiche Knie. Er hatte sich noch nicht mit der Tatsache abgefunden, dass Sarah und Tommy nicht mehr lebten. Wie ein Speer stach das Gesagte in sein Herz. Die Trauer wollte raus. Doch er musste wachsam bleiben.

„Ist alles in Ordnung, Mr. Norrick?", fragte der Hilfssheriff, als er Jacks Reaktion auf die Worte sah. Jack nickte ihm zu.

„Sir", begann King wieder, „haben Sie Sheriff Simpson gesehen? Er ist seit Stunden wie vom Erdboden verschwunden. Wie ich gehört habe, hat er Sie heute Nachmittag nach Hause gefahren."

Jacks Körper spannte sich an, er musste so schnell es ging von hier verschwinden.

„Nein, tut mir leid", log er. „Paul ist kurze Zeit später wieder gefahren."

„Wissen Sie, wo er hin wollte?"

„Nein, wenn er es mir gesagt hat, habe ich es nicht mitbekommen."

Dem Hilfssheriff war die Beklemmung anzusehen, er machte einen halben Schritt zurück.

„Äh, na klar. Wissen Sie, ob Perry, der Mann vom FBI, noch bei ihm war?"

Bei diesem Namen spürte Jack Zorn in sich aufsteigen. Er wollte alles herausschreien, doch er zwang sich, ruhig zu bleiben. Es war Zeit weiterzufahren. Er antwortete mit einem, knappen „Nein". Damit signalisierte er King, dass das Gespräch beendet war. King bedankte sich mit verständnisvoller Miene und wünschte Jack alles Gute.

Jack stieg in sein Wagen und fuhr zügig auf die 1960 Richtung Spring.

King drehte sich, nachdem Jack die Tankstelle verlassen hatte, um und sah dem Wagen nach. „Armer Kerl", dachte er. „Will wohl weg von hier."

Nach dem heutigen Tag hatte King das Gefühl, auch gerne einfach abzuhauen. Stattdessen wandte er sich dem Geschäft zu. Er musste weiter nach dem Sheriff suchen und wollte nachfragen, ob der junge Kerl ihn gesehen hatte.

Jack fuhr ungefähr zehn Kilometer auf der 1960 Richtung Spring, ehe er seinen Wagen in Westfield wendete und auf die Hardy Toll N, Richtung Houston, lenkte. Er mied die Fünfundvierzigste und fuhr weiter auf der Nebenstraße. Während der Fahrt hatte er laufend in den Rückspiegel geschaut. Niemand schien ihn zu verfolgen. Seine Anspannung löste sich. Müdigkeit machte sich breit. Sein Brustkorb schmerzte fürchterlich. Das Atmen fiel ihm schwer. Sein Körper schrie nach einer Pause. Die Fahrt nach Houston dauerte weniger als eine Stunde. Es waren um diese Zeit so gut wie keine Autos unterwegs.

Jack überlegte, was er als Nächstes unternehmen sollte. Ob es klug wäre, um diese Zeit noch im Krankenhaus aufzutauchen? Wahrscheinlich war die Pathologie nicht mehr besetzt und er zweifelte daran, dass man ihn jetzt noch in die Leichenhalle führen würde. Andererseits suchte man noch nicht nach ihm. Er wurde zumindest nicht verfolgt. Das war für ihn das größte aller Rätsel.

Er entschied sich, erst mal seinem Körper eine Pause zu gönnen. Er brauchte etwas zu essen und einen sicheren Ort, um sich auszuruhen. Er steuerte seinen Wagen Richtung Westen in den fünften Bezirk. Diese Gegend war berüchtigt. Hier lebte die Unterschicht von Houston. Die Mehrheit bestand aus Ausländern: Latinos, Araber, Russen, Italiener und in letzter Zeit immer mehr Chinesen. Die Straßen waren schmutzig und es herrschte eine hohe Kriminalität. Verschiedene Gangs lieferten sich brutale Kämpfe um die Vorherrschaft. Die Arbeitslosenquote war gigantisch hoch.

Viele Gebäude standen leer oder Obdachlose wohnten darin. Es gab hauptsächlich Wohnblocks, in denen die Menschen zu Hunderten in viel zu kleinen und vermoderten Wohnungen hausten. Die Stadt versuchte seit Jahren erfolglos, der Sache Herr zu werden. Bis heute ohne Resultat. Die Lage verschlimmerte sich vielmehr von Jahr zu Jahr. Der neueste Ansatz bestand darin, die vielen leer stehenden Gebäude abzureißen und neue, moderne Gebäude zu errichten. Dazu wurden die Menschen aus ihren Wohnungen vertrieben. Das führte zu vielen Protesten und einigen Unruhen, die oft gewalttätig endeten. Die neuen Wohneinheiten waren für die Menschen nicht zu bezahlen. Außerdem sollten neue Einkaufszentren entstehen, doch fand die Stadt keine Geschäftsleute, die sich dort ansiedeln wollten. Und in diesem Zustand befand sich der Bezirk nun seit ein paar Jahren.

Jack erreichte mit seinem Wagen die Belamy Street, berüchtigt für das Nachtleben des fünften Bezirkes. Kneipen, Diskotheken und Restaurants reihten sich Tür an Tür. In einigen Gaststätten brannte noch Licht. Jack konnte im Vorbeifahren noch Leute in den Kneipen sehen. Am Ende der Straße waren noch vereinzelt Menschen unterwegs. Die meisten schienen auf dem Weg nach Hause zu sein. Dabei kamen sie an den Nutten vorbei, die noch Hoffnung auf ein letztes Geschäft witterten.

Jack steuerte seinen Wagen auf einen der überwachten Parkplätze. Die Parkgebühr betrug für vierundzwanzig Stunden stolze zehn Dollar. Im Kassenhaus saßen zwei verschlagene Typen, die Karten spielten. Als Jack auf den Platz fuhr, blickte einer der beiden auf und kam mit einer Stabtaschenlampe aus dem Häuschen. Der Parkplatz war nur halb belegt und Jack stellte seinen Wagen willkürlich auf einem der freien Plätze ab. Er stieg aus, holte seine Tasche aus dem Kofferraum, verschloss den Wagen und ging dem Mann entgegen. Der Mann war einen Kopf kleiner als Jack und sah aus wie ein Gauner. Er trug schmutzige Jeans und eine alte, braune Jacke. In seinem Mundwinkel steckte ein Zahnstocher, auf dem er herumkaute. Um seinen Hals hing eine Goldkette. Vermutlich ein Italiener. Seine linke Hand steckte in der Jackentasche und mit seiner rechten leuchtete er Jack an.

Dieser vermutete, dass der Italiener in der Tasche einen Totschläger oder eine andere Waffe griffbereit hatte. Doch das beunruhigte ihn nicht.

Der Mann war stehen geblieben und wartete auf ihn. Alkoholdunst strömte Jack entgegen.

„Abend“, begrüßte der Parkwächter ihn mit knappen Worten.

Eindeutig Italiener, dachte Jack.

Bevor der Mann etwas sagen konnte, fragte Jack: „Ich will meinen Wagen hier bis morgen stehen lassen. Was kostet der Spaß?“

„Zehn Dollar“, antwortete der Italiener mit vergilbten Zähnen.

Jack nickte, der Mann schien zufrieden. Jack holte einen Zwanziger aus der Tasche und hielt ihn dem Mann hin. Doch bevor er den Schein übergab, fragte er: „Wo kann man hier in Ruhe übernachten?“

Der Italiener stierte auf den Schein, überlegte kurz und sagte: „Im Double-Tree, einem kleinen Hotel, keine hundert Meter von hier, ist es ganz in Ordnung und es hat die ganze Nacht auf.“ Er zeigte mit seiner schmutzigen Hand in eine Richtung.

Jack übergab schweigend den Schein und ging ohne weitere Worte in die zuvor gedeutete Richtung. Zehn Minuten später und weitere dreißig Dollar ärmer lag er in einem dunklen, schmuddeligen Zimmer auf einem verwanzten Bett. Neben ihm lag ein halb gegessenes Sandwich. Ohne sich zu entkleiden, hatte er sich auf den Rücken gelegt. Sein Brustkorb schmerzte fürchterlich. Zum Denken war er zu müde. Er schloss die Augen und schlief Sekunden später ein.

Jack schlief sehr unruhig, er hatte wieder einen dieser Albträume, die ihn seit Jahren quälten. Er träumte wieder von der jungen Frau. Diese Frau hatte er geliebt. Im Traum spürte er diese Liebe am ganzen Körper. Er stand in einem kleinen Gefängnis. Seine Finger umklammerten die Stäbe. Die junge Frau stand vor ihm auf der anderen Seite der Gitterstäbe. Ihr rotes, langes Haar strahlte wie ein Meer aus Rosen in der Sonne. Sommersprossen zierten ihre Wangen. Ihr Gesicht sah aus wie das eines Engels. Sie war wunderschön. Ihre blauen Augen ruhten auf Jack. Er wollte aus dem Gefängnis. Sein Verlangen, die Frau zu berühren und zu umarmen, war übermächtig. Er rief ihr zu, doch kein Laut kam aus seiner Kehle. Sie schaute ihn nur an und lächelte. Hinter sich spürte er eine gewaltige Explosion. Gesteinsbrocken flogen durch die Luft. Wie durch ein Wunder trafen sie ihn nicht. Durch die Explosion war in der Wand hinter ihm ein mannsgroßes Loch gerissen worden. Aus der Öffnung strahlte ein weißes Licht in den Raum. Jack wurde geblendet. Er drehte sich um, die Frau stand teilnahmslos da und blickte ihn an, als wäre nichts geschehen. Sie lächelte immer noch. Dann hob sie ihre Hand und zeigte in die Richtung des Durchlasses. Er spürte ihre Stimme in seinem Kopf.

„Jack, du musst gehen. Sie warten auf dich. Geh zu ihnen und lass mich hier. Du musst jetzt gehen!“

Er wollte nicht weg, er wollte sie berühren, er wollte sie fühlen und für immer festhalten. Doch er kam nicht an sie heran. Ein Rauschen durchbrach die Stille. Dann spürte er, dass er durch das Loch in der Wand gezogen wurde, wie von einem unsichtbaren, riesigen Staubsauger. Er konnte nichts dagegen unternehmen. Er klammerte sich mit aller Kraft an die Stäbe, doch der Sog war zu stark. Er wurde unwiderruflich in die Öffnung gezogen. Das Letzte, was er sah, war, dass die Frau ihn dabei beobachtete. Sie schien zufrieden zu sein. Jack wollte sie nicht verlieren und schrie ihr nach.

Dann wurde er schweißgebadet wach.

Kapitel 19

Entdeckung

Amerika – Humble bei Houston

Hilfssheriff King stand an der Garagentür von Jack Norrick und musste sich übergeben. Soeben hatte er die Leiche von Paul Simpson gefunden. Sein Schädel war zertrümmert worden. Ein großes Loch war in seinem Kopf, die gebrochenen Schädelknochen und das zermatschte Gehirn waren zu erkennen. Auf dem Boden war eine große Menge Blut verteilt.

Nachdem er die ganze Nacht nach dem Sheriff gesucht hatte, fuhr er heute in der Früh zum Haus von Jack Norrick. Was er wollte, wusste er selbst nicht mehr genau. Er war jetzt über dreißig Stunden auf den Beinen und konnte kaum noch einen klaren Gedanken fassen. Als er das Haus erreicht hatte, schien es so, als wäre Jack Norrick immer noch nicht wieder zu Hause. Gewöhnlich stand sein Wagen in der Einfahrt und der seiner Frau in der Garage. King fiel ein, dass der Wagen von Jacks Frau nie wieder dort stehen würde.

Er fuhr in die Einfahrt, weil er durch das Fenster der Garagentür ins Innere schauen wollte, um zu kontrollieren, ob Jacks Auto vielleicht dort parkte. Aber die Garagentür war überhaupt nicht verschlossen, sie war einen Spalt geöffnet, sodass er direkt hineinblicken konnte. Dann sah er die Leiche des Sheriffs.

King wischte sich den Mund ab und wankte zu seinem Wagen. Er öffnete ihn und ließ sich in den Sitz fallen. Mit zittriger Hand nahm er sein Funkgerät aus der Halterung und rief die Zentrale. Als sich eine weibliche Stimme meldete, schrie er unvermittelt wilde Anweisungen in das Funkgerät. In seinem Kopf kreiste nur ein Name: „Jack Norrick!"

Die Maschinerie der Polizei setzte sich in Bewegung.

Die Jagd auf Jack Norrick hatte begonnen.

Kapitel 20

Jack fährt zum Krankenhaus

Amerika – Houston

Jack hatte geduscht und sich frische Kleidung angezogen. Der Albtraum hatte ihn aufgewühlt. Das Zimmer war ein Drecksloch. Außer dem alten, rostigen Bett und einem verwohnten Kleiderschrank standen noch ein kleiner Holztisch und ein Stuhl aus Kunststoff im Zimmer verteilt. Die Bezeichnung Stundenhotel war nie passender vergeben worden, dachte Jack. Wahrscheinlich war das eine der Absteigen der Nutten, die sich am Ende der Straße postierten, um mit ihren Freiern zu verschwinden. Jack konnte sich nicht vorstellen, dass jemand freiwillig hier übernachten würde.

Es würde die einzige Nacht bleiben, die er hier verbracht hatte. Er hatte vor, seinen Aufenthaltsort regelmäßig zu wechseln.

Als Erstes wollte er etwas essen gehen und dann versuchen, weiteres Bargeld aufzutreiben. Anschließend würde er ins Krankenhaus fahren. Das Bedürfnis, Sarah und Tommy zu sehen, war immer noch da. Danach würde er aus der Stadt verschwinden. Er brauchte einen Ort, wo er sich verstecken konnte. Sie würden mit Sicherheit nach ihm suchen. Die Frage war nur, wann die Jagd losgehen würde. Er hatte keinen Zweifel daran, dass Perry ihm das halbe FBI auf den Hals schicken würde. Jack konnte sich nicht vorstellen, dass sie vorhatten, ihn lebend zu fangen. Er brauchte einen Platz, wo er in Ruhe über alles nachdenken konnte. Hier war nicht der richtige Ort dafür. Er brauchte einen Plan.

Er packte die schmutzige Wäsche in seine Tasche und ging aus dem Zimmer. An der Rezeption gab er ohne Worte den Zimmerschlüssel ab und verließ die Bruchbude. Der Typ hinter dem Schalter las seine Zeitung weiter und würdigte Jack keines Blickes.

Jack trat ins Freie. Kühle, frische Morgenluft strömte ihm ins Gesicht. Er atmete tief ein und setzte sich in Richtung Parkplatz in Bewegung.

Im Tageslicht sah die Gegend um ein Vielfaches schlimmer und verwahrloster aus als in der Nacht zuvor. Müll lag überall auf der Straße herum. Die Häuserwände waren verschmiert mit Graffiti. Viele Fenster der alten Gebäude waren kaputt und einige mit Folien abgeklebt. In den Rinnsteinen floss eine dunkle, braune Flüssigkeit. Jack wollte gar nicht wissen, um was es sich dabei handelte. Der Gestank dieser Brühe stach ihm in die Nase. Sein Magen meldete sich. Jack hatte nicht vor, in dieser Gegend etwas zu essen. Er wollte so schnell wie möglich weg von dort.

Er beschleunigte seine Schritte. Der Parkplatz lag vor ihm. Das Tor zur Einfahrt war geschlossen und mit einer Kette gesichert. Vermutlich kamen sonntags um diese Zeit noch keine Kunden, um ihren Wagen abholen. Jacks Blicke suchten das Kassenhaus. Dort, wo gestern die zwei Typen gesessen hatten, saß jetzt ein junger Kerl in eine Zeitschrift vertieft. Jack trat näher an den Zaun heran, um auf sich aufmerksam zu machen. Er rief den Mann.

Dieser erschrak und ließ seine Zeitschrift fallen. Als hätte man ihn bei etwas Verbotenem ertappt, schaute er auf, kam aus dem Häuschen und blickte Jack fragend an.

„Ich will mein Auto abholen, schwarzer Golf, hinten rechts", rief er dem Mann zu.

Dieser murmelte etwas, was Jack nicht verstand, ging zurück in den Schuppen und holte seinen Schlüsselbund. Äußerlich passte der Kerl zu der Gegend. Sein Gang war kränklich, den linken Fuß zog er merklich hinterher. Er schien nicht älter als zwanzig Jahre zu sein und seine Klamotten waren schmutzig. Er schloss die Kette auf und öffnete das Tor. Jack ging, ohne den jungen Mann anzusehen in Richtung seines Wagens. Er stieg ein und fuhr zügig los. Nachdem er den Parkplatz verlassen hatte, blickte er in den Rückspiegel und sah, dass das Tor wieder verschlossen wurde. Der Kerl kümmerte sich nicht mehr um ihn.

Jack kannte sich in Houston nicht aus und so steuerte er seinen Wagen auf gut Glück erst mal Richtung Süden.

Eine halbe Stunde später saß er in einem Fast Food Restaurant und studierte eine Straßenkarte, die er zuvor an einer Tankstelle erworben hatte. Vor ihm stand ein Tablett, auf dem die Reste seines Frühstücks verteilt lagen. Es bestand aus Brötchen, Rühreiern mit Speck und heißem Kaffee. Jack hatte es gierig heruntergeschlungen. Seit gestern hatte er kaum etwas gegessen. Körperlich fühlte er sich etwas besser. An die Schmerzen auf seiner Brust und an seinem Hinterkopf hatte er sich schon fast gewöhnt. Trotzdem gönnte er sich noch ein paar Schmerztabletten.

Im Restaurant war um diese Zeit kaum etwas los. Sein Wagen war neben zwei anderen der einzige auf dem Parkplatz. Vorsorglich hatte er ihn an einer Stelle abgestellt, die nicht von der Straße aus eingesehen werden konnte. Jedoch nicht so weit vom Eingang entfernt, dass es Aufmerksamkeit hätte erregen können.

Das Krankenhaus war keine drei Blocks von hier entfernt. Ein Parkhaus befand sich unmittelbar in der Nähe. Er wollte nicht mit seinem Wagen vor dem Hospital auftauchen. Irgendwie hatte er das Gefühl, dass sie dort auf ihn warten würden. Er hatte nicht vor, ihnen in die offenen Arme zu laufen.

Bis jetzt hatte er es geschafft, die Frage nach dem Warum aus seinem Gedanken zu verdrängen. Er hatte seine Gefühle abgeblockt. Er wollte und musste trauern, aber eine innerliche Macht zwang ihn, weiter logisch vorzugehen. Er spürte die Kraft von Sarah in sich, er fühlte, dass sie wollte, dass er nicht stehen blieb, er sollte weitermachen. „Lauf, Jack, lauf."

Er und Sarah hatten sich immer über die Stelle in dem Film „Forrest Gump" amüsiert, in der Tom Hanks, alias Forrest Gump, von seiner Jugendliebe angeschrien wurde „Lauf, Forrest, lauf!" Und dies begleitete Forrest Gump sein Leben lang und half ihm zu überleben.

Jack musste überleben, er wollte, dass der Mensch oder die Menschen bezahlten für das, was sie ihm angetan hatten. Jack war nicht der Mensch, der sich viel aus Rache machte. Was er wollte, war Gerechtigkeit, nicht Vergeltung. Er zählte nicht zu denen, die anderen Menschen Leid zufügen wollten, um ihre persönlichen Gefühle zu befriedigen.

Jack wollte die Hintergründe verstehen.

Er trank seinen Kaffee aus und setzte sich in Bewegung. Die Fahrt zu dem Parkhaus dauerte keine zehn Minuten. Dort stellte er seinen Wagen ab und marschierte in Richtung Krankenhaus. In einem kleinen Supermarkt kaufte er sich ein paar Schokoriegel, eine Zeitung, einen Blumenstrauß und eine Baseballkappe der Astros, dem ansässigen Baseballteam, welche er sogleich aufsetzte. Er wollte so unauffällig wie möglich wirken.

In einem Elektrogeschäft nebenan erwarb er ein Mobiltelefon mit Karte.

Unauffällig schlenderte er auf das große, weiße Gebäude des St. Lukes Hospital zu.

Das St. Lukes war ein moderner, riesiger Bau. Das Hauptgebäude erstreckte sich mehr als zweihundert Meter in die Länge und hatte mindestens acht Stockwerke. Auf dem Gelände standen aber mindestens noch zehn weitere kleinere Gebäude. Angrenzend erstreckte sich ein Park mit See.

In sicherer Entfernung zum Eingang des Hauptgebäudes setzte sich Jack auf eine Parkbank und beobachtete unauffällig das Treiben vor dem Haus. Er ging davon aus, dass Sheriff Simpson schon gefunden worden war und eine Großfahndung nach ihm selbst im Gange war. Sicher war sicher.

Er packte das Mobiltelefon aus und schaltete es ein. Während das Telefon hochfuhr, nahm er einen der Schokoriegel aus seiner Tasche und aß ihn. Das Mobiltelefon war nach kurzer Zeit einsatzbereit, der Empfang gut. Die Batterie erwies sich als schwach, aber für ein paar Anrufe sollte sie reichen. Jack überlegte, wen er nun als Ersten anrufen sollte. Aus seiner Zeit bei der Army wusste er, dass für die Ortung eines Mobiltelefons mindestens zwei Minuten notwendig waren. Wurde das Telefon vorher ausgeschaltet, konnte der Anruf nicht nachverfolgt werden. Die billigen Modelle, von denen Jack eines in den Händen hielt, hatten auch keinen GPS-Sender eingebaut. Auch wenn man die Frequenz kannte, war das Handy nicht zu lokalisieren. Das ideale Gerät für alle Erpresser und Fremdgeher, dachte Jack.

Er wählte die Nummer der Auskunft und ließ sich mit der Pathologie des St. Lukes verbinden. Nach ein paar Augenblicken meldete sich eine genervte, weibliche Stimme am anderen Ende der Leitung. Jack hatte durch seine Tätigkeit als Teamleiter so manche Erfahrung im taktischen Telefonieren. Er wusste, dass man durch geschicktes Auftreten am Telefon sein Gegenüber so unter Druck setzen konnte, dass dieses ungewollt Zugeständnisse machte oder Geheimnisse ausplauderte. Schon oft hatte er diese Form der Informationsbeschaffung genutzt.

Jack gab sich als Reporter der „Washington Post" aus, der einen Bericht über den Massenunfall von gestern Abend schreiben wollte. Zunächst fragte er nach dem Namen der Frau und machte dann eine kurze Pause, um den Eindruck zu erwecken, er würde sich den Namen notieren. Damit, wusste er, war sie eingeschüchtert. Nach ein paar gezielten Fragen hatte Jack die Informationen, die er wollte. Sarah und Tommy waren im Kellergeschoss des Gebäudes, Raum UE 200. Es waren keine besonderen Sicherheitsvorkehrungen im Hause getroffen worden, was bedeutete, dass kein Empfangskomitee auf ihn warten würde.

Für seinen zweiten Anruf brauchte er die Auskunft nicht. Die Nummer, die er wählte, kannte er auswendig. Er tippte die Nummern ein und am anderen Ende meldete sich eine ihm wohlbekannte Stimme.

Kapitel 21

FBI übernimmt das Kommando

Amerika – Humble bei Houston

Die Hölle hatte sich für Hilfssheriff King aufgetan. Kurz nachdem er seine Leute darüber informiert hatte, was passiert war, tauchte das FBI mit unzähligen Beamten wie aus dem Nichts auf und belagerte das gesamte Haus von Jack Norrick.

Angeführt wurden sie von einem FBI-Agenten namens Jones. Er war ein finster dreinblickender Mann, ungefähr eins achtzig groß, mit Glatze. Er hatte sofort das Kommando am Tatort übernommen und war erstaunlich gut über die Ereignisse informiert.

King erinnerte sich schwach daran, dass Sheriff Simpson gestern mit einem FBI-Mann Names Perry unterwegs gewesen war. Doch Genaueres war ihm nicht bekannt. Der gestrige Tag war zu anstrengend gewesen. Er hatte den Sheriff aus den Augen verloren.

Jones hatte King die Anweisung gegeben, an seinem Auto zu warten. Wie eine Horde Heuschrecken wilderten sie auf dem Grundstück herum. King war völlig am Ende mit seinen Nerven. Er saß an seinen Wagen gelehnt außerhalb der Absperrung und konnte keinen klaren Gedanken mehr fassen. Einer der Beamten stand gerade vor ihm und stellte unzählige Fragen. King hörte die Fragen des FBI-Manns nicht richtig. In seinem Kopf war ein undurchdringlicher Nebel. Er konnte das alles nicht fassen. Er wünschte sich Hunderte von Kilometern weit weg.

Jetzt wurde er von dem Mann fest am Arm gepackt und mit ernster Stimme gefragt: „Haben Sie mir überhaupt zugehört?“

Er starrte den Mann nur fassungslos an und antwortete schwach: „Was haben Sie mich gefragt?“ Er versuchte sich zu sammeln.

Der FBI-Mann fixierte King und zischte dann aus spitzen Lippen: „Haben Sie eine Ahnung, wo sich dieser Norrick aufhält?“

King fühlte sich, als ob ihm jemand in den Magen getreten hätte. Er stierte ins Leere. Die Erinnerung an sein Treffen mit Jack Norrick gelangte in sein Gedächtnis. Der FBI-Mann hielt immer noch seinen Arm. King versuchte gar nicht erst, den Griff zu lösen.

Aus glasigen Augen sagte er leise: „Ich habe ihn heute Nacht gesehen, so gegen drei Uhr. Er war mit seinem Wagen unterwegs. Er ist auf der 1960 in Richtung Spring gefahren.“

Der FBI-Mann riss die Augen auf und brüllte den Hilfssheriff jetzt förmlich an: „Hat er gesagt, wo er hin wollte?“

King schüttelte nur den Kopf.

„Hat er sonst noch irgendetwas gesagt, das uns helfen könnte, das Dreckschwein zu finden?“

King war dem Ende nahe. Er schluckte und verneinte.

Der Mann sah ihn noch für eine Sekunde strafend an, dann ließ er Kings Arm los und wirbelte herum. Mit festen Schritten stürmte er in Richtung Haus und brüllte in sein Funkgerät.

Wie ein Feuerstoß strömten etliche der Beamten aus dem Haus und rannten zu ihren Autos. Sie stiegen wie in Zeitraffer ein und rasten los. Jones kam aus dem Haus und stand wie ein Feldherr in der Einfahrt. Sein Kahlkopf spiegelte sich in der Morgensonne. Sein strenges Gesicht suchte den Blick von King. Wut, Hass und Abneigung waren in seinen Augen zu erkennen. King fühlte sich von Minute zu Minute erbärmlicher. Er wollte nur fort von hier.

Ein weiterer FBI-Beamter trat aus der Garage. In seiner Hand hielt er eine durchsichtige Plastiktüte. King konnte von Weitem einen Baseballschläger darin erkennen. Der Schläger schien blutverschmiert zu sein. Der Mann ging damit auf Jones zu und gab ihm den Schläger. Dieser schaute zufrieden auf den Beutel. Ein verschlagenes Lächeln war für den Bruchteil einer

Sekunde auf seinem Gesicht zu erkennen. Jetzt schaute er King aus gefährlich funkelnden Augen an.

Jones sagte zu dem Mann: „Geben Sie eine Großfahndung raus. Die Polizei soll Straßensperren auf der 45sten und den Nebenstraßen errichten. Geben Sie jedem Streifenpolizisten in allen angrenzenden, größeren Städten ein Foto von Norrick. In zwei Stunden möchte ich in allen Nachrichten sein Gesicht sehen. Sagen Sie der Presse, ein bewaffneter Polizistenmörder sei auf der Flucht."

King wurde speiübel.

Jones schien Gefallen an der Situation zu finden, er sprach immer schneller und lauter.

„Schicken Sie ein Team zum St. Lukes Hospital in Houston und lassen Sie es beobachten. Der Kerl wird da mit Sicherheit auftauchen. Die Polizei soll die Sicherheitskräfte im Krankenhaus unterstützen. Die Parkplätze und Parkhäuser in der Umgebung des Krankenhauses sollen nach Norricks Wagen abgesucht werden."

King verstand nicht, was da vor sich ging. Warum sollte Jack Norrick in Houston auftauchen? Er war doch in die andere Richtung unterwegs. Und warum gerade in dem Krankenhaus? Was um alles in der Welt sollte er da wollen?

Jones nahm die Verwunderung von King wahr und trat nun auf ihn zu. Herablassend sprach er King an und sagte:

„Verschwinden Sie von hier. Sie und Ihre Leute haben schon mehr als genug angerichtet. Wir kümmern uns jetzt hier darum."

King war nicht in der Lage, Widerworte zu geben. Wie ein geprügelter Hund drehte er sich um, stieg in sein Auto und fuhr los. Er blickte nicht mehr zum Haus zurück. Er war einfach nur erleichtert, von dort wegzukommen.

In seinen Gedanken kreiste der Baseballschläger. Er war sich sicher, dass der Schläger, als er den Sheriff gefunden hatte, nicht dort gelegen hatte. Oder war er zu fertig, um ihn gesehen zu haben? Zweifelnd fuhr er nach Hause. Die Uhr auf seinem Armaturenbrett zeigte jetzt 10.00 Uhr.

Kapitel 22

Jack betritt das Krankenhaus

Amerika – Houston

„Peter Morgan", meldete sich die Stimme am Telefon.

„Hallo Peter, hier ist Jack."

„Ach, wieder bei den Lebenden? Warst ja ganz schön voll. Hab' dich gestern schon angerufen. Musstest deiner Frau wohl mal wieder versprechen, mich nie wieder zu sehen, oder?"

Peter klang gut gelaunt. „Wäre ja nicht das erste Mal. Was ist das eigentlich für eine komische Nummer, von der du anrufst, hast du ein neues Mobiltelefon?"

Jack musste schlucken. Für Peter war Jacks Welt noch in Ordnung. Er schloss für einen Moment die Augen und wünschte sich, es wäre so. Doch er musste weitermachen. Er hatte genug gehört. Das, was er wissen wollte, hatte er gehört. Mit Peter hatte noch keiner gesprochen.

„Hör mal Peter, ich sitze im Auto und bin auf dem Weg nach Dallas. Der Empfang ist hier schlecht, ich wollte nur sagen, dass ich mich nächste Woche noch mal melde." Dann legte er ohne weitere Worte auf. Er wusste, dass Peter sich weiter keine Sorgen machen würde, er war solches Benehmen nach ihren Sauftouren gewohnt. Dann schaute er auf seine Uhr, es war 11.00 Uhr. Immer mehr Besucher strömten jetzt zum Haupteingang.

Er stand entschlossen auf, schaltete das Telefon aus, nahm den Blumenstrauß und ging auf die Eingangstür zu. Er zog die Kappe tiefer ins Gesicht und vermied direkten Blickkontakt mit anderen Besuchern. Er hatte die Eingangstüre erreicht. Es war eine überdimensional große Drehtüre aus Sicherheitsglas. Die Türe drehte sich automatisch. Jack ging durch sie hindurch.

Als er eintrat, strömte ihm kühle Luft entgegen. Der gesamte Komplex war klimatisiert.

Der Eingangsbereich erinnerte mehr an ein Luxushotel oder einen Flughafen als an ein Krankenhaus. Der Raum war sehr groß und hell erleuchtet. Unter anderen Umständen hätte Jack die Einrichtung gefallen. Zwar etwas protzig, aber dennoch geschmackvoll. Der Boden bestand aus hellblauem Stein. Die Wände waren mit hellem Holz vertäfelt. An ihnen hingen übergroße, moderne Gemälde.

Eine riesige, mit Mahagoni verkleidete Rezeption von mehr als dreißig Metern Länge erstreckte sich zu seiner Rechten. An sechs Empfangsplätzen saßen junge, hübsche Mitarbeiterinnen an ihren Computern und gaben den Besuchern Auskunft. Auf der linken Seite standen mehrere Computerterminals, an denen die Besucher selbst Informationen abrufen konnten.

Der Zugang zu dem Eingangsbereich war durch eine Art Schleuse versperrt. Davor postierten zwei bewaffnete Sicherheitsbeamte. Ein dritter saß in unmittelbarer Nähe hinter einem Schreibtisch, geschützt von einem kugelsicheren Glaskasten. Kameras waren im gesamten Eingangsbereich installiert. Man hatte gar nicht erst versucht, sie zu verstecken. Jeder, der das Gebäude betrat, fühlte sich sogleich beobachtet. „Die neue Sicherheit", dachte Jack verächtlich.

Die Schleuse war im Durchgang aufgestellt und jeder, der das Gebäude betreten wollte, musste durch sie hindurch. Das Firmensymbol dieser Schleuse erkannte Jack sofort. Das Gerät war von Backley Sience entwickelt und verkauft worden. Es war ein Detektor für chemische oder biologische Substanzen. Es konnte Stoffe wie Schießpulver, Sprengstoffe und auch gewisse biologische Kampfstoffe schon in geringsten Mengen erfassen. Eingesetzt wurden diese Geräte früher nur in hochsensiblen Bereichen wie Regierungsgebäuden, da diese Maschinen unwahrscheinlich teuer in der Anschaffung wie auch im Unterhalt waren. Jack kannte die Vertriebsleiterin für die Westküste. Der Absatz dieser Geräte war nach dem 11. September explodiert.

Aber nicht nur im Equipment hatten alle öffentlichen Gebäude aufgerüstet, sondern auch das Sicherheitspersonal war seit den Terroranschlägen professioneller geworden. Waren es früher mit einer Zeitschrift bewaffnete Rentner in Uniform, die den Besuchern am Eingang der Krankenhäuser einen guten Tag wünschten, standen heute dort gut ausgebildete, schwer bewaffnete Männer.

Sein ganzer Körper spannte sich an. Er ging zielstrebig auf die Sicherheitsleute zu, murmelte so etwas wie „Guten Tag" und ging mit mehreren Besuchern gleichzeitig durch die Schleuse. Einer der beiden Männer schaute Jack prüfend ins Gesicht. Aber nachdem kein Signal ertönte, als Jack die Schleuse passierte, verlor er das Interesse an ihm.

„Soll wohl jedem Angst einjagen", dachte Jack. Seine Anspannung löste sich ein wenig. Er ging zu einem der Computerplätze auf der linken Seite und studierte dort das Inhaltsverzeichnis. Er suchte einen Lageplan des Gebäudes und fand ihn auch schnell.

Während er versuchte, sich den Plan einzuprägen, merkte er nicht, wie sich drei Fahrzeuge dem Eingangsbereich des Krankenhauses näherten.

Kapitel 23

FBI kommt ins Krankenhaus

Amerika – Houston

Die Wagen, die sich dem Krankenhaus näherten, waren zwei Polizeiwagen und ein dunkelblauer BMW. Im BMW saßen zwei FBI-Agenten. Die Autos hielten unmittelbar vor dem Eingang und die Männer stiegen aus.

Einer der beiden Agenten ging auf die hinter ihnen parkenden Streifenwagen zu. Er trug eine schwarze, schusssichere Weste. Auf Vorder- und Rückseite sah man in leuchtend gelben Buchstaben das Wort FBI gedruckt. Die Anspannung war dem Agenten ins Gesicht geschrieben.

Die Polizeibeamten standen an ihren Wagen und warteten auf Anweisungen. Bis jetzt wussten sie nur so viel, dass irgendein Polizistenmörder in der Stadt gesucht wurde. Angeblich sollte er auch noch andere Menschen auf dem Gewissen haben. Der Kerl sollte bewaffnet sein und wurde als äußerst gefährlich eingestuft.

In solchen Fällen durfte keiner der Streifenpolizisten alleine unterwegs sein. Und jeder achtete darauf, dass sein Partner nicht allzu weit von ihm selbst entfernt war.

Der FBI-Agent erklärte den Polizisten, dass die Zielperson wahrscheinlich hier auftauchen würde. Es sollte unter allen Umständen vermieden werden, dass weitere unschuldige Menschen zu Schaden kämen.

Den Polizeibeamten wurde mulmig zumute. Das Wort Zielperson und die Art und Weise, wie der FBI-Mann es ausgesprochen hatte, beunruhigten sie. Die vier Männer schauten sich gegenseitig an. In allen Gesichtern war das Gleiche zu sehen.

Die Männer glaubten nicht, dass das FBI vorhatte, den Gesuchten lebend zu fangen. Instinktiv überprüften sie, ob ihre Waffen noch am Halfter hingen.

Der FBI-Agent drehte sich um und ging mit festen Schritten auf den Eingang zu. Die verunsicherten und nervösen Polizisten folgten ihm.

Kapitel 24

Bär wird wach

Amerika – Kansas City

Bär hatte eine tolle Nacht mit seiner Frau erlebt. Es war schon fast Mittagszeit und wie jeden Sonntag durfte er so lange schlafen, wie er wollte. Dies war ein altes Butler-Gesetz. Bär bei seinem Sonntagsschlaf zu stören, bedeutete harte Strafe für jeden, der dies wagte. Nur Nicki kümmerte sich nicht um diese Tatsache. Sie krabbelte öfter zu Papa ins Bett, setzte sich auf seinen Bauch, und weckte ihn sehr unsanft. Doch er konnte seinem kleinen Engel nicht böse sein, selbst sonntagmorgens nicht.

Bär duschte und ging gut gelaunt die Treppe hinunter. Der Streit mit Tom war fast vergessen. Er betrat die Küche. Dort erwartete ihn das blanke Chaos.

Wie im Haushalt einer Großfamilie üblich, herrschte zur Essenszeit immer ein großes Wirrwarr. Sonntags wurde immer sehr spät gegessen, da es die nächste Mahlzeit erst am Abend gab. Neben den eigentlichen Bewohnern waren meist noch eine Handvoll Freunde, Schulkollegen, Nachbarsjungen oder sonstige Personen anwesend. Bär hatte schon vor Jahren aufgehört, sich darüber zu wundern. Viele der meist jüngeren Besucher kannte er nicht einmal.

Heute hielt es sich in Grenzen. Jane stand wie fast immer am Herd und bereitete etwas Leckeres vor, was verdammt gut roch. Bär hatte einen Riesenhunger. Am Tisch saßen vier seiner sechs Jungs, Bob, Robert, Steve und Phillip, dann waren da noch Nicki, zwei Freunde der Jungs, ein fremder Hund, ein ihm unbekanntes junges Mädchen mit roten Zöpfen und leider auch Petra.

Von allen seinen Söhnen schlug Phillip am meisten aus der Art. Tom, der älteste, war der größte und sportlichste von allen. Er war für viele der Jungs ein Vorbild, ein Vorreiter im Kampf gegen die Regeln von Papa und Mama. George war der zweitälteste und ein wandelndes Lexikon. Er studierte Physik an der Kansas City University und spielte in der Freizeit Basketball. Beide wohnten nicht mehr zu Hause.

Die Zwillinge Bob und Robert waren gerade vierzehn geworden und echte Technikfreaks. Am Computer gab es nichts, was sie nicht konnten. Sie hatten mit zwölf Jahren für Bärs Werkstatt, als diese schlecht lief, eine eigene Homepage entworfen und innerhalb von ein paar Wochen konnte sich Bär vor lauter Aufträgen kaum retten. Selbst ein Auftrag aus Japan war dabei gewesen. Sie waren zwar beide mies in der Schule, aber dafür verdammt gute Eishockeyspieler, was Bär als Eishockeyfan natürlich besonders freute.

Da war noch Steve, mit seinen zwanzig Jahren der drittälteste, der von allen Jungs etwas konnte und handwerklich der Geschickteste war. Er hatte in Kansas City mit einem Freund eine Tischlerei aufgemacht. Sie kauften alte Möbelstücke auf Trödelmärkten, restaurierten sie, um sie anschließend wieder für ein Vielfaches zu verkaufen, meist übers Internet. Damit verdienten sie jeden Monat eine stattliche Summe. Tatkräftig wurden sie durch die Zwillinge unterstützt.

Nicki, das Nesthäkchen in der Familie und dazu das einzige Mädchen, war gerade mal drei Jahre alt. Die ganze Familie vergötterte sie und das wusste sie auch.

Alle seine Jungs hatten besondere Talente und waren im Sport sehr begabt. Nur Phillip nicht. Der konnte irgendwie gar nichts. In der Schule war er schlecht. Im Sport war er eine genauso große Katastrophe wie in allen anderen Dingen, die mit Bewegung zu tun hatten. Bär hatte sich schon oft gefragt, was bei seiner Zeugung wohl falsch gelaufen war. An dem Tag musste er wirklich schlecht drauf gewesen sein. Phillip war zwar genauso groß geraten wie seine Brüder, doch seine Körperhaltung erinnerte an die einer windschiefen Palme und genauso unbeweglich war er auch. Mit Mädchen hatte er auch nichts am

Hut. Bär hatte immer die Befürchtung, dass Phillip niemals eine Freundin abbekommen würde. Doch zu aller Überraschung bekam er dann doch noch eine ab: Petra!

Doch die Freude währte nicht lange. Ungefähr so lange, bis Petra die ersten Worte gesprochen hatte. Und das kam schnell, denn sie redete wie ein Wasserfall. Sie hatte die Eigenschaft, ihre Sätze fast immer mit dem Wort „wir" zu beginnen.

Mit „wir" meinte sie sich und Phillip. Hatte Phillip schon vor seiner Bekanntschaft mit Petra Schwierigkeiten, seine Meinung zu vertreten, so verlor er das bisschen Rückgrat, welches er besaß, durch Petra vollkommen.

„Wir" mögen kein Fleisch.

„Wir" trinken keinen Alkohol.

„Wir" machen uns nichts aus Sport.

„Wir" schauen lieber dies als das im Fernsehen.

„Wir" spielen nicht am Computer usw.

Bär machte das wahnsinnig. Er konnte sich nichts Schlimmeres vorstellen, als mit so einer Frau zusammen zu sein. Jane ließ das alles kalt. Sie begegnete Petra mit der gleichen, ehrlichen Freundlichkeit wie jedem anderen Menschen. Es war noch schlimmer, sie schien froh zu sein, dass Phillip endlich eine Freundin hatte. Sie sagte immer: „Keiner sollte alleine sein."

Doch Bär mochte sie umso weniger. Es gab kaum etwas, was er an ihr leiden konnte. Sie war zwar nicht besonders hässlich, doch mit ihrer spitzen Nase und der Brille hatte sie Ähnlichkeit mit einer Hexe. Wenn sie und Phillip sich küssten, was sie fast bei jeder Gelegenheit taten, die sich bot, wurde Bär an zwei Karpfen erinnert, die miteinander kämpften.

Seine Zwillinge freute das. Sie machten sich häufig über die beiden lustig. Bär lernte in dieser Zeit eine Menge lustiger, neuer Beleidigungen. Aber nur, wenn Jane nicht in der Nähe war. Denn ein Butler-Gesetz war, dass sich keiner über einen anderen in der Familie lustig machen durfte. Bär konnte es auch nicht leiden, wenn jemand beleidigend wurde, doch war er in diesem Fall nicht so streng wie sonst. Er hoffte, Petra so vergraulen zu können. Doch leider kam alles ganz anders.

Eines Abends beim Familienessen verkündete Petra der gesamten Butler-Familie mit stolz geschwellter Brust: „Wir sind schwanger".

Totenstille trat ein. Bär wäre am liebsten aus dem Fenster gesprungen oder, noch besser, hätte seinen Sohn rausgeworfen. Petra war gerade achtzehn und Phillip erst siebzehn. Bär war entsetzt. Er hatte das Gefühl, jemand hätte ihn in einen Mixer gesteckt und auf „Pürieren" gestellt. Phillip hatte die Schule gerade beendet und strebte eine Karriere als Tütenpacker im Supermarkt an. Welch eine Zukunft für eine Familie! Er war völlig perplex. Die Zwillinge rissen schon ihre ersten Witze. Den anderen schien es egal, sie dachten wohl alle das Gleiche: „Phillip, du arme Sau."

Nur Jane war hellauf begeistert. Sie umarmte die beiden und strahlte Bär fröhlich an. „Wir werden endlich Großeltern, ist das nicht schön?"

Bär hätte brechen können. Jane sah, dass Bär nicht sonderlich erfreut war, jedoch kümmerte sie das nicht. Sie widmete sich schon voller Hingabe der angehenden Mutter. Phillip saß kreidebleich daneben und gab keinen Laut von sich. Bär erinnerte dieser Anblick an einen ausgewrungenen Waschlappen.

In der darauffolgenden Zeit kam Bär sehr oft dazu, an seinem alten Motor im Keller zu arbeiten.

Das Ganze war nun schon ein halbes Jahr her und Petra hatte bereits eine ordentliche Kugel zu tragen. Die vergangenen Monate waren für alle Beteiligten recht grausam gewesen. Sie jammerte fast jede Sekunde des Tages. Es gab nichts, worüber sie sich nicht beschwerte. Allen ging das wahnsinnig auf die Nerven. Bis auf Phillip, der von Tag zu Tag weniger sprach.

Und Jane. Sie umsorgte ihre zukünftige Schwiegertochter, wo es nur ging. Denn Petra hatte zu allem Übel dann noch vor drei Wochen verlauten lassen, dass „wir heiraten werden, sobald das Kind da ist."

Der Jubel in der Familie hielt sich in Grenzen. Bär dachte nur mit großer Sorge daran, wo die beiden zukünftig wohnen wollten. Bis jetzt wohnten beide noch zu Hause. Petra bei ihrem Stiefvater, ihre Mutter war vor sechs Jahren gestorben. Und

Phillip hatte sein Zimmer noch im Butler-Haus. Was Bär wirklich beunruhigte, war, dass er in den letzten Wochen Jane immer öfter in Toms altem Zimmer gesehen hatte. Prüfend glitten ihre Blicke durch den Raum. Bär konnte nur beten, dass sie nicht das plante, was er befürchtete.

Bär setzte sich auf einen der freien Plätze. Der Tisch sah aus, als hätte eine Bombe eingeschlagen. Doch sich darüber aufzuregen, hatte er schon vor Jahren aufgegeben. Er machte sich ein wenig Platz und Sekunden später tauchte auch schon Jane hinter ihm auf und stellte ihm einen großen Teller hin: Spiegeleier mit Toast und Speck, dazu Pfannkuchen mit Sirup und warme Brötchen. Die Portionen waren riesig. Jane küsste ihn auf die Wange und flüsterte ihm mit warmem Atem ins Ohr:

„Ich liebe dich, lass es dir schmecken, mein Großer."

Bär war zufrieden und fing gleich an, sich auf sein Essen zu stürzen.

Petra jammerte über dicke Beine, Nicki matschte mit dem Sirup auf ihrem Pfannkuchen herum und fütterte den fremden Hund. Das Mädchen mit den Sommersprossen und den Zöpfen saß mit roten Wangen neben Bob. Beide hielten unter dem Tisch Händchen. Gleichzeitig unterhielt sich Steve aufgeregt mit seinen Brüdern über das bevorstehende Eishockeyspiel.

Na klar, heute war das Halbfinale. Über den Ärger mit Tom hatte er das fast vergessen. Er war der größte Fan der hiesigen Eishockey-Jugendmannschaft. Seine beiden Söhne waren die Stars der Mannschaft. Und dieses Jahr hatten sie echt das Zeug, um das Finale zu erreichen. Nur noch ein Sieg gegen Dallas, dann winkte das Endspiel. Seine Laune wurde noch besser. Selbst Petras Gequake, dass „wir" keine Pfannkuchen mehr mögen, konnte seine Laune nicht vermiesen.

Doch das würde sich schon sehr bald ändern, dann würde er die erste atomare Explosion seines Lebens sehen und mit seiner Familie alles zurücklassen und fliehen.

Kapitel 25

Jack geht in die Pathologie

Amerika – Houston

Jack hatte den Großteil des Lageplans vom Krankenhaus im Gedächtnis gespeichert. Es war eine Leichtigkeit für ihn. Er bediente sich dabei eines einfachen Tricks. Musste er sich einen Weg merken, so ging er methodisch vor. Im Geiste lief er durch sein eigenes Haus. Geradeaus war sein Flur, rechts Gäste WC, links Abstellkammer, zweite links Küche und zweite rechts Wohnzimmer. In seinen Gedanken holte er aus den Räumen Gegenstände oder führte eine Handlung in den Räumen durch. Erst auf Toilette, dann durch den Flur in die Küche, was trinken, dann wieder auf Toilette und neues Getränk aus der Kammer holen, bedeutete für ihn: erste rechts, dann geradeaus, dann zweite links, dann die nächste wieder links und zum Schluss rechts. Dadurch entstand eine eigene Geschichte, die er sich dann mit Leichtigkeit merken konnte.

Er war fertig am Computer und ging nun zielstrebig durch den Eingangsbereich an der gegenüberliegenden Rezeption vorbei. Direkt dahinter fing der Ostflügel des Gebäudes an. Er begann mit einem lang gezogenen Flur. In Abständen von etwa zwanzig Metern befanden sich immer zwei Aufzüge. Daneben schlossen sich jeweils Treppenhäuser an, durch die man in die oberen, aber auch in die unteren Geschosse gelangen konnte. Da die meisten Besucher die Aufzüge und nicht die Treppen benutzten, wollte er nicht auffallen und stellte sich ebenfalls vor die Aufzüge und drückte den Knopf für „abwärts".

Sie befanden sich beide im siebten Stock und machten noch keine Anstalten abwärtszufahren. Jack atmete tief durch, immer noch tat sein Brustkorb weh. Für einen unsinnigen Moment lang dachte er darüber nach, einen Arzt aufzusuchen. Doch der Gedanke verflog schnell wieder.

Eine Art Erregung kam in ihm auf. Der Gedanke, gleich Sarah und Tommy zu sehen, machte ihn nervös. Er hatte die Leiche von Sheriff Simpson gesehen, er hatte auch das zerstörte Haus seiner Schwiegereltern vor Augen, ihre Körper hatten sich in den Leichensäcken abgezeichnet. Er hatte Beweise für deren Tod vor seinen eigenen Augen gehabt.

Doch er hatte nicht die geringste, konkrete Bestätigung für Sarahs und Tommys Tod, dass es die Realität war. Er wollte nicht einsehen, dass er die beiden nicht mehr in seine Arme nehmen sollte. Sarah und Tommy waren beide das pure Leben gewesen. Sie konnten nicht tot sein. Sie durften nicht tot sein, sie waren sein Leben. Ohne die beiden war er ein Nichts. Alles, wofür er lebte, alles, was ihm Kraft gab, war durch die beiden geprägt. Er musste es wissen, er brauchte einen physischen Beweis. Sarah und er hatten sich immer viel zu erzählen, es waren noch so viele Dinge zu bereden. Er hatte das Gefühl, dass etwas falsch war, es fehlte etwas. Sie waren nicht fertig miteinander. Es kam ihm vor wie ein Film, der mitten in der Handlung beendet wurde. Es konnte nicht stimmen. Wenn er sie gesehen hatte – so wusste er aus der Vergangenheit –, konnte er es verstehen. Danach war ihm alles egal.

FBI-Agent Mitchel führte die Gruppe, bestehend aus seinem Kollegen und den vier Polizisten, ins Krankenhaus hinein. Sie betraten den Eingangsbereich. Die Sicherheitsleute nahmen augenblicklich Notiz von den Beamten. Mitchel sah einen der Sicherheitsmänner auf sich zu kommen. Ein anderer, hinter einem Glasverschlag, griff zum Telefon und rief offensichtlich den Sicherheitschef an.

Mitchel übernahm sofort die Initiative und ließ den Mann erst gar nicht zu Wort kommen:

„Ein Polizistenmörder ist in Ihrem Krankenhaus oder wird mit größter Wahrscheinlichkeit versuchen, hier hineinzukommen." Dem Mann wich sofort die Farbe aus seinem Gesicht. Er griff instinktiv an sein Halfter, in dem seine Waffe steckte.

Typische Reaktion, dachte Mitchel. Er reichte dem Mann ein Foto von Jack. „Haben Sie diesen Mann heute hier schon gesehen?"

Das Bild von Norrick war Mitchel vor fünf Minuten auf seinem Computer übermittelt worden. Er hatte es noch während der Fahrt mit einem transportablen Drucker ausgedruckt. Es war ein Hochzeitsbild von Jack und Sarah.

„Zu Ihrer Information, der Mann, den wir suchen, hat die Frau auf dem Bild gestern umgebracht und jetzt ist er vermutlich hier in Ihrem Gebäude. Also schauen Sie sich ihn genau an."

Der Sicherheitsbeamte bekam feuchte Hände. Er sah sich das Bild an, konnte sich aber nicht daran erinnern, den Mann schon einmal gesehen zu haben. Jeden Tag gingen Tausende von Menschen an ihm vorbei. Heute allein mussten es schon ein paar Hundert gewesen sein. Wenn man diesen Job wie er schon mehrere Jahre gemacht hatte, dann sahen die Menschen irgendwann alle gleich aus. Er traute sich kaum, dem FBI-Mann dies zu sagen.

Mitchel erkannte an dem Zögern, dass das nichts bringen würde. Er überreichte dem Sicherheitsmann einen USB-Stick und sagte bestimmend: „Hier sind noch mehr Bilder des Mannes, den wir suchen. Vergleichen Sie diese mit ihren Kameraaufnahmen. Fangen Sie hinten an, von jetzt bis heute früh zwei Uhr."

Der Sicherheitsmann nahm den Stick an sich und wollte gerade gehen, als Mitchel ihn mit hartem Ton fragte: „Verfügen Sie über ein elektronisches Gesichtserkennungsprogramm?"

Stolz darauf, endlich etwas Nützliches beitragen zu können, antwortete der Mann hastig: „Ja, wir haben das *Face Check Two.* Ich gebe die Bilder sofort ein." Damit rannte der Mann weg.

Mitchel kannte das Programm. Es wurde in Kasinos in Las Vegas genutzt. Damit wurden Falschspieler und Kartenzähler überprüft. Es war zwar schon etwas älter, aber verdammt gut und sehr zuverlässig. Er drehte sich um und nickte seinem Kollegen zu. Der folgte daraufhin wortlos dem davonstürmenden Sicherheitsbeamten. Nun wandte er sich den Polizisten zu: „Zwei Beamte folgen mir, die anderen beiden bleiben hier am Eingang."

Dann drehte er sich zu den beiden verbleibenden Sicherheitskräften um. Er machte eine kleine Pause und trat auf den Mann im Glaskasten zu. Seine Blicke durchbohrten ihn regelrecht. „Wo werden Ihre Leichen aufbewahrt?", fragte er mit eisiger Stimme. Der Mann wagte kaum zu atmen und stotterte: „Uuunten, in der Pathologie."

„O. k., Ihr Kollege wird uns jetzt sofort dahin führen. Sie bleiben hier. Wo geht es lang?"

Der Mann zeigte mit zittriger Hand in Richtung Rezeption.

„Am Empfangsbereich vorbei, da sind die Aufzüge. Dann ins Untergeschoss. Rechts den Gang runter, dann laufen Sie direkt auf die Pathologie zu. Ich werde unten anrufen und Bescheid geben, dass Sie kommen."

„Nein", fauchte Mitchel den Mann an. „Sie werden da nicht anrufen." Er wandte sich schon um und ging zügig los. Die Polizisten und der Sicherheitsbeamte mussten fast rennen, um Schritt mit ihm halten zu können. Die Besucher des Krankenhauses sahen verunsichert den Polizisten hinterher. Einige verließen aus Angst schon das Haus.

Ein Klingelton kündigte Jack den sich nähernden Aufzug an. Jack ließ einen alten Mann mit Gipsarm und eine junge, gut aussehende Krankenschwester aussteigen. Die Schwester lächelte ihn verlockend an. Jack grüßte sie freundlich und stieg ein. Die junge Frau drehte sich noch mal nach ihm um und schaute ihn verlockend an. Jack waren solche Reaktionen nicht unbekannt. Derartiges Verhalten fremder Frauen erlebte er häufiger, wenn er allein unterwegs war. Doch dafür hatte er jetzt keine Gedanken übrig. Er drückte den Abwärtsknopf und die Aufzugstüre schloss sich. Nach ein paar Sekunden setzte sich der Aufzug in Bewegung.

Die vier Männer erreichten die Aufzüge. Einer steckte im siebten Stock. Der andere war auf dem Weg nach unten. Mitchel schaute sich um. Er sah eine Tür mit Treppenzeichen neben den Aufzügen und ohne den Sicherheitsmann anzusehen fragte er: „Führt diese Treppe auch nach unten?"

„Ja", antwortete der Mann.

Mitchel drehte sich zu seinen Begleitern um und sagte zu den Polizisten: „O.k., Sie beide fahren mit dem Aufzug nach unten und wir beide nehmen das Treppenhaus."

Der Sicherheitsbeamte hätte liebend gerne mit einem der Polizisten getauscht, aber Mitchel war schon losgestürmt. Mit einem Drücken in der Magengegend folgte er ihm.

Die Aufzugstür öffnete mit dem Klingelton, den Jack zuvor schon gehört hatte. Er stieg aus. Der Gang war hell erleuchtet und leer. Er ging rechts in Richtung Pathologie. Unruhe stieg in ihm auf. Seine Schritte verlangsamten sich. Schilder an der Decke wiesen den Weg. Vom Lageplan wusste er, dass er den Gang noch ungefähr zwanzig Meter weitergehen musste. Dann würde ein Empfangsraum in Form eines Ovals auftauchen. In die Räumlichkeiten der Pathologie würde man wahrscheinlich nicht ohne Weiteres hineinkommen. Er würde improvisieren müssen.

Jack erreichte den Empfangsbereich der Station. Eine ältere Krankenschwester mit strengem Gesicht und zusammengebundenen, schwarzen Haaren saß hinter einer Glasscheibe und arbeitete an einem Computer. Jack trat an die Scheibe. Die Frau schaute auf und öffnete eine Schiebetür in der Glasfront.

„Kann ich Ihnen helfen?"

„Ja, mein Name ist Jack Norrick. Meine Frau und mein Sohn wurden gestern hier eingeliefert. Ich würde sie gerne sehen."

Seine Bitte erzielte die gewünschte Reaktion. Der Gesichtsausdruck der Frau veränderte sich augenblicklich. Ihre harten Züge verschwanden und Anteilnahme war in ihren Augen zu sehen.

„Ich möchte Ihnen mein tiefes Mitgefühl aussprechen. Wie war noch mal Ihr Name?"

Jack dachte bei sich, dass diese Frau den richtigen Beruf erlernt hatte. Er hatte schon viele Krankenschwestern in seinem Leben getroffen und die meisten spielten einem ihre Gefühle nur vor. Das Mitleid dieser Schwester hier schien aber von Herzen zu kommen.

„Vielen Dank, mein Name ist Norrick", antwortete Jack.

Die Frau tippte ein paar Tasten auf ihrer Tastatur und suchte dann auf dem Bildschirm. Sekunden später hatte sie gefunden, wonach sie gesucht hatte. Ihre Augenbrauen hoben sich, ihr Blick wirkte beunruhigt.

Sie sah Jack mit einem traurigen Blick an. „Ihre Frau und Ihr Sohn waren Opfer des Verkehrsunfalls, nicht wahr?" Jack nickte. Irgendetwas stimmte nicht.

„In besonderen Fällen darf nur der zuständige Pathologe seine Zustimmung für eine Besichtigung geben. Das hat er in Ihrem Fall nicht getan. Ich werde ihn gleich anrufen und danach fragen."

„In besonderen Fällen?" Jack wurde unruhig.

Sie nahm den Telefonhörer auf und drückte eine der Ziffern auf dem Display. Die Nummer schien einprogrammiert zu sein.

„Sie können sich dort drüben solange setzen." Sie zeigte auf den Wartebereich hinter Jack. Dort standen ein paar Stühle und ein kleiner Tisch mit Zeitschriften. An der Wand hing ein Wasserspender. Jack drehte sich um und holte sich einen Becher Wasser. Hinsetzen wollte er sich nicht.

Aus dem Gang hinter sich hörte er eine sich öffnende Tür. Fast gleichzeitig erklang der Klingelton des Aufzugs. Er drehte sich um, und was er sah, ließ sein Herz beinahe stillstehen.

Kapitel 26

Gregorin erreicht den Bunker

Amerika – in der Nähe von Kansas City

Gregorin hatte sein Ziel erreicht. Die Fahrt mit dem Wagen hatte unzählige Stunden gedauert. Er war müde und ausgemergelt. Er hatte während der Fahrt keine Pause eingelegt. Zu aufgeregt war er gewesen. Doch jetzt schrie sein Körper nach einer Pause. Die Uhr auf seinem Armaturenbrett tickte unaufhörlich weiter. Sie näherte sich langsam dem Zeitpunkt, wo alles beginnen sollte: 12.00 Uhr. Nicht mal mehr eine Stunde und der größte Angriff, dem die Vereinigten Staaten jemals ausgeliefert waren, würde beginnen. Der 11. September war dagegen nur ein kleiner Trommelschlag gegen eine ganze Symphonie.

Den Ort, an den Boris ihn geschickt hatte, kannte Gregorin nicht. Boris Worte klangen in seinen Ohren wie ein Echo: „Du bist zu wertvoll. Jemand wird dich dort abholen. Du wirst eine neue Aufgabe bekommen." Er wusste nicht, was das für eine Aufgabe werden sollte.

Er hielt mit seinem Wagen vor einem alten, verrosteten Tor. Dahinter war ein mit Maschendrahtzaun umgrenztes, verwildertes Gebiet. Es war verlassen, an dem Tor hing ein altes Schild:

„Vorsicht Militärgebiet – Betreten verboten."

Gregorin konnte von Weitem mehrere verfallene Backsteingebäude erkennen. Es war eine alte, verlassene Militärbasis. Es sah so aus, als wäre sie schon vor Jahren aufgegeben worden. Die Natur hatte das Gebiet wieder zurückerobert. Der Straßenbelag war von Wurzeln angehoben und an vielen Stellen durchbrochen. Die Fenster der alten Gebäude waren gesprungen oder zu einem großen Teil nicht mehr vorhanden. Auf der linken Seite konnte er ein flaches Betonbauwerk sehen. Er wusste, um was für ein Gebäude es sich handelte. Es war ein Luftschutzbunker. Sein Ziel. Er hatte sich schon gefragt, wieso Boris ihn so nah an einen der Orte, auf die ein Anschlag geplant war, geschickt hatte. Und wie er dort überleben sollte.

Er stieg in seinen Wagen und setzte ein Stück zurück. Dann gab er Gas und durchbrach krachend das Tor des Zauns. Stahlstreben schlugen gegen seinen Wagen. Ein Teil davon traf die Windschutzscheibe und ein großer Riss zog sich über die gesamte Länge der Scheibe. Ein Stück des Maschendrahtes wickelte sich um die Motorhaube wie eine Decke. Doch das alles störte Gregorin nicht. Er steuerte seinen Wagen unbeirrt in Richtung des Bunkers. Kurz davor hielt er ihn an und stieg aus.

Der Bunker war quadratisch. Er war etwa zwei Meter hoch und hatte eine Breite und Länge von jeweils circa zwanzig Metern. Zum Großteil war er im Boden eingelassen. Unkraut hatte sich am ganzen Bauwerk ausgebreitet. Gregorin hatte in seiner Laufbahn schon etliche solcher Schutzanlagen gesehen. Er schätzte, dass diese Anlage für etwa dreißig Personen ausreichen würde. Eine dicke, verrostete Stahltür bildete den Eingang. Sie war einen Spalt geöffnet.

Gregorin ging zum Kofferraum des Autos und öffnete diesen. Er holte eine große Stabtaschenlampe hervor. Mit ihr bewaffnet marschierte er zu der Tür. Sein Blick schweifte prüfend darüber. Er legte die Taschenlampe auf den Boden. Mit zwei Händen zog er mit aller Kraft an der Tür. Mit einem nervtötenden Quietschen gab sie schließlich nach. Er nahm die Lampe auf, schaltete sie ein und ging vorsichtig in den Bunker hinein.

Spinnenweben legten sich um sein Gesicht. Fast gleichgültig wischte er sie weg und bahnte sich seinen Weg weiter. Der Boden bestand aus Beton, eine dicke Staubschicht hatte sich darauf gebildet. Die Luft in dem Bunker roch alt und vermodert. In einer Ecke war so etwas wie eine Küchenzeile aufgebaut. Die Schränke waren verfallen und die Türen hingen schief an den Scharnieren. Ein großer, alter, staubbedeckter Tisch mit acht Stühlen stand in einer anderen Ecke. An zwei Wänden waren weitere Sitzgelegenheiten aus Beton gebaut. Diese waren wie große Bänke an der Wand befestigt. Gregorin ging darauf zu und ließ sich auf eine der Bänke nieder. Staub wirbelte auf. Er musste husten. Erschöpfung machte sich in ihm breit. Er schloss die Augen und versuchte seine Gedanken zu ordnen. Unzählige Fragen kreisten in seinem Kopf herum. Wie ging es nach dem Anschlag weiter? Wie würde sein Land reagieren? Hatte Putin den Schneid, den alten Feind ein für alle Mal zu zerstören?

Zweifel kamen in ihm auf. Der Plan, den er und Boris ausgetüftelt hatten, war von einer solchen Tragweite, dass Gregorin es sich nicht erklären konnte, warum alles so reibungslos lief. Er hatte stündlich damit gerechnet, dass das FBI, der CIA oder die Heimatschutzbehörde ihn verhaften würden. Aber niemand kam. Keiner hielt ihn auf. Alles lief wie geschmiert. Er hatte Boris gegenüber seine Bedenken vor langer Zeit geäußert. Doch mit einer beängstigenden Selbstsicherheit hatte dieser immer wieder beteuert, dass die richtigen Leute hinter ihnen stünden und niemand sie aufhalten könne.

Gregorin war schon viel zu weit gegangen. Er konnte und wollte nicht zurück. Jetzt, nur noch wenige Minuten bis zu dem großen Augenblick, war er nur noch müde. Alle Anstrengungen der letzten Monate fielen von ihm ab. Er wollte nur noch schlafen. Das Letzte, woran er dachte, bevor er im Sitzen einschlief, waren Boris Worte: „Neue Aufgaben warten auf dich." Und dann schlief er ein.

Kapitel 27

Jacks Flucht aus dem Krankenhaus

Die Anweisungen, die FBI-Agent Mitchel erhalten hatte, waren klar und deutlich. Ein ranghoher Beamter hatte ihn gestern angerufen und ihn über seinen Auftrag instruiert. Er sollte mit seinem Partner um Punkt 11.00 Uhr am St. Lukes Hospital eintreffen und zur Pathologie gehen. Dort sollte er auf die Zielperson treffen. Die Befehle hatten Mitchel verwundert. Aber Fragen zu stellen, war nicht seine Aufgabe, das hatte der Mann am Telefon ihm zu verstehen gegeben.

Der Befehl lautete: Dem Mann darf nichts geschehen. Mitchel musste die ortsansässige Polizei hinzuziehen und sollte unter allen Umständen verhindern, dass der Mann in die Pathologie gelangte. Er durfte nicht verhaftet oder verletzt werden. Mitchel sollte nur dafür sorgen, dass der Mann das Gefühl bekam, gejagt zu werden.

Dafür hatte er die Polizisten stark verunsichert. Die Männer neben ihm waren nervös und würden mit aller Wahrscheinlichkeit sehr schnell auf den Gesuchten schießen. Aber Mitchel war ein Profi. Er hatte unzählige verdeckte Einsätze geleitet und wusste, wie man solche Leute auch in Stresssituationen unter Kontrolle hielt. Der eine oder andere Schuss würde mit Sicherheit fallen. Aber er war sich sicher, dass keiner der Beamten neben ihm in der Lage war, den Gesuchten mit seiner Waffe tödlich zu treffen. Das würde er schon zu verhindern wissen.

Als sie den Gang im Untergeschoss des Krankenhauses erreicht hatten und den Mann, den sie suchten, sahen, konnte er die Angst der Polizisten neben sich förmlich spüren. Mitchel war mit sich zufrieden. Er machte einen Schritt vor die Männer und blickte in Richtung des Mannes. Dieser schaute wie vom Blitz getroffen in seine Richtung.

„Norrick, bleiben Sie, wo Sie sind, Sie sind verhaftet", brüllte er dem Mann entgegen, um ihn aufzuschrecken. Doch er dachte in Wirklichkeit: „Lauf los."

Jack sah die uniformierten Männer und wusste, dass die Jagd auf ihn begonnen hatte. Er erkannte zwei der Polizisten, einen Sicherheitsbeamten des Krankenhauses und einen FBI-Agenten mit schwarzem Anzug und kugelsicherer Weste. Sein erster Gedanke war: „Weg von hier, sie dürfen dich nicht bekommen."

In Sekundenschnelle rief er sich den Lageplan des Krankenhauses ins Gedächtnis. Der kürzeste Weg nach draußen war der, auf dem er gekommen war, doch der wurde jetzt durch die Männer versperrt. In die Pathologie konnte er nicht, auch wenn er dies am liebsten getan hätte. Der einzige Fluchtweg lag hinter ihm. Wenn er sich richtig erinnerte, befand sich nach ungefähr dreißig Metern das nächste Treppenhaus. Durch dieses konnte er nach oben gelangen. Er wusste, dass er von dort den Haupttrakt erreichte. Inständig hoffte er, dass dort nicht weitere Polizisten auf ihn warten würden.

Jack drehte sich um und sprintete los. Er hatte nicht den geringsten Zweifel daran, dass er seinen Verfolgern läuferisch überlegen war. Einer von ihnen rief erneut, dass er stehen bleiben solle. Jack erwartete, dass jeden Moment die ersten Schüsse fallen würden. Hoffentlich würden es nur Warnschüsse sein. Er hatte schon eine gute Strecke hinter sich, als der erste Schuss fiel.

Mitchel sah, dass Norrick losgerannt war. Er war es, der erneut rief, das Norrick stehen bleiben solle. Er machte sich mit seinem Körper breiter, damit keiner der Polizisten oder der Sicherheitsmann an ihm vorbei kam, um Norrick zu verfolgen. Er wollte, dass er einen kleinen Vorsprung bekam. Seine Rechnung ging auf. Keiner der Männer neben ihm tat irgendetwas. Sie warteten darauf, dass Mitchel etwas unternahm.

Langsam zog er seine Waffe aus dem Halfter, entsicherte sie und zielte auf den Flüchtenden. Die Männer hinter ihm traten einen Schritt zurück. Norrick hatte das Treppenhaus fast erreicht. Dann drückte Mitchel ab.

Die Kugel verfehlte ihn nur knapp und schlug unmittelbar neben ihm in der Wand ein. Putz platzte von der Wand ab und Teile davon trafen Jack im Gesicht. Doch er beachtete das nicht weiter und rannte auf die Tür zu. Er hoffte, dass nicht noch weitere Schüsse fallen würden. Endlich erreichte er die Tür und stürmte durch sie hindurch.

Mitchel senkte schweigend seine Waffe. Dann nahm er sein Funkgerät in die Hand und sprach mit eiskalter Stimme in das Gerät.

„Die Zielperson ist im Gebäude. Er kommt gleich hoch ins Erdgeschoss. Haltet die Stellung am Eingang. Wir verfolgen ihn. Ruft weitere Verstärkung."

Dann drehte er sich um und sagte mit vorwurfsvoller Miene zu den Männern: „Worauf warten Sie noch – hinterher!"

Jack hastete die Treppe hoch, er nahm dabei immer zwei Stufen auf einmal. In wenigen Augenblicken hatte er das Erdgeschoss erreicht. Er lief aber an der Tür vorbei und rannte weiter nach oben. Er hatte seinen Plan geändert. Sein Ziel befand sich eine Etage höher. Er wollte nicht durch den Haupteingang verschwinden. Denn er war sich sicher, dass dort ein Empfangskomitee auf ihn warten würde. Auf dem Lageplan hatte er gesehen, dass auf der Südseite der ersten Etage ein Notausgang aus dem Gebäude führte. Diesen wollte er erreichen. Er hoffte, das Treppenhaus verlassen zu haben, bevor seine Verfolger den Eingang dazu erreichen würden. Jack beschleunigte nochmals. Der Ausgang lag nun schon kurz vor ihm. Da hörte er hinter sich die Männer in das Treppenhaus stürmen. Jack blieb sofort stehen und presste sich mit dem Rücken gegen die Wand. Dann wartete er.

Mitchel hatte sich gestern, nachdem er seine Anweisungen erhalten hatte, die Baupläne des Krankenhauses besorgt. Daher wusste er, dass Norrick nun mehrere Möglichkeiten hatte. Entweder weiter hinauf laufen oder aus dem Hauptausgang im Erdgeschoss. Mitchel hoffte, dass Norrick nicht so dumm sein würde, den Hauptausgang zu nehmen. Er konnte es sich auch nicht vorstellen. Er schätzte den Mann als sehr intelligent ein.

Mitchel blieb kurz stehen und lauschte. Von oben konnte er keine Schritte vernehmen. Entweder Norrick konnte fliegen oder er hatte das Treppenhaus doch im Erdgeschoss verlassen. Er fluchte leise und stürmte nach oben. Er überholte die Beamten mit Leichtigkeit. Ihre schlechte körperliche Verfassung verärgerten ihn. „Und die sollen Verbrecher jagen", dachte er verächtlich. Er erreichte als Erster den Treppenhausausgang und eilte ins Erdgeschoss. Dort angekommen blieb er stehen und hielt nach Norrick Ausschau. Die Beamten kamen keuchend Sekunden später neben ihm zum Stehen.

Norrick war nicht hier.

Mitchel nahm sein Funkgerät und rief seinen Kollegen, der keine vierzig Meter von ihm entfernt am Haupteingang wartete.

„Hast du ihn gesehen?"

„Negativ, er ist hier nicht entlanggekommen. Er hat das Treppenhaus auch nicht durch die Tür verlassen, durch die ihr gekommen seid."

Mist, dachte Mitchel. Er drehte sich wieder um und rannte zu der Tür zurück.

Die Beamten folgten ihm.

Nachdem die Männer aus dem Treppenhaus gerannt waren, lief Jack wieder los.

Er brauchte bis zum ersten Stock nur noch wenige Sekunden. Dort trat er auf den Hauptkorridor. Er versuchte erst gar nicht, unauffällig zu wirken, sondern raste in gleichem Tempo durch den großen Flur Richtung Notausgang. Der Gang war breit genug, um nicht Gefahr zu laufen, mit anderen Personen zusammenzustoßen. Die meisten Menschen, denen er begegnete, blieben erschrocken stehen oder drängten sich verängstigt gegen die Wand und warteten, bis Jack an ihnen vorbeigelaufen war.

Bis zum Notausgang waren es nur noch wenige Meter. Jack war sich sicher, dass er einen guten Vorsprung vor seinen Verfolgern hatte. Was vor der Türe auf ihn warten würde, wusste er nicht. Er hoffte nur, dass der Weg frei sein würde. An der Decke waren schon die grünen Hinweisschilder des Notausganges zu erkennen. Er brauchte diesen nur noch zu folgen. Er bog rechts in einen breiten Korridor ein und konnte die Glastür des Ausganges schon erkennen.

Dort angekommen betätigte er sogleich den Öffnungsmechanismus. Die Tür war nicht verschlossen. Die Kabel am Türblatt zeigten ihm, dass die Sicherheitsleute jetzt Bescheid wussten, wo er war. Doch so schnell würden sie ihn nicht bekommen.

„Er hat das Gebäude in der ersten Etage durch den südlichen Notausgang verlassen“, hörte Mitchel die Stimme seines Kollegen durch das Funkgerät. Alle Nottüren waren elektronisch überwacht. Wenn jemand die Türe öffnete, gab es in der Sicherheitszentrale einen Alarm.

„Gut, schick die Streifenwagen hinterher, wir folgen ihm.“

Mitchel war zufrieden. Sie hatten sich getrennt. Einer der Polizisten und der Sicherheitsmann waren weiter nach oben in die zweite Etage gerannt. Er und der zweite Polizist liefen nun den gleichen Weg, den zuvor Norrick genommen hatte. Als sie die geöffnete Tür erreicht hatten, blieb er stehen und schaute ins Freie. Von Norrick war nichts zusehen.

„Welchen Weg wird er wohl genommen haben?“, fragte Mitchel sich. Dann meldete sich das Funkgerät:

„Der Verdächtige wurde in der Blackwaterstreet gesichtet. Ein Streifenwagen und drei Polizisten zu Fuß haben die Verfolgung aufgenommen.“

„Blackwaterstreet“ staunte Mitchel, die war fast eineinhalb Blocks entfernt. Der Kerl musste sehr schnell laufen können. Mitchel war beeindruckt und setzte sich in Richtung Blackwaterstreet in Bewegung.

Lief Jack im Flur des Krankenhauses schon schnell, so hatte er doch immer darauf geachtet, mit keinem zusammenzustoßen.

Jetzt aber, wo keine Hindernisse mehr da waren, spurtete er erst richtig los. Das regelmäßige Lauftraining, das er seit Jahren machte, zahlte sich aus. Doch schon nach ein paar Straßen hörte er die Blaulichter eines Polizeiwagens. Er schlug einen Haken durch eine schmale Gasse. Laufgeräusche tauchten hinter ihm auf. Aufgeregte Schreie waren nun auch zu hören. Von vorne hörte er ebenfalls die Geräusche eines Streifenwagens. Jack verzweifelt langsam.

Er blieb kurz stehen, um sich für eine Sekunde einen Überblick zu verschaffen. Hinter ihm waren mehrere Männer zu Fuß und ein Wagen. Sie waren noch über hundert Meter entfernt. Vor ihm, allerdings noch nicht zu sehen, befand sich auch mindestens ein Polizeiauto, wahrscheinlich sogar mehrere. Er saß in der Falle.

Sein Blick fiel auf die gegenüberliegende Straßenseite. Dort verlief eine Seitenstraße, die von der Hauptstraße aus nicht direkt einzusehen war. Er wollte seinen Plan ändern. Dort wollte er ein Versteck finden. Wenn er weiter weglaufen würde, wäre die Jagd bald vorbei. Er hetzte los und überquerte die Straße. Dabei wurde er beinahe von einem Taxi erfasst, konnte sich aber gerade noch mit einem Sprung zur Seite retten. Der Fahrer des Taxis fuhr hupend und schimpfend an ihm vorbei. Jack lief weiter und erreichte die Nebenstraße. Es war eine dunkle, schmale, verlassene Gasse. Vorne an standen ein paar Mehrfamilienhäuser, weiter hinten mehrere Geschäfte. Die waren sonntags aber geschlossen. Dann sah er ein Gebäude und wusste plötzlich, wo er sich verstecken wollte. Er erreichte es nach wenigen Metern, öffnete die Tür und trat hinein. Die Türe fiel hinter ihm ins Schloss. Er blickte sich in dem Gebäude um. Es war ein großer, kalter, einsamer Raum. An einem solchen Ort war er schon Jahre nicht mehr gewesen. Er hatte sich dort schon immer unwohl gefühlt. Er durchquerte hektisch den Raum und suchte an der Rückseite nach einem weiteren Ausgang.

Er entdeckte eine dicke Holztür mit Metallbeschlägen, die voraussichtlich in einen Nebenraum führte. Sie war verschlossen. Er blickte sich um und stellte fest, dass nichts vorhanden war, um die Tür damit gewaltsam zuöffnen. Jack suchte einen anderen Ausgang, doch er fand keinen. Er hastete zurück zur Eingangspforte. Er überlegte, ob er es wagen konnte, nach draußen zu rennen. Doch da hörte er auch schon die sich nähernden Polizeisirenen.

Er versteckte sich in einer Seitennische an der Eingangstür. Sein Atem raste und seine verletzte Brust schmerzte fürchterlich. Die Anstrengung der Flucht machte sich bemerkbar. Er schloss die Augen und versuchte sich zu beruhigen. Er schaffte es, seine angespannten Muskeln zu lockern. Der Schmerz in der Brust wurde langsam geringer. Dann hörte er sie kommen.

Er spürte, dass es falsch gewesen war, sich hier zu verstecken. Doch jetzt konnte er nur noch warten.

Mitchel wurde unterwegs von einem Polizeiwagen aufgenommen. Er setzte sich auf den Beifahrersitz und gab wilde Kommandos in sein Funkgerät. Der Flüchtende war in die Marchstreet, eine kleine Seitenstraße der Blackwaterstreet geflohen. Beide Zufahrten der Straße wurden von der Polizei abgeriegelt und bewacht. Die Männer vor Ort waren sich sicher, dass Norrick sich irgendwo in der Straße versteckt hielt. Mitchel hatte den Befehl gegeben mit der Suche zu warten, bis er eintraf. Er wollte unter allen Umständen die Lage unter Kontrolle behalten.

Steven Atlas war achtundzwanzig Jahre alt und nun schon fünf gottverlassene Jahre bei der Houstoner Polizei auf Streife unterwegs. Er hatte die Nase voll vom Streifendienst und wollte endlich vorankommen. Und er spürte, dass dies seine Gelegenheit war, sich auszuzeichnen. Der Typ, den sie verfolgten, war in die Marchstreet geflohen. Der Kerl war unglaublich schnell und hatte Atlas und seine beiden Kollegen abgehängt. Doch nun saß der Mann in der Falle. Atlas und die anderen beiden wollten gerade anfangen, nach dem Mann zu suchen, als dieser unsinnige Befehl über Funk kam:

Dass alle Beamten die Straße verlassen sollten, um auf das FBI zu warten. Die beiden Feiglinge neben ihm waren natürlich sofort abgezogen und brachten sich wie Angsthasen in Sicherheit. Das war seine Chance. Er zog seine Waffe und entsicherte sie. Vorsichtig näherte er sich dem Eingang einer Wäscherei. Wegen der Angst, dass der Gesuchte hinter jeder Ecke hervorspringen konnte, wurde Atlas von Sekunde zu Sekunde nervöser. Wie er es in der Ausbildung gelernt hatte, schnellte er mit ausgestreckter Waffe aus seiner Deckung und hielt sie Richtung Eingangstür. Doch niemand war zu sehen. Er konnte seinen Pulsschlag rasen hören. Seine Kehle war trocken wie die Wüste. Atlas schluckte mehrmals und schlich weiter zum nächsten Eingang. Es war eine Kirche.

Die St. Melvis war eine kleine, baufällige Kirche mit einem hohen Spitzdach und kleinen, undurchsichtigen, braunen Fenstern. Die Kirche wirkte neben den vielen kleinen, schmuddeligen Geschäften völlig fehl am Platz. Atlas ging vorsichtig auf die große, schwere Holztür zu und stand nun unmittelbar vor dem Türknauf. Die schweißnassen Finger seiner linken Hand umklammerten die Waffe. Die rechte Hand streckte er zum Türgriff aus.

Jack hörte vor der Tür Schritte. Durch den Türspalt auf dem Boden konnte er den Schatten einer Person erkennen. Er sah sich instinktiv nach einer Waffe um. Auf der anderen Seite der Tür stand ein knapp ein Meter großer, massiver Kerzenständer. Jack überlegte, ob er hinüberlaufen sollte, um den Ständer an sich zunehmen. Doch er entschied sich, in Deckung zu bleiben. Der Schatten näherte sich der Tür. Er konnte schwarze Schuhspitzen erkennen. Jack erwartete, dass jeden Moment die Tür geöffnet wurde. Sein Körper spannte sich wie ein Bogen.

„Halt!", hörte Atlas eine scharfe Stimme hinter sich. Sein Herz blieb fast stehen und er wirbelte herum. Vor ihm stand ein großer Mann im schwarzen Anzug. Die Zornesröte stand ihm ins Gesicht geschrieben. An der Weste, die der Mann trug, erkannte Atlas, dass es einer vom FBI war. Atlas wurde schlecht.

„Was suchen Sie hier, Sie Schwachkopf!", brüllte ihn der FBI-Mann an. „Hauen Sie ab!"

Atlas wurde kreidebleich und wollte gerade mit gesenkten Schultern gehen.

„Warten Sie", fauchte der Agent Atlas an. „Haben Sie die Kirche schon kontrolliert?"

„Nein Sir, ich wollte gerade", antwortete Atlas vorsichtig.

Der FBI-Mann zog seine Waffe und richtete sie auf die Tür. Dann nickte er Atlas zu und bedeutete ihm damit, dass er die Tür öffnen solle.

Atlas nahm allen Mut, den er noch besaß, zusammen und griff zur Türklinke. Er drückte den alten, verrosteten Türgriff nach unten. Seine Hand zitterte.

Die Tür war fest verschlossen.

Kapitel 28

Bärs Familienausflug

Amerika – Kansas City

Heute schien Bärs Glückstag zu werden. Er saß in der Familienkutsche und fuhr mit seiner Familie zum Eishockeyspiel seiner Zwillinge. Das Beste daran war, dass Petra und Phillip nicht mit im Auto waren. Sie fuhren in Janes Toyota fünfzig Meter hinter ihnen. Bei ihnen im Auto saßen auch noch George und Steve, die heute Morgen kurz nach dem Frühstück gekommen waren. Sie wollten das große Endspiel nicht verpassen. Beide waren in den Toyota gestiegen. Bär glaubte, dass Jane es ihnen befohlen hatte, damit Phillip und Petra nicht alleine fahren mussten. Neben Bär saß Jane. Ihre warme Hand ruhte auf seinem rechten Bein. Hinten im Wagen fuhren Nicki und die Zwillinge, die schon eifrig fachsimpelten, wie sie heute Dallas schlagen wollten.

Es gab fast nichts, was Bär mehr liebte, als den beiden dabei zuzuhören, wenn sie über Eishockey redeten. Er liebte diesen Sport über alles. Während seiner Schulzeit war er selbst ein guter Spieler gewesen. Kein Stürmer kam an ihm vorbei. Und wenn doch, hatte das meist sehr schmerzhafte Konsequenzen. Bär erinnerte sich noch heute daran, wie er sein erstes Eishockeyspiel gesehen hatte, so als wäre es gestern gewesen. Vom ersten Moment an war er fasziniert von dieser Sportart.

Seine Leidenschaft für den Sport entdeckte er bereits als kleiner Junge. Sein Vater, Gott hab ihn selig, war Kanadier und hatte in jungen Jahren in der kanadischen Eishockeyliga gespielt. Er war Torhüter gewesen und spielte sogar für kurze Zeit in der Nationalmannschaft. Doch dass sein Vater Eishockeyspieler gewesen war, wusste er damals nicht. Eine Schulterverletzung durch einen Trainingsunfall hatte ihn gezwungen, den Sport aufzugeben. Die näheren Umstände sollte Bär erst viel später erfahren. Ein paar Jahre nach dem Unfall war er in die USA ausgewandert und hatte dort eine Frau kennengelernt. Diese hatte er dann auch geheiratet und einen Sohn mit ihr bekommen, Bär.

Bärs Kindheit war glücklich gewesen. Sein Vater hatte eine Autowerkstatt, in der Bär jede freie Sekunde verbrachte. Er liebte den Geruch von Motoröl und vom Gummi alter Autoreifen. Er kletterte auf den alten Autowracks im Hof herum, spielte mit seinen Freunden in der Halle und schraubte bei jeder sich bietenden Gelegenheit an alten Autos rum.

Sein Leben war unbeschwert. Die Schule war für ihn ein notwendiges Übel. Seine Mutter versuchte zwar ihr Bestes, aber sein Vater sah das alles nicht so eng. Er fand es toll, dass sein Sohn sich so für seine Arbeit interessierte. Bär zeigte beim Reparieren von Autos echtes Talent. Es war als könne er durch bloßes Hinschauen erkennen, was mit einem Wagen nicht stimmte. Mit zehn Jahren durfte er schon ohne fremde Hilfe an den Wagen der Kunden schrauben.

Eines Tages kam Mr. Meyer, der Bürgermeister von Torneon, in die Werkstatt. Er hatte einen Ford Mustang, der Öl am Motorblock verlor. Bär kannte Mr. Meyer schon lange, er brachte seinen Wagen immer zu seinem Vater. Als sein Vater mit ihm verhandelte, sagte Mr. Meyer, dass aber nur Bär an dem Wagen schrauben dürfe. Bär stockte der Atem. Er war sehr verlegen und schaute seinen Vater besorgt an. Es war ihm unangenehm. Doch sein Vater lachte und sagte zu Mr. Meyer, dass er dafür dann mit ihm ein Bier trinken müsse.

Er grinste Bär an und holte das Bier. Bär machte sich an die Arbeit. Sein Vater und der Bürgermeister saßen in der Sonne auf der Werkbank, tranken gemeinsam ihr kühles Bier und schwatzten wie zwei alte Waschweiber. In der Werkstatt war es wahnsinnig heiß und Bär schwitzte. Nach zwei Stunden harter Arbeit hatte er die Zylinderkopfdichtung gewechselt und der Wagen war fertig. Sein Vater schaute sich das Werk an und pfiff anerkennend. „Hat halt von dem Besten gelernt“, sagte er stolz und klopfte Bär auf die Schulter. Bär schämte sich ein wenig.

Er mochte es nicht besonders, wenn er gelobt wurde, aber dieses Mal fühlte es sich außerordentlich gut an. Noch heute, über dreißig Jahre später, konnte er sich an jede Einzelheit dieses Augenblickes erinnern. Mr. Meyer wollte seinen Vater gerade bezahlen, als dieser den Kopf schüttelte und auf Bär zeigte. „Machen Sie das mit Bär aus, das Bier war umsonst“, sagte er und ging schmunzelnd. Mr. Meyer grinste und drückte Bär dann drei Scheine in die Hand. Es waren zwanzig Dollar. Ein Vermögen. Bär konnte kaum atmen und schaute Mr. Meyer an. Doch der war schon in seinen Wagen eingestiegen und fuhr los. Minuten lang stand Bär noch in der Einfahrt der Werkstatt und starrte auf die Scheine in seiner Hand. Dann rief er „danke“, doch der Wagen war schon nicht mehr zu sehen.

Bär hatte drei Wochen lang überlegt, was er mit dem Geld anfangen sollte. Er fühlte sich wie ein König. Er ging in die Geschäfte der Stadt und schaute, was er sich alles dafür kaufen konnte. Doch er wollte das Geld für etwas Besonderes ausgeben. Dann sah er im Wettbüro ein Reklameschild.

„Eishockey-Länderspiel USA gegen Kanada in der Eissporthalle in Torneon“. Bär hatte mal mitbekommen, wie seine Mutter mit einer Freundin darüber gesprochen hatte, dass sein Vater früher Eishockey gespielt hatte. Er selbst hatte noch nie davon geredet und Bär hatte sich bis jetzt nicht getraut, ihn danach zu fragen. In drei Tagen hatte sein Vater Geburtstag. Für das Geld kaufte er deshalb zwei Eintrittskarten. Mit dem Rest erwarb er für seine Mutter ein paar Pralinen.

Die Tage zogen sich wie Kaugummi. Bär konnte es kaum erwarten, dass endlich der Geburtstag kam. Er freute sich schon auf das Gesicht seines Vaters, wenn er ihm die Karten gab.

Dann war es endlich soweit. Bär überreichte ihm sein Geschenk. Schweigend sah dieser sich die Karten an. Bär fühlte sich auf einmal unwohl. Dann sah sein Vater ihn aus ruhigen Augen an. Es dauerte eine Ewigkeit, bis er etwas sagte: „Danke Bär, aber ich kann da nicht mitgehen.“ Er gab Bär die Karten zurück, dann drehte er sich um und ging aus dem Haus. Seine Mutter wollte ihm folgen, doch die Tür schlug so heftig zu, dass sie davor stehen blieb.

Als Bär seinen Wagen auf der Interstate in Richtung Innenstadt steuerte, sah er in Gedanken den Gesichtsausdruck seiner Mutter, die vor der zugeschlagenen Tür stand und Bär traurig anschaute.

„Ich werde mit ihm reden", hatte sie mit weicher Stimme gesagt. In diesem Augenblick hatte Bär gelernt, was das Wort „tiefe Enttäuschung" bedeutete. Noch heute schwor er sich, niemals ein solches Gefühl bei Menschen hervorzurufen, die er liebte. Er atmete tief durch.

Hinten quasselten noch die Jungs. Er schaute zu Jane herüber. Sie blickte ihn aus zärtlichen Augen an.

„Du denkst an deinen Vater, stimmst?", fragte sie sanft. Es bedurfte keiner weiteren Worte.

Sie konnte seine Gedanken lesen. Noch nach so vielen gemeinsamen Jahren war sie für Bär die vollkommene Ehefrau. Er liebte sie über alles auf der Welt. „Ich würde mein Leben für sie geben", dachte er, und obwohl er sonst keiner Fliege etwas zuleide tat, um sie zu beschützen, wäre er bereit zu töten.

Er konnte nicht ahnen, wie schnell eins von beiden eintreten würde.

Kapitel 29

Jack wird abgeholt

Amerika – Houston

Jack konnte es kaum glauben. Vor wenigen Momenten war er noch durch diese Tür in die Kirche hineingegangen. Sie ließ sich eben noch ohne Weiteres öffnen. Jetzt war sie fest verschlossen. Er stand stocksteif in seinem Versteck. Seine Augen huschten suchend durch den Raum. Bis auf die leeren Holzbänke, die in Reih und Glied in der Kirche verteilt standen, war niemand zu sehen, der die Tür hätte abschließen können.

Hinter der Tür hörte Jack, dass die beiden Männer den Eingangsbereich verließen. Einer der beiden beschimpfte den anderen wüst. Jack glaubte, die Stimme des Mannes wiederzuerkennen. Es war die Stimme des FBI-Agenten aus dem Krankenhaus. Was die beiden sprachen, konnte er nicht verstehen. Die Stimmen wurden immer leiser. Jack entspannte sich. Er war immer noch wie vor den Kopf gestoßen und trat nun aus seinem Versteck. Er widerstand dem Drang zu prüfen, ob die Tür immer noch abgeschlossen war. Er ging vorsichtig weg vom Eingang in den Raum hinein.

An der Wand sah er ein großes Kreuz, an dem eine Jesusfigur hing. Dieses Bild hatte noch nie irgendwelche Emotionen in ihm geweckt. Gleichgültig sah er sich weiter um.

Dann sah er sie.

Wie aus dem Nichts saß in der ersten Reihe der Holzbänke eine ganz in weiß gekleidete Frau mit langen, schwarzen Haaren. Ihr Blick war auf das Holzkreuz gerichtet. Jack war sich sicher, dass Sekunden zuvor niemand auf der Bank gesessen hatte. Vorsichtig durchquerte er den Raum, um das Gesicht der Frau zu sehen.

„Hallo Jack“, hörte er die Frau mit sanfter Stimme sagen. Es klang unendlich weit weg, aber auch vertraut nah. Es war, als wäre die Stimme direkt in seinem Kopf.

Jack schaute überrascht und vorsichtig zugleich zu der Frau. Sie hatte ihr Gesicht jetzt ihm zugewandt. Sie war wunderschön. Ihre Augen hatten eine inständige Tiefe. Jack vergaß alles um sich herum. Es wurde ihm warm ums Herz.

Irgendwie hatte er das Gefühl, die Frau schon immer zu kennen. Sein Verstand war wie hypnotisiert. Die Frau sah ihn eindringlich an, stand dann auf und ging in Richtung Hintertür. Ihre Schritte waren weich und gleitend.

Jack sah ihr wie verzaubert hinterher. Er konnte kaum atmen. Sie hatte die Tür erreicht. Die Holztür, die eben noch verschlossen war, stand nun weit offen. Dahinter schien ein helles Licht. Es war grell und tauchte die Frau in einen weißen Glanz.

„Wenn du Sarah lebend wiedersehen möchtest, musst du mir jetzt folgen“, sagte sie und Jack hörte die Stimme dieses Mal klar und deutlich.

Es war, als hätte ihn jemand wach gerüttelt. Wie vom Blitz getroffen stand er da und versuchte, die Worte der Frau zu verarbeiten. Er wusste augenblicklich, dass dies kein Traum war. Er wusste nicht, warum, aber er fühlte, dass sie die Wahrheit sagte.

Sarah lebte.

Die Frau sah ihn an, als könne sie seine Gedanken lesen. Mit einem freundlichen Lächeln sagte sie: „Komm jetzt, Jack. Es wird Zeit.“ Dann glitt sie durch die Tür und war verschwunden.

Jack vermochte nicht anders, als ihr zu folgen. Er konnte keinen klaren Gedanken mehr fassen. Er ging der Frau wie ferngesteuert nach. Er stand nun vor der Tür und versuchte hindurchzublicken. Aber das Licht blendete ihn so sehr, dass es ihm nicht gelang. Das Licht strömte aus dem Ort hinter der Türschwelle und umhüllte Jack wie ein warmer Mantel. Er fühlte eine angenehme Wärme, die sich in ihm ausbreitete. Zum ersten Mal seit der schrecklichen Nachricht von Sarahs und Tommys Tod fühlte er keinerlei Schmerzen. Jede Pore seines Körpers wollte in das Licht gehen. Und so trat Jack durch die Tür und folgte der Frau, ohne zu wissen, warum.

Kapitel 30

Die Auserwählte Lijang

China – heute

Lijang folgte der Frau in dem weißen Kleid durch die Öffnung in der Wand in das helle Licht.

Hinter sich hörte sie die aufgebrachten Dorfbewohner, die mit aller Gewalt versuchten, in die kleine Kapelle zu gelangen. Die Männer schlugen mit ihren Waffen gegen die massive Holztür. Doch die Tür hielt den Schlägen stand. Lijang war vor wenigen Minuten vor der wilden Meute in die Kapelle geflohen. Sie war sich sicher, dass die Männer sie lynchen wollten. Die Spürhunde hatten sie schließlich in der Kapelle entdeckt. Sie hatte schon damit gerechnet, dass die Männer jeden Moment durch die Tür kommen würden. Doch die Tür war fest verschlossen. Lijang konnte sich das nicht erklären. Vor wenigen Augenblicken war das schwere Schloss noch geöffnet gewesen. Sie hatte niemanden gesehen, der die Tür hätte abschließen können.

Sie war sich sicher, dass sie alleine gewesen war, als sie den Raum betreten hatte. Und dann tauchte die Frau mit den langen, schwarzen Haaren wie aus dem Nichts auf. Lijang hatte sich instinktiv mit einem in der Ecke stehenden Besenstiel bewaffnet. In ihren Händen konnte das Stück Holz eine tödliche Waffe sein. Die Frau schaute sie aus ruhigen, verständnisvollen Augen an. Lijang spürte in ihren Blicken etwas Erwärmendes. Die Frau war wunderschön und hatte die Gesichtszüge eines Engels. Sie war keine Chinesin wie Lijang.

Lijang fühlte ein ihr unbekanntes Gefühl, es war Vertrauen. Sie konnte ihren Blick nicht von der Frau abwenden. Sie vergaß alles um sich herum. Selbst ihr Schmerz und ihre Trauer waren weit weg.

Doch als die Frau ihren ersten Satz sprach, war es, als würde sie ein Hieb mitten ins Gesicht treffen.

„Komm mit mir, wenn du Ping lebend wiedersehen willst."

Lijang war sofort wieder hellwach. Alles kehrte zurück, der Schmerz, die unsagbare Trauer, die Wut und der Zorn. Tagelang hatte sie nach einer Bestätigung von Pings Tod gesucht. Doch niemand wollte sie zu ihm lassen. Alle Bewohner verhielten sich merkwürdig. Doch Lijang brauchte einen Beweis für den Tod ihres geliebten Bruders. Dann passierten weitere fürchterliche Dinge. Die Dorfbewohner machten sie dafür verantwortlich. Die Leute verachteten Lijang, sie hatten Angst vor ihr. Und schließlich rotteten sie sich zusammen, verfolgten sie und wollten sie töten.

Angeführt wurden sie von einem fremden Mann mit finsteren, schwarzen Augen. Lijang konnte das Böse in seinen Gesichtszügen erkennen. Dieser Mann arbeitete mit dem Dorfvorsteher zusammen und gab ihm Befehle. Die Welt, wie sie Lijang kannte, brach in nur wenigen Stunden zusammen. Alles, was sie geliebt hatte, war zerstört.

Lijang war vor achtzehn Jahren in einem kleinen Bergdorf namens Giuguang in Südchina geboren worden. Die Bewohner lebten hauptsächlich vom Reisanbau und ein paar von Viehhaltung. In dieser Region gab es ein Dutzend solcher kleineren Siedlungen. Die nächste größere Stadt war über hundert Kilometer entfernt.

Lijang war ein kleines, zierliches Mädchen. Als sie acht Jahre alt war, starb ihr Vater an einem Geschwür in seinem Hals. Er war kein guter Vater gewesen, er hatte Lijang oft geschlagen. Zudem bekam sie nur sehr wenig zu essen. Doch sie lernte schnell, auf sich selbst aufzupassen. Ihre Mutter war eine schwache Frau. Sie arbeitete auf einem der Reisfelder. Ihrer Tochter gegenüber hatte sie nur wenige Gefühle. Schon mit sechs Jahren musste Lijang täglich sechs Stunden auf dem Feld helfen. Eine Schule gab es nicht.

Als Lijang vierzehn Jahre alt wurde, bekam ihre Mutter ein zweites Kind, von einem der Viehhändler. Sie nannten das Kind Ping, Lijang hatte einen Bruder. Die Mutter heiratete den Mann nur kurze Zeit später. Ihr neuer Vater und ihre Mutter beachteten Lijang von Tag zu Tag weniger. Ping dagegen lebte wie ein kleiner König. Das Leben eines jungen Mädchens zählte in China nichts.

Als sie fünfzehn Jahre alt war, entkam sie nur knapp einer Vergewaltigung. Nur durch ihr außergewöhnliches Geschick, ihre Kraft und Schnelligkeit konnte sie dem Vergewaltiger entkommen. Als Lijang ihren Eltern davon erzählte, unternahmen diese nichts, obwohl ihnen der Täter gut bekannt war. Sie sagten, dass Lijang lügen würde. Die Prellungen und Abschürfungen an ihrem kleinen Körper sagten etwas anderes.

In ihrer wenigen Freizeit wanderte Lijang alleine in den Hängen des Berges herum, suchte nach Nahrung und kletterte in den kargen Bäumen. Sie war für ihre zierliche Statur außergewöhnlich kräftig und geschickt. Keiner der gleichaltrigen Kinder konnte es mit ihr aufnehmen. Zu diesem Zeitpunkt hatte Lijang keine Träume, keine Zukunft, sie wollte nur überleben.

Bis eines Tages ein Mann durch ihre Siedlung zog. Er war auf der Suche nach jungen besonderen Mädchen. Lijang wurde durch die Dorfbewohner ausgewählt. Ihr Vater, der Viehhändler, verkaufte Lijang für drei Silberstücke. Er erklärte Lijang, dass sie für eine lange Zeit mit dem Mann gehen müsse.

Lijang hatte große Angst, doch weglaufen konnte sie immer noch, deshalb beschloss sie, mit dem Mann zu ziehen. Ihr Bruder war damals ein Jahr alt. Obwohl sie allen Grund hatte, ihren Bruder zu hassen, konnte sie es nicht. Es war sein Gesicht, sein süßes Lächeln, wovon Lijang nachts träumte. Sie konnte es sich nicht erklären, aber der Kleine hatte einen besonderen Platz in ihrem Herzen gewonnen. Ein derartiges Gefühl war ihr fremd, doch sie hielt es fest. Sie bewahrte dieses Gefühl in ihrem Herzen.

Als Lijang mit dem Mann aufbrechen sollte, waren ihr Stiefvater und ihre Mutter nicht gekommen, um ihr Lebewohl zu sagen. Ihre Mutter arbeitete auf dem Feld und der Viehhändler saß, wie fast immer, in der Schenke und betrank sich. Tagsüber, wenn

Lijang und ihre Mutter auf dem Feld schufteten, war Ping bei einer der alten Frauen im Dorf. Traditionell passten die Ältesten im Dorf auf die kleinen Kinder auf, während die Eltern arbeiteten. Als Gegenzug bekamen die Frauen Essen und Trinken.

Der Mann, der Lijang mitnehmen wollte, war ungefähr so alt wie der Viehhändler, jedoch gepflegter. Er hatte helles, kurzes Haar, ein wettergegerbtes Gesicht und war stets rasiert. Er sprach sehr wenig. Lijang hatte Angst vor ihm.

Er hatte einen Esel dabei, der das Gepäck des Mannes trug. Lijang hatte ihre paar Habseligkeiten in einen Bauwollrucksack gepackt. Außer ein paar abgewetzten Kleidungsstücken und ein paar Sandalen hatte Lijang keinen persönlichen Besitz. Sie verließen gerade das Dorf, als sie an der Stelle vorbeikamen, an denen die alten Frauen des Dorfes wohnten. Lijang war schon fast an ihnen vorbeigezogen, als eine leise, niedliche Stimme ihren Namen rief.

In diesem Moment blieb ihr beinahe das Herz stehen. Sie drehte sich um. Ping stand vor einer der Hütten und schaute sie aus seinen großen Augen an. Lijang ging zu ihm und umarmte ihn. Tränen füllten ihre Augen, es wurde ihr warm ums Herz. Als sie ihn losließ und gerade gehen wollte, hielt ihr Ping seinen Kuschelbär hin. Lijang konnte sich nicht erklären, dass Ping mit nur einem Jahr schon verstand, dass sie nun wegging. Sie sah die Traurigkeit in seinen Augen. Lijang hatte in ihrem ganzen Leben so gut wie nie geweint. Aber jetzt überkam es sie. Dicke Tränen liefen ihr übers Gesicht. Sie nahm den Teddybär an sich, küsste Ping auf die Wange und flüstere ihm ins Ohr: „Ich komme wieder."

Zum ersten Mal hatte ihr Leben einen Sinn. Sie schwor sich, egal was in den nächsten Jahren mit ihr passieren würde, sie würde zurückkommen und dann Ping beschützen.

Der Mann schaute sich aus ausdrucklosen Augen die Verabschiedung an. Als Lijang wieder zu ihm kam, setzte er wortlos seinen Weg fort. Lijang hinter ihm her.

Sie zogen ohne Pause den ganzen Tag durchs Gebirge. Schon bald erreichten sie eine Stelle, an der Lijang sich nicht mehr auskannte. Nach acht Stunden Fußmarsch hielten sie endlich an und das Nachtlager wurde aufgeschlagen. Der Mann gab Lijang eine alte, schmutzige Decke. Sie wickelte sich ein und legte sich sogleich hin. Ihr Begleiter entzündete ein Feuer und stellte seinen Kochtopf in die Glut. Nach kurzer Zeit roch es herrlich und Lijangs Magen meldete sich. Sie konnte nicht sehen, was der Mann machte, sie hatte ihm den Rücken zugedreht und tat so, als würde sie schlafen. Doch der Hunger und die Angst davor, was er mit ihr anstellen könnte, hielten sie wach. Sie nahm sich vor zu warten, bis er schlief. Dann wollte sie schauen, ob noch essbare Reste übrig waren.

Plötzlich hörte sie, wie der Mann auf sie zukam, sie spannte ihren Körper an und machte sich bereit wegzulaufen. Er war schon sehr nahe, sie konnte seine Körperwärme spüren. Sie erwartete, dass er sie jetzt packen und vergewaltigen würde. Doch das tat er nicht, er ging wieder fort von ihr.

„Du musst was essen, Kleines", hörte sie ihn sagen.

Der Tonfall seiner Stimme klang für Lijang unbekannt freundlich. Sie drehte sich um. Ihr Begleiter saß schon wieder an der Feuerstelle und hielt eine Schüssel in der Hand, aus der er aß. Vor Lijang stand ebenfalls eine. Daneben lagen zwei dicke Scheiben frischen Brotes. In der Schüssel war eine Suppe mit großen Stücken Fleisch. Noch nie in ihren Leben hatte sie eine solch üppige Mahlzeit bekommen. Sie sah verlegen den Mann an, doch der war damit beschäftigt, seine Schüssel auszulöffeln. Lijang verschlang die komplette Portion in wenigen Minuten. Das Essen schmeckte köstlich, ein warmes Völlegefühl stellte sich ein. Nachdem sie fertig gegessen hatte, kam der Mann zu ihr und gab ihr einen Becher. In ihm war eine fruchtartig riechende Flüssigkeit. Er schaute sie aufmunternd an und sie trank den Becher in großen Zügen aus. Das Getränk schmeckte wundervoll, es war süßlich und legte sich wie ein wohlwollender Schleier über ihren gesamten Körper. Der Mann schien sich auf eine freundliche Art zu amüsieren. Dann nahm er Lijang verschmutztes Geschirr und ging fort, um es auszuspülen. Lijang zog die Decke über ihren Körper und legte sich hin. Sie war müde und ihre Augen waren schwer. Von dem Trunk drehte es sich in ihrem Kopf. Sie schloss die Augen und fiel in einen tiefen

Schlaf. Die Angst, dass der Mann sich an ihr vergehen könne, war verschwunden.

Später erfuhr sie, dass er so etwas niemals in seinem Leben getan hätte. Er hieß Long und war ein anständiger, ehrenhafter Mann.

Lijang hatte am nächsten Morgen fürchterliche Kopfschmerzen. Nach einem reichhaltigen Frühstück bestehend aus Brot, Obst und kaltem Hühnerfleisch setzten sie ihren Weg fort. Sie zogen von Siedlung zu Siedlung. Long verhandelte jedes Mal mit den Dorfsprechern und ein Geldbetrag wechselte den Besitzer. Als Gegenleistung wurde immer ein Mädchen in Lijangs Alter in Longs Obhut übergeben. Nach dreiwöchiger Reise waren sie schon zu zehnt unterwegs. Die anderen Mädchen waren sehr schweigsam und verängstigt. Lijang sprach nur wenig mit ihnen.

Nach zwei weiteren Wochen erreichten sie den Fuß eines Berges. Eine breite Steinstraße führte zum Gipfel hinauf. Sie kamen an zahlreichen Dörfern vorbei. Die Bewohner versammelten sich an der Straße und beobachteten die Mädchen auf ihrer Wanderung. Die Blicke der Menschen waren weder feindselig noch freundlich. Lijang konnte eine Art der Ehrfurcht erkennen, vermochte sich aber nicht zu erklären, warum die Menschen sie so anschauten.

Der Anstieg wurde von Tag zu Tag steiler und die Dörfer, die sie passierten, wurden immer kleiner.

In den Dörfern bekamen sie von den Bewohnern kostenlos Essen und Trinken und jede Nacht eine warme, trockene Unterkunft. Lijang fragte sich, wohin die Reise wohl gehen würde. Die anderen Mädchen wurden von Schritt zu Schritt ruhiger und sprachen immer weniger. Lijang konnte die Angst in ihren Gesichtern erkennen.

Einige Tage später erreichten sie ihr Ziel. Es war ein Kloster mit einer riesigen Tempelanlage.

Das Kloster war das größte Bauwerk, das Lijang jemals mit eigenen Augen gesehen hatte. Es war aus alten, braunen Ziegeln erbaut, über zwanzig Meter breit und hatte mehrere Etagen. Ein im Sonnenlicht blau schimmerndes Dach zierte den Tempel und verlieh ihm einen mystischen Eindruck. Das große Eingangstor stand weit geöffnet, konnte aber mit einem dicken Holztor verschlossen werden. Umrandet war die Tempelanlage von einer flachen Mauer aus hellgrauen Steinen. Der Weg und die Beete um das Gelände waren peinlichst gepflegt und bunte Blumen zierten fast das gesamte Areal. Trotz des reinlichen Eindrucks des Geländes und der Gebäude schien das Kloster uralt zu sein.

Vor dem Kloster stand ein buddhistischer Mönch. Er begrüßte die Ankömmlinge freundlich und führte sie in eine große Halle. Dort waren zwei Reihen Holztische mit Bänken aufgebaut. Auf dem Tisch standen für jeden ein Teller mit einem Reisgericht und ein Becher mit einem süßen Fruchtgetränk. Die Mädchen aßen gierig ihre Mahlzeit. Als sie fertig waren, trat der Mönch in die Halle und forderte die Mädchen auf, ihn zu begleiten. Das Kloster war noch um ein Vielfaches größer, als Lijang gedacht hatte. Sie gingen zu einem Innenhof. Dort befand sich ein mit Steinsäulen umrandeter Platz. An dieser Stelle bestand der Boden aus feinem, rotem Sand.

Der Mönch führte die Mädchen mitten auf den roten Platz.

„Willkommen in der Yongtai-Schule", sagte der Mönch feierlich. „Ich bin stolz, euch in der einzigen reinen Mädchenschule für Kung Fu in China begrüßen zu dürfen."

Lijangs Herz hört fast auf zu schlagen. Sie hatte Geschichten über diese Schule gehört, aber nicht daran geglaubt, dass es die Schule wirklich gab. Den Erzählungen nach wurden dort junge Mädchen in der Kampfeskunst ausgebildet. Die Ausbildung war kostenlos und viele Mädchen träumten davon, dort aufgenommen zu werden. Sie hatte die Schule für einen Mythos gehalten.

„Es ist ein großes Privileg, an diese Schule zu kommen. Wer es von euch schafft, die fünfjährige Ausbildung erfolgreich zu bestehen, auf den warten Ruhm und die Anerkennung des ganzen Landes." Der Mönch blickte jetzt jedem Mädchen einzeln in das bleiche Gesicht.

„Eure Dorfbewohner waren der Meinung, dass ihr geeignete Fähigkeiten besitzt, um diese harte Ausbildung zu überstehen."

Lijang bezweifelte, dass jemand aus ihrem Dorf so etwas über sie dachte. Sie glaubte, dass sie sie eher loswerden wollten.

„Schon vor 1500 Jahren haben an diesem Ort Frauen Kung Fu gelernt“, erklärte der Mönch mit hoher Stimme. „Es waren Nonnen des ersten buddhistischen Frauenklosters in China, die die Schule gründeten.

Euer Tag hier in der Yongtai-Mädchen-Schule für Kampfkunst beginnt um 05.30 Uhr mit Konditionstraining. Nach dem Frühstück folgen Dehnübungen und Kung-Fu-Kämpfe mit verschiedenen Waffen wie Säbeln, Speeren und Schwertern. Aber auch normalen Schulunterricht werdet ihr bekommen.“

Lijang spürte bei dem Wort Schulunterricht einen Kloß in ihrem Hals. Sie konnte weder lesen noch schreiben.

„Nur am Sonntag habt ihr einen Tag frei.“

Die Mädchen um Lijang fingen an zu tuscheln. Der Mönch klatschte empört in seine Hände und das Gemurmel erstarb.

„Es ist eine Ehre hier zu sein, vergeudet diese Chance nicht. Und jetzt werdet ihr jeweils zu zehnt eure Unterkünfte beziehen.“

Die Ausbildung war hart, aber Lijang gefiel es. Das schwere Training machte ihr nichts aus. Schon schnell stellte sich ihre besondere Belastbarkeit heraus. In den ersten Wochen mussten sie viel in dem Gebirge laufen. Nachmittags wurden Schattenübungen gemacht, bei denen sie bestimmte Bewegungen nachahmten. Nach ein paar Wochen wurden erste Zweikämpfe ausgetragen. Das Training mit Waffen sollte erst im zweiten Jahr beginnen. Es gab eine Unzahl von Mönchen, die sie trainierten, für jede Übung einen anderen.

Lijang gefiel es in der Schule. Sie hatte ein warmes Bett, immer genügend zu essen und die anderen Mädchen ließen sie in Ruhe. Zum ersten Mal in ihrem Leben hatte sie das Gefühl zu Hause zu sein.

Nachts hielt sie Pings Teddybären im Arm und träumte von ihm. Er fehlte ihr und oft fragte sie sich, wie es ihm wohl ginge. In den Ferien blieb sie immer alleine mit ein paar anderen Mädchen im Kloster. Obwohl ihr Ping von Tag zu Tag mehr fehlte. Sie wollte nicht zu ihren Eltern. Während die anderen Mädchen

Freundinnen wurden, blieb Lijang lieber für sich alleine. Wenn die anderen Mädchen an ihrem freien Tag in die Stadt fuhren, machte sich Lijang alleine auf den Weg und durchkämmte die Gegend. Sie kletterte in den Berghängen und genoss die Ruhe.

Jedes Mal suchte sie sich einen neuen Weg und nach zwei Jahren kannte sie sich in ihrer Umgebung so gut aus, dass sie immer weiter kletterte. Eines Tages war sie sehr früh aufgestanden und so weit vom Kloster weggegangen wie noch nie. Sie hatte den Gipfel überquert und lief ein weites Stück auf der anderen Seite des Berges hinunter. Sie kam an eine Stelle, die ihr irgendwie bekannt vorkam. Sie marschierte weiter und das Gefühl, hier schon gewesen zu sein, wurde von Schritt zu Schritt stärker. Da erkannte sie, dass sie ganz in der Nähe ihrer alten Siedlung war. Früher hatte sie hier oben oft gespielt. Mit Herzrasen ging sie weiter und dann sah sie die Hütten ihres Dorfes.

Schon bald konnte sie die Stimmen von den Einwohnern vernehmen. Sie blieb stehen und versteckte sich hinter einem Felsen. Von hier oben beobachtete sie das Dorf. Sie wollte nicht, dass die Bewohner sie sahen. Sie erkannte die alten Frauen, die vor ihren Hütten saßen und auf die kleinen Kinder des Dorfes aufpassten.

Lijangs Puls wurde vor Aufregung schneller. Dann sah sie ihn. Sie erkannte ihn sofort, obwohl sie ihn jetzt schon drei Jahre nicht gesehen hatte. Ping war mittlerweile vier Jahre alt und lief mit zwei anderen Jungen in seinem Alter hinter ein paar Hühnern her. Lijang hatte so etwas Schönes wie den jungen Ping in ihrem ganzen Leben noch nicht gesehen. Staunend beobachtete sie ohne die geringste Bewegung Ping den ganzen Tag lang. Als es später wurde, kamen die Dorfbewohner von den Feldern und holten ihre Kinder ab. Lijang erkannte ihre Mutter, spürte aber keinerlei Gefühle für sie. Ihre Mutter führte Ping zu ihrer Hütte. Doch bevor Ping ins Haus ging, drehte er sich plötzlich um und schaute in Lijangs Richtung. Ihr Herz hörte auf zu schlagen. Von dort unten konnte er sie unmöglich sehen. Doch er blickte ruhig, wie in Trance, zu Lijang. Lijang hatte den Drang aufzustehen und zu ihm zu laufen. Doch sie konnte ihren Körper nicht bewegen. Es war, als hätte sie jemand eingefroren.

Der Moment dauerte nicht lang, dann wurde Ping von seiner Mutter nach drinnen gezogen und war fort.

Lijang lag noch mehrere Stunden regungslos auf dem kalten Boden. Sie hatte seinen Geist in sich gespürt. Sie wusste nicht wie, aber er war da gewesen.

In den darauffolgenden Wochen ging Lijang jedes Mal an ihrem freien Sonntag wieder zurück zum Dorf und beobachtete Ping von ihrem Versteck aus. Es war wie eine Sucht geworden. Es gab kaum einen Moment, an dem sie nicht an ihn dachte.

Ihre Leistungen in Kung Fu litten keineswegs darunter. Eine Regel des Klosters besagte, dass wer die Leistungen nicht erfüllte, sonntags das Kloster nicht verlassen dürfe. Angespornt davon trainierte Lijang wie eine Besessene. Sie wurde von Tag zu Tag schneller. Die Mönche, die sie unterrichteten, hatten schon bald Schwierigkeiten, mit ihrem Tempo mitzuhalten. Ihre Schläge und Tritte waren unglaublich schnell und hatten eine beängstigende Genauigkeit. Die anderen Mädchen redeten immer weniger mit ihr und hatten Angst, mit ihr zu trainieren. Sie wurde immer mehr zur Außenseiterin. Ihre schulischen Leistungen wurden nur langsam besser. Sie konnte stotternd lesen und wenige Worte schreiben. Die anderen Mädchen waren ihr weit voraus. Doch für Lijang gab es nichts anderes in ihrer Welt als trainieren, damit sie Ping sehen konnte.

Einer der Mönche erzählte, dass die besten Schülerinnen mit Kung Fu viel Geld verdienen könnten. Einige wären sogar damit reich geworden. Das spornte Lijang noch weiter an und sie trainierte noch härter. Sie träumte, nach Ablauf ihrer Ausbildung so viel Geld mit Kung Fu zu verdienen, dass sie zurück ins Dorf ziehen konnte. Zu Ping.

Doch dieser Traum wurde jäh beendet, als eines Tages einer der Mönche während eines Schwertkampftrainings zu ihr trat und sie sprechen wollte. Das war ungewöhnlich, denn normalerweise durfte nichts ein Training stören. Lijang ging verwundert mit dem Mönch.

Dieser schaute sie traurig an und sagte dann mit leiser Stimme: „Es tut mir leid, aber ich habe dir mitzuteilen, dass es in deinem Dorf einen Unfall gegeben hat. Dein Bruder, ich glaube er heißt Ling, ist tödlich verunglückt."

Der Boden tat sich unter Lijang auf. Ihre Knie wurden weich und sie hatte das Gefühl sich übergeben zu müssen.

„Ich weiß, dass du in den letzten Jahren keinen Kontakt mehr zu deiner Familie hattest, aber ich dachte, dass es dich vielleicht interessiert."

Lijang hätte dem Mönch am liebsten ins Gesicht getreten, doch sich war nicht in der Lage sich zu rühren.

Er legte seine fettige Hand auf ihre Schulter und sagte dann: „Du kannst wieder zum Training gehen." Doch Lijang nahm seine Hand weg und ging Richtung Ausgang. Sie rannte los. Sie musste ins Dorf. Sie wollte Ping sehen.

Der Mönch rief ihr hinterher. „Warte, wenn du durch das Tor gehst, darfst du nicht wieder kommen."

Doch Lijang war alles egal. Sie hörte die Stimme nicht mehr. Sie rannte und rannte, ohne nachzudenken.

Im Dorf war sie alles andere als willkommen. Ihre eigene Mutter wollte sie nicht empfangen, ihr Stiefvater saß nur in der Schenke und betrank sich. Niemand gab ihr eine richtige Auskunft. Sie ging zu den alten Frauen und eine der ältesten erzählte ihr, dass Ping eines Tages verschwunden sei und dann in den Felsen dort oben erschlagen gefunden wurde. Lijang erstarrte zur Salzsäule, es war die Stelle, von der aus sie Ping immer beobachtet hatte.

„Der Täter ist noch unbekannt, aber ein Beamter aus der Stadt ist gekommen, um den Fall aufzuklären", erklärte die Alte.

Lijang fragte, wo Ping jetzt sei, und die Frau zeigte auf das Haus der Dorfvorsteher. Vor der Tür saßen zwei Männer und hielten Wache. Lijang ging auf die beiden zu und wollte in das Haus, doch die beiden stellten sich ihr in den Weg. Sie hätte die beiden in Sekundenschnelle ausschalten können. Doch kam in diesen Moment ein Fremder aus dem Haus und schaute sie aus bösen Augen an. Er hatte eine Pistole in der Hand und hielt sie bedrohlich in Lijangs Richtung. Er sagte ihr, dass sie als Mädchen keine Rechte habe und verschwinden solle. Lijang hatte das Bedürfnis, die Männer zu schlagen, doch sie rief sich zur Ruhe.

Sie verließ das Dorf und schlug ihr Lager in der Nähe auf. Am nächsten Tag kehrte sie zurück. Sie wollte erneut versuchen, Ping zu sehen. Von Weitem sah sie, dass vor der Tür jetzt schon fünf Männer saßen und diesmal mit Gewehren bewaffnet waren. Lijang ging wieder zu der alten Frau, mit der sie Tags zuvor gesprochen hatte. Doch nun gab sie sich Lijang gegenüber eisig, sie schien Angst vor ihr zu haben. „Dein Stiefvater ist verschwunden. Die Männer des Dorfes sind der Meinung, du hättest damit zu tun. Verschwinde lieber dorthin, von wo du gekommen bist."

Lijang konnte es nicht fassen, doch ein innerer Antrieb hielt sie hier fest. Die Leute aus dem Dorf verschwanden in ihren Hütten, wenn sie sie kommen sahen. Lijang verstand die Abneigung nicht. Sie ging zum Haus ihrer Mutter, doch als sie an deren Tür klopfte, wurde sie nicht geöffnet. Der fremde Mann mit der Waffe beobachtete Lijang. Sein Blick war der eines Jägers, der seine Beute fixiert. Er machte ihr Angst.

Lijang verschwand wieder aus dem Dorf und versteckte sich im Gebirge. Sie besorgte sich etwas zu essen und ein paar Decken gegen die Kälte. Sie wusste nicht, was, aber irgendetwas hielt sie hier fest.

Als sie sich dem Dorf am folgenden Tag näherte, hörte sie wildes Stimmengewirr aus der Siedlung. Lijang versteckte sich im Gebüsch und beobachtete das Geschehen. Viele der Bewohner hatten sich vor dem Haus der Dorfvorsteher versammelt. Der Fremde stand wie ein Fels in der Brandung davor, die anderen Männer redeten alle durcheinander. Lijang konnte vereinzelte Wortfetzen auffangen.

„... erst ihren Bruder, dann den Stiefvater und jetzt die Mutter."

„Eine Kampfmaschine!"

„Mit der Alten hatte sie gestern noch gesprochen und jetzt ist sie tot."

„Mörderin!"

„Verrückte!"

Lijang wurde schlecht. Sie spürte, dass sie in Gefahr war.

Der Fremde schaute mit dunklen Augen auf die aufgebrachte Meute und hob die Hand. Augenblicklich trat Totenstille ein. Alle Bewohner blickten auf ihn.

„Sucht sie!“, befahl er mit fester Stimme.

Lijang verkrampfte, dann schlich sie aus dem Versteck und lief fort. Sie wusste, dass die Männer sie im Gebirge niemals finden würden. Dafür kannte sie sich zu gut aus. Ihr Verstand sagte ihr, dass sie weglaufen, doch ihr Herz, dass sie zu Ping gehen solle. Deshalb machte sie den Fehler, zu nahe am Dorf zu bleiben. Die Jäger setzten Spürhunde ein und kamen Lijang bedrohlich näher.

Das Haus, in dem Ping lag, wurde immer noch zu stark bewacht. Ihre Chancen, dorthin zu gelangen, waren gleich null. Dann fanden sie sie. Es waren mehr als dreißig Männer. Sie trugen Fackeln und Stöcke in ihren Händen. In ihren Augen flackerte blanker Hass. Lijang flüchtete und versteckte sich in der am Dorfrand stehenden kleinen Kapelle. Doch die Verfolger erreichten bald ihr Versteck, die Hunde standen bellend vor der Tür. Die Männer wollten in die Kapelle, doch die Tür war fest verschlossen.

Wie aus dem Nichts erschien die fremde Frau. Lijang war verwirrt. Es war, als hätte jemand die Zeit angehalten. Lijang verlor jegliche Angst und fühlte sich wie in einen anderen Körper versetzt.

Die Frau lächelte Lijang an, drehte sich um und ging durch die Pforte an der Rückwand der Kapelle.

„Komm, Lijang, wir müssen gehen.“

Lijang folgte ihr durch die seltsame Öffnung in der Wand in das helle Licht hinein.

Kapitel 31

Der Auserwählte Chris

London – heute

Chris Abbot war völlig verunsichert. Er stand vor dem Altar einer kleinen Kirche und schaute der Frau nach, die durch einen Ausgang aus der Kirche verschwand. Der Ausgang, durch den die Frau ging, war hell erleuchtet. Es war, als blicke man direkt in die Sonne. Die Frau hatte ihn aufgefordert, mit ihr zu kommen. Ihre Worte waren freundlich und weich: „Chris, komm mit mir, du kannst deinen Vater noch retten."

Chris hatte die Frau noch nie in seinem Leben zuvor gesehen, doch er hatte das Gefühl, dass sie ihm nicht wehtun wollte.

Sein Köper bewegte sich wie ferngesteuert in Richtung des Ausgangs. Hinter sich, in unendlicher Entfernung, hörte er die Geräusche der Männer, die ihn verfolgten. Sie versuchten, in die Kirche zu gelangen. Doch die Tür war wie durch Zauberei fest verschlossen. Chris hatte große Angst vor den Männern und wollte weg von hier.

Mit langsamen Schritten näherte er sich der Öffnung, durch die die Frau gegangen war. Das Licht wurde immer intensiver, er musste sich die Hände vor die Augen halten, um nicht geblendet zu werden. Er spürte ein großes Verlangen, in das Licht zu treten. Das Leid und der Kummer waren nun verschwunden. Chris fühlte sich auf einmal glücklich.

Der letzte Tag war für Chris die Hölle gewesen. Alles, was er geliebt hatte, hatte er verloren. Schon immer hatte Chris das Bedürfnis gehabt, den Menschen alles recht machen zu wollen. Er konnte es nicht ertragen, wenn jemand böse auf ihn war. Und der fremde Mann hatte behauptet, dass Chris schuld an

Papas und Mrs. Fischers Tod wäre. Er war es aber nicht, doch sie glaubten ihm nicht. Der Mann war böse und hatte finstere, kalte Augen. Chris hatte große Angst vor ihm bekommen und war weggelaufen. Sie hatten versucht ihn zu fangen, aber wenn Chris etwas gut konnte, dann war es laufen.

Er lief so schnell wie noch nie in seinem Leben und versteckte sich die ganze Nacht in den Abwasserkanälen der Stadt. Doch sie entdeckten ihn und er musste erneut fliehen. Er erreichte die Kirche und dort hatten sie ihn in die Enge getrieben.

Chris war jetzt zweiundzwanzig Jahre alt. Er war Afroamerikaner wie sein Vater und beide wohnten zusammen in Soho, einem Stadtteil von London. Seine Mutter hatte Chris nie kennengelernt. Sie und Papa hatten sich immer gestritten, deshalb sei sie gegangen, hatte Papa immer erzählt. Doch Chris glaubte, dass sie ihn nicht lieb hatte, weil er nicht so war wie die anderen Kinder.

Aber sein Vater hatte ihm immer gesagt: „Ich habe dich dafür doppelt so lieb!“ Beide waren die besten Freunde. Papa hatte ein Geschäft in Soho, in dem die Leute Futter für ihre Haustiere kaufen konnten. Und nachdem Chris die Schule beendet hatte, durfte er in dem Geschäft bei Papa arbeiten. Beide wohnten zusammen in dem kleinen Haus in der George Street. Chris hatte sein Zimmer unter dem Dach. Es war die glücklichste Zeit seines Lebens.

Die Schule war für Chris nicht schön gewesen. Zuerst hatte er eine normale Schule besucht, doch die Kinder dort hatten ihn schlecht behandelt. Am ersten Schultag lauerten ihm nach dem Unterricht ein paar Schüler aus der Oberstufe auf und versuchten ihn zu verprügeln. Doch Chris war sehr stark, viel stärker als die anderen Kinder in seinem Alter. Und er war sehr schnell. Als sie mit dem Stock ausholten und ihn auf den Kopf schlagen wollten, wehrte er sich gegen die vier Jungs.

Die Polizei kam noch am selben Abend. Die Familien der anderen Schüler hatten Chris angezeigt, weil er ihre Kinder verletzt hatte. Sein Papa war sehr wütend und er musste ohne etwas zu essen ins Bett. Chris hatte versucht es zu erklären, aber

Papa war so sauer, dass er gar nicht richtig zugehört hatte. Drei Wochen später waren es die gleichen Jungs wieder, die ihn angriffen. Dieses Mal hatte einer eine Eisenstange dabei. So wie Papa es ihm gesagt hatte, wehrte er sich nicht.

Der Junge lief mit wutverzerrtem Gesicht auf Chris zu, schlug ihm erst auf die Schulter und dann mit voller Wucht auf den Kopf. Dann wurde es dunkel, und als er wieder wach wurde, lag er in einem Krankenhaus und Papa saß neben ihm und hielt seine Hand. Sein Vater weinte bitterlich und umarmte ihn, als er sah, dass Chris wieder zu sich gekommen war. Er entschuldigte sich für etwas, das Chris aber nicht verstand. Dann meinte er, dass Chris sich nie wieder von anderen wehtun lassen solle und dass er sich wehren dürfe. Er hatte vier Wochen lang geschlafen. Die Ärzte sagten, er wäre in einem Koma gewesen. Chris wusste nicht, was das bedeutete. Doch sein linkes Auge war seitdem fast blind. Nachdem er wach geworden war, tat sein ganzer Körper weh. Nach vier Wochen durfte er wieder nach Hause.

Das Beste an allem war, dass Chris nicht mehr in seine alte Schule musste. Nach den Ferien ging er auf eine andere. Sie lag zwar weiter weg und er musste jeden Tag mit dem Bus fahren, aber die Kinder dort waren alle sehr nett und die meisten genauso dumm wie er. Auf dieser Schule blieb er einige Jahre und lernte vieles. Er malte und bastelte sehr gerne. Am liebsten hatte er den Sportunterricht. Er war mit Abstand der Beste. Er konnte sehr schnell laufen. Sein Sportlehrer sagte, er sei ein Laufwunder. Lesen und Schreiben fielen ihm dagegen schwer. Es machte ihm keinen Spaß, weil alles sehr schwierig war. Die Worte wollten einfach nicht in seinem Kopf bleiben. Es war so, als liefen die Buchstaben vor ihm weg. Aber Papa sagte ihm immer, dass es nicht schlimm sei, er sollte nur fleißig üben.

Nach der Schule spielte er gerne im Garten oder auf dem Spielplatz. Dort kletterte er viel auf den Gerüsten herum. Die anderen Kinder spielten nicht mit ihm. Sie ärgerten ihn immer. Aber sie hatten Angst vor ihm, weil er so stark war.

Als er zehn Jahre alt war, half er seinem Papa auch im Geschäft. Vor allem mittwochs, wenn neues Tierfutter geliefert wurde. Papa konnte die schweren Säcke nicht mehr so gut tragen. Wenn die Lieferungen kamen, machte er mit Peter, dem Mann, der das Futter lieferte, immer ein Wettrennen.

Chris sollte dabei versuchen, zehn Säcke Futter schneller als Peter ins Geschäft zu tragen. Der Lkw stand dabei über zwanzig Meter weit vom Eingang des Ladens entfernt. Peter benutzte bei dem Rennen immer einen kleinen Wagen und konnte so drei Säcke auf einmal nehmen. Chris dagegen musste die schweren Säcke einzeln tragen. Am Anfang gewann Peter immer und lachte über Chris. Doch dann versuchte es Chris mit zwei Säcken und später mit dreien. Er lief so schnell wie der Wind. Und gewann schließlich gegen Peter, der ihn staunend ansah. Sein Papa schaute ihm amüsiert dabei zu. Zur Belohnung bekam er von Peter ein Kaugummi. Peter war Chris' allerbester Freund, außer Papa natürlich. Chris freute sich jede Woche auf den Mittwoch.

Als er fünfzehn Jahre alt war, wurde sein Vater krank und musste für ein paar Tage in ein Krankenhaus. Chris wohnte in dieser Zeit bei Frau Cooper, einer alten Nachbarin. Bei ihr roch es immer sehr komisch und sie war unfreundlich zu ihm. Sie hatte einen Hund und vor dem hatte er Angst. Nachts lag er in seinem Bett und hoffte, dass sein Papa bald wieder gesund würde. Mrs. Cooper gab Chris ein Buch, er sollte darin lesen. Es war die Bibel und Mrs. Cooper sagte, dass sie das Buch Gottes sei. Jeder, der sie nicht lesen würde, käme in die Hölle und würde dort verbrennen. Chris versuchte das Buch zu lesen, aber er schaffte es nicht. Er konnte die Worte nicht verstehen. Mrs Cooper war sehr wütend und beschimpfte ihn. Sie sagte, er solle lieber zu Gott beten, dass sein Vater wieder gesund werde. Sie nannte ihn einen Heiden. Er wusste nicht, was das bedeutete, aber es musste etwas Schlimmes sein. Nachts träumte er von der Hölle, in der alles aus Feuer bestand, und dass er darin verbrennen würde. Chris wünschte sich nichts mehr auf der Welt, als dass sein Papa wieder da sein würde. Und dann betete er zu dem Gott, damit sein Papa wieder nach Hause käme und er von hier weg durfte.

Der liebe Gott hatte ihn wohl gehört, denn nach drei Wochen kam sein Vater dann aus dem Krankenhaus.

Er sah nicht gut aus und er schlief sehr viel.

Chris kümmerte sich nun um ihn. Er brachte ihm zu essen und zu trinken. Jeden Abend lag er in seinem Bett und betete darum, dass Papa nie wieder krank würde.

Als Chris die Schule beendet hatte, durfte er jeden Tag bei seinem Vater im Geschäft arbeiten. Er konnte zwar immer noch nicht lesen und schreiben, aber fast fehlerfrei bis fünfzig zählen. Dafür wurde er immer kräftiger. Er hatte schon richtig viele Muskeln und konnte ohne Probleme vier Säcke Tierfutter auf einmal tragen. Im Geschäft sortierte er die Regale ein, fegte den Boden und durfte manchmal auch die Einkäufe der Kunden zu ihren Autos tragen. Dafür bekam er manchmal ein paar Münzen. Davon kaufte er sich dann Kaugummis, die er mit Peter teilte.

Wenn das Geschäft geschlossen wurde, ging er mit Papa nach Hause und beide kochten zusammen. Seit Papas Aufenthalt im Krankenhaus versuchte dieser, Chris immer mehr Dinge im Haushalt beizubringen. Er zeigte ihm das Kochen, Wäschewaschen, Einkaufen und Bügeln. Er versuchte auch, Chris das Lesen beizubringen, aber die Worte tanzten immer noch vor seinen Augen und Papa gab es bald auf.

Als Chris zwanzig wurde, lernte er Mrs. Fischer kennen. Sie war eine weiße, kleine, rundliche Frau mit einem netten Gesicht, etwas jünger als Papa. Sie kam eines Tages in das Geschäft und kaufte Futter für ihre Katze. Chris konnte sie vom ersten Moment an gut leiden. Sie unterhielt sich immer lange mit Papa und beide lachten viel zusammen. Chris glaubte, dass auch Papa sie sehr nett fand. Zu Chris war sie immer freundlich, begrüßte ihn persönlich und gab ihm die Hand. So etwas machten die anderen Kunden nie.

Sie kam immer häufiger in das Geschäft und schien sehr ungeschickt zu sein. Verschiedene Verletzungen wechselten sich ab. An einem Tag hatte sie eine Hand verbunden, an einem anderen den ganzen Arm. Dann humpelte sie und einmal bekam sie ein blaues Auge und trug deshalb eine Sonnenbrille, obwohl die Sonne gar nicht schien. Papa war immer sehr betrübt und bot ihr Hilfe an. Doch sie verneinte immer und war sehr traurig.

Papa machte sich große Sorgen um sie. Chris betete zu Gott, dass Mrs. Fischer doch besser auf sich aufpassen würde.

Eines Abends ging er noch spazieren. Papa war müde und schlief auf dem Sofa ein. Er selbst brauchte noch etwas Bewegung und lief durch die Straßen der Gegend. Da kam er an dem Haus von Mrs. Fischer vorbei. Er konnte sie durch das Fenster sehen. Chris hatte gewusst, dass sie hier wohnte, er hatte mal den Einkauf hier vorbeigebracht.

Er rief sie, doch sie hörte ihn anscheinend nicht. Durch das Fenster konnte er noch einen Mann sehen, der vor ihr stand. Das musste der Ehemann von Mrs. Fischer sein, er hatte schon mal gehört, dass sie mit Papa über ihn gesprochen hatte.

Da sah er, wie der Mann Mrs. Fischer mit voller Wucht ins Gesicht schlug. Chris' Herz blieb stehen. Es war, als hätte er den Schlag abbekommen. Mrs. Fischer war hingefallen und Chris konnte sehen, wie der Mann jetzt nach ihr trat. Chris hatte große Angst. Dann lief er los und stürmte in das Haus. Er schlug die Tür mit einem einzigen Schlag ein und rannte in das Zimmer. Mrs. Fischer lag auf dem Boden und weinte. Der Mann schaute Chris verwundert an. Er stank nach Alkohol und Zigaretten. Chris rannte zu Mrs. Fischer und half ihr auf. Sie blutete aus der Nase, ihr Gesicht war geschwollen. Als Chris sich umdrehte, stand der Mann mit einer Bierflasche in der Hand vor ihm und schaute ihn böse an. Chris stellte sich schützend vor Mrs. Fischer. Sie klammerte sich an ihn. Dann schlug der Mann die Flasche auf dem Tisch kaputt. Jetzt hatte er nur noch eine Hälfte in der Hand. Gefährlich aussehende Zacken, die wie Messer aussahen, richtete er auf Chris. Hinter sich hörte er Mrs. Fischer wimmern.

Chris vernahm in diesem Augenblick die Stimme seines Vaters: „Lass nie wieder zu, dass dir jemand wehtut!" Er hatte es ihm, nachdem die Jungs ihn mit der Eisenstange verletzt hatten, gesagt.

Chris machte einen Schritt auf den Mann zu. Der holte mit der Flasche aus und wollte Chris damit ins Gesicht schlagen. Doch der war zu schnell. Die Bewegungen des Mannes kamen ihm vor, als schlüge er in Zeitlupe. Chris packte seinen Arm, riss ihn nach unten und drehte ihn auf den Rücken. Dabei wirbelte er den Mann wie eine Puppe herum. Er spürte ein knackendes Geräusch, als er den Arm drehte. Der Mann schrie auf, aber Chris stieß ihn hart von sich weg. Er flog wie ein Vogel durch die Luft und landete krachend gegen den Schrank. Mrs. Fischer schrie entsetzt auf, sie schaute auf ihren Mann, der jetzt auf dem Boden lag. Seine Stirn blutete und leuchtete rötlich. Er rappelte sich auf, sein Arm hing verrenkt zur Seite. Er sah gefährlich aus. Er stöhnte und schaute Chris entsetzt an.

In dieser Sekunde schrie Chris, wie er noch nie geschrien hatte: „Sie dürfen Mrs. Fischer nicht wehtun!“ Überrascht von dem Schrei torkelte der Mann zurück und fiel dabei hin. Er brüllte entsetzlich auf und krümmte sich auf dem Küchenboden.

Chris zitterte am ganzen Körper und gaffte den Mann an. Hinter sich spürte er eine warme, kleine Hand, die sich auf seine Schulter legte. Mrs. Fischer drehte ihn sanft um. Tränen waren in ihren Augen zu sehen, ihr Gesicht sah entstellt aus. Flehend sagte sie zu Chris: „Lass uns bitte gehen.“

Er führte sie nach draußen und brachte sie nach Hause zu Papa. Auf dem ganzen Weg sprach sie kein Wort. Nur ihr Weinen war zu hören. Ihr Blut tropfte auf die Straße und auf seinen Arm. Sein Ärmel war schon ganz feucht und verfärbte sich rot. Als er zu Hause ankam und mit Mrs. Fischer ins Wohnzimmer trat, sprang sein Vater, vom Lärm wach geworden, vom Sofa auf. Er war völlig außer sich. Er stöhnte und schrie. „Um Gottes willen, was hat er Ihnen angetan?!“

Chris wurde kreidebleich und er bekam fürchterliche Angst. Sein Papa nahm ihm Mrs. Fischer aus dem Arm und kümmerte sich sogleich um sie. Er legte sie auf das Sofa und holte ihr ein feuchtes Tuch. Er hatte für Chris keine Augen mehr. Papa wollte einen Arzt holen, doch sie bat ihn, es nicht zu tun.

Chris befürchtete, dass sein Vater dächte, Chris hätte Mrs. Fischer wehgetan. Er ging in sein Zimmer und versteckte sich unter seiner Decke. Er sprach zum lieben Gott und flehte ihn an, dass Papa nicht böse auf ihn sein möge. Es waren die schlimmsten Minuten seines Lebens. Er stellte sich vor, wie die

Polizei ihn abholen und in ein Gefängnis stecken würde. Er hatte so etwas im Fernsehen gesehen. Er hatte Angst, dass Papa ihn nicht mehr lieb hatte. Chris wurde schlecht und er fing an zu weinen wie noch nie in seinem Leben.

Nach einer Ewigkeit wurde es ruhiger im Haus und er konnte die Stimmen von Papa und Mrs. Fischer nicht mehr vernehmen. Da hörte er, wie Papa die Treppe hinaufkam. Das Geräusch der Schritte erkannte er. Papa klopfte leise an der Tür. Chris traute sich kaum zu atmen. Sein Vater trat ins Zimmer und kam auf sein Bett zu. Chris wurde kalt und seine Finger fühlten sich taub an.

„Bist du noch wach?", fragte Papa. Seine Stimme war sehr weich.

„Chris, ich wollte dir dafür danken, was du getan hast."

Chris drehte sich langsam um, schaffte es aber nicht, Papa anzusehen. Er schaute verlegen auf seine Decke.

„Nur wenige Menschen hätten so viel Mut gehabt wie du. Ich bin sehr stolz auf dich." Er kniete sich neben das Bett und drückte die Hand seines Sohnes. Chris schaute seinen Vater verwundert an.

So gut hatte Chris sich noch nie in seinem Leben gefühlt. Es war so gut, dass er weinen musste. Sein Papa lächelte ihn an, auch er weinte. Dieser Augenblick war wunderschön und noch Jahre später erinnerte sich Chris an jede einzelne Sekunde.

Chris war ab dem Tag ein neuer Mensch. Er strotzte vor Selbstbewusstsein. Er war hilfsbereiter als je zuvor. Zum ersten Mal in seinem Leben empfand er, dass er nicht schlechter als andere Menschen war. Ganz im Gegenteil, er hatte etwas geschafft, was andere sich nicht getraut hätten. Das Leben nach diesem Abend wurde für Chris noch schöner. Mrs. Fischer ging nicht mehr zurück zu ihrem Mann, sondern blieb in ihrem Haus. Sie bekam das Zimmer von Chris, er selbst schlief bei Papa.

Ein paar Tage später fragte sein Vater, ob es ihm etwas ausmachen würde, für eine gewisse Zeit in die Garage zu ziehen.

Chris war begeistert. Er fand die Garage schon immer toll. Sie war riesig und hatte vorne und hinten eine Tür und sogar zwei Fenster. Es stand zwar alles Mögliche darin, aber das störte ihn nicht. Und da Papa kein Auto hatte, brauchten sie die Garage nicht. Chris träumte schon seit Jahren davon, dort mal zu wohnen, aber er hatte sich nie getraut zu fragen.

Papa schloss das Geschäft für ein paar Tage und sie machten sich zusammen an die Renovierung. Zuerst räumten sie die Garage leer. Sie brachten das ganze Gerümpel in den Keller. Dann fegten sie den Boden. Sie kauften Tapeten, Farbe und sogar einen Teppich. Die Farbe durfte er ganz alleine aussuchen. Er nahm blau und gelb, dies waren seine Lieblingsfarben. Zuerst klebte Papa die Tapete an die Wände. Chris half ihm dabei. Dann durfte Chris die Wände mit einem dicken Pinsel anmalen. Papa ruhte sich aus und beobachtet ihn dabei. Es war schön, zusammen zu arbeiten. Als sie damit fertig waren, legten sie den Teppich aus. Papa installierte noch eine Lampe und dann trugen sie zusammen Chris' Möbel in die Garage. Er hatte einen Kleiderschrank, ein Bett, einen Schreibtisch und bekam dazu noch einen eigenen Kühlschrank (der stand eigentlich schon hier) und einen alten Sessel. Gegen Abend waren sie fertig und standen zusammen in seinem neuen Zimmer. Papa legte seinen Arm um Chris' Schultern und fragte fröhlich: „Und, gefällt es dir?"

Er antwortete nicht, sondern blickte nur staunend durch den Raum. Papa grinste. Es war wunderbar, er hätte nie gedacht, einmal ein solch schönes Zimmer für sich allein zu haben. Es war, als hätte er eine eigene Wohnung für sich. Es klopfte an der Tür. Chris reagierte nicht.

„Du musst schon ‚Herein' rufen, wenn du willst, dass jemand reinkommt", sagte Papa belustigt.

Chris war verlegen und sagte vorsichtig: „Herein."

Es war Mrs. Fischer. Es schien ihr schon etwas besser zu gehen. Ihre Nase war geschwollen und sie hatte eine dicke Wange. Sie trug ein Tablett in der Hand. Darauf waren drei Teller mit Sandwiches und drei Flaschen Bier.

„Ich dachte, ihr hättet vielleicht nach so viel Arbeit Hunger und etwas Durst."

Papa und Chris strahlten sie an und sie wurde ganz verlegen. Papa nahm Mrs. Fischer das Tablett ab und stellte es auf den

Schreibtisch. Er reichte den beiden anderen jeweils ein Sandwich und eine Flasche und nahm sich selbst auch. Dann hielt er die Flasche in die Luft und sagte: „Auf deine neue Wohnung." Mrs. Fischer tat es ihm gleich und beide nahmen einen Schluck Bier. Chris hob auch die Flasche und dann trank er zum ersten Mal in seinem Leben ein Bier. Es schmeckte ihm nicht. Er sagte aber nichts, um Mrs. Fischer nicht zu beleidigen. Cola schmeckte ihm besser.

Sie saßen zusammen und aßen ihre Sandwiches. Es waren die besten, die er je gegessen hatte. Alle drei redeten noch bis spät in die Nacht. Nicht ein einziges Mal sprachen sie über Mrs. Fischers Mann. Als Papa und Mrs. Fischer gehen wollten, sagte Mrs. Fischer noch: „Du weißt ja, das, was man in der ersten Nacht in einem neuen Zuhause träumt, geht in Erfüllung." Dann lächelte sie ihn an und ging mit Papa ins Haus. Chris hoffte, dass er nicht von der Hölle träumen würde. Vor dem Schlafengehen sprach er noch zu Gott und dankte ihm, dass er jetzt eine eigene Wohnung hatte. Dann betete er darum, dass Mrs. Fischer nicht mehr zu ihrem Mann gehen müsse und er nicht von der Hölle träume.

Von dem Bier ganz schläfrig geworden, schlief er schnell ein. Diese Nacht träumte er von einem Ort, den er noch nie gesehen hatte. Alles war weiß und warm und er war nicht alleine. Neben ihm stand eine junge, schlanke Frau. Sie hatte schmale Augen und einen Mann, der sehr gut und sportlich aussah. Beide blickten in einen Behälter, der vor ihnen stand. Der Behälter sah aus wie ein Becher für Riesen. In dem Becher brannte ein Feuer. Das Feuer drehte sich im Kreis und es schien so, als wäre irgendetwas darin. Auch Chris starrte jetzt in die Flammen. Dann streckte er ohne es zu wollen seine Hand aus und griff in den Becher. Das Feuer tat nicht weh und dann hatte er das Gefühl, dass er auf einmal ein Tier war. Er befand sich nicht mehr in seinem Körper. Es fühlte sich an, als wäre er ein Bär.

Als Chris am nächsten Morgen wach wurde, erinnerte er sich nicht an den Traum. Mrs. Fischer fragte zwar beim Frühstück, aber so sehr er sich auch anstrengte, er wusste es nicht mehr. Papa und Mrs. Fischer waren an diesem Morgen besonders gut gelaunt. Papa summte fröhlich eine Melodie, das tat er normalerweise nie, und Mrs. Fischer strahlte wie ein Honigkuchenpferd, was wegen ihrer dicken Nase ein wenig lustig aussah. Chris traute sich aber nicht zu lachen. Das Frühstück war herrlich. Papa hatte immer nur Müsli mit Milch zubereitet. Aber heute gab es Pfannkuchen, Eier, Speck, Saft, leckeres Brot und kleine Törtchen. Chris aß vier große Portionen. Mrs. Fischer konnte viel besser kochen als Papa.

Die nächsten Monate waren wie der Himmel auf Erden. Gott hatte Chris' Gebete erhört und Mrs. Fischer nicht mehr zu ihrem Mann geschickt. Er war weggezogen und hatte alles mitgenommen. Bis auf ihre Kleider, die hatte er verbrannt. Das machte aber nichts. Papa und sie kauften einfach ein paar neue. Sie wohnte jetzt wohl für immer bei ihnen. Chris glaubte, dass sie jetzt Papas Freundin war, da sie manchmal Händchen hielten und sich küssten. Und er hatte eines Abends gehört, dass sie zusammen in Papas Zimmer waren. Chris fand das toll, er konnte sie wirklich gut leiden. Wenn er alleine war, träumte er manchmal davon, dass er sie Mama nannte.

Als der Sommer kam, ging er mit Papa und Mrs. Fischer oft gemeinsam spazieren. Die beiden liefen immer Hand in Hand. Papa und er arbeiteten den ganzen Tag im Geschäft und Mrs. Fischer ging morgens in einem Supermarkt an der Kasse arbeiten. Anschließend putzte und kochte sie den Rest des Tages im Haus, bis Chris und Papa nach Hause kamen. Abends sahen sie zusammen fern oder spielten Karten.

Eines Tages brachte Mrs. Fischer ein Buch mit nach Hause. Sie fing an, Chris das Buch vorzulesen. Chris hatte dazu eigentlich keine Lust, denn das Buch hatte keine Bilder. Doch um nicht unhöflich zu sein, setzte er sich zu ihr und hörte zu. Die Geschichte handelte von einem Jungen, der keine Eltern mehr hatte und bei seinem Onkel aufwachsen musste. Der war immer sehr böse zu dem Jungen. Doch eines Tages kam ein riesengroßer Mann zu dem Jungen und sagte, dass er ein Zauberer sei und er in eine Zauberschule gehen solle. Dort lernte er seine neuen Freunde kennen, einen Jungen und ein Mädchen. In der Schule lernte er das Zaubern und sogar das Fliegen auf einem Besen.

Später erzählte man dem Jungen, dass der böseste Zauberer auf der Welt seine Eltern getötet hatte.

Chris war von der Geschichte völlig in den Bann gezogen. Mrs. Fischer las ihm jeden Abend ein paar Seiten vor und er konnte den ganzen Tag an nichts anderes mehr denken als an die Geschichte. Er wollte unbedingt erfahren, wie es mit dem Jungen weiterging.

Nach der Hälfte des Buches sagte Mrs. Fischer auf einmal, dass, wenn sie weiterlesen solle, Chris ab jetzt von jeder Seite das erste Wort vorlesen müsse. Chris wurde ganz nervös. Die Buchstaben tanzten vor seinen Augen hin und her. Doch er konzentrierte sich wie noch nie in seinem Leben und schaffte es, dass die Buchstaben endlich stillstanden. Es fiel ihm sehr schwer, aber Mrs. Fischer wartete geduldig, bis er es alleine geschafft hatte. Die Geschichte wurde immer spannender und Chris konnte es kaum erwarten, bis sie wieder anfingen zu lesen. Nachts träumte er von dem Jungen, er stellte sich vor, dass er auch ein Zauberer sei.

Kurz vor Ende der Geschichte meinte Mrs. Fischer, dass er jetzt immer die ersten beiden Worte jeder Seite lesen müsse. Er strengte sich richtig an und schaffte es auch. Das Buch war zu Ende und der Junge hatte gegen den bösen Zauberer gewonnen. Chris bettelte, dass sie es noch mal lesen sollten. Mrs. Fischer sagte jedoch Nein. Chris war enttäuscht und den ganzen Tag schlecht gelaunt. Als er abends nach Hause kam, lag auf dem Tisch wieder ein Buch.

Es war der gleiche Junge auf dem Buch. Aber es war ein anderes Bild. Chris fragte aufgeregt, was das für ein Buch sei. Mrs. Fischer lachte und erklärte ihm, dass es der zweite Teil der Geschichte sei. Chris war völlig aus dem Häuschen und drängte Mrs. Fischer, sofort anzufangen. Sie stellte aber eine Bedingung, Chris müsse jetzt immer den ersten Satz jeder Seite vorlesen. Chris war sehr zappelig, aber er wollte unbedingt die Geschichte hören. Am Anfang schaffte er es kaum, die Worte vorzulesen, er brauchte für den ersten Satz genauso lange wie Mrs. Fischer für den Rest der Seite. Am dritten Abend wurde er schon etwas schneller. Selbst Papa setzte sich jetzt mit dazu.

Die Geschichte war noch spannender als die erste. Ein Monster war in der Zauberschule und hatte die Schwester des Freundes von dem Jungen entführt. Der Junge suchte sie und kämpfte gegen eine riesige Schlange. Gegen Ende des Buches schaffte Chris es, die Sätze zügig zu lesen.

Die letzten zehn Seiten sollten morgen, an einem Sonntagabend, gelesen werden. Als es soweit war, setzte sich Mrs. Fischer hin und verkündete, dass sie heute beim Arzt gewesen sei und der gesagt hätte, sie hätte eine schlimme Halsentzündung und dürfe drei Wochen nicht vorlesen. Chris wusste gar nicht, dass der Doktor auch sonntags aufhatte. Und ihre Stimme hörte sich an wie jeden Tag. Chris war ganz sauer geworden. Er wollte doch unbedingt wissen, ob der Jungen gegen die Schlange gewonnen hatte.

Er nahm das Buch und schaute es lange an. Dann schlug er es trotzig auf und fing an, alleine zu lesen. Nach kurzer Zeit hatte er das Buch fertig gelesen. Der Junge hatte die Schlange mit einem Zauberschwert getötet und die Schwester seines Freundes gerettet. Chris war glücklich, dass der Junge gewonnen hatte.

Mrs. Fischer und Papa waren auch glücklich. Beide grinsten ihn an, als er fertig war. Am nächsten Morgen lag ein Buch auf dem Frühstückstisch. Auf dem Buch sah er wieder das Gesicht des Jungen. Aber der Name des Buches war ein anderer als die ersten beiden. Chris aß nicht viel zum Frühstück, er nahm das Buch, ging in sein Zimmer und fing an zu lesen. Er las die nächsten beiden Tage durch bis zum Ende. Als er fertig war, erzählte er Mrs. Fischer alles über die Geschichte. Und seitdem konnte Chris alles lesen, was er sah, die Buchstaben tanzten nie wieder.

Nun durfte Chris auch manchmal an der Kasse im Geschäft arbeiten. Es machte ihm richtig Spaß.

Im Sommer fuhren alle drei zusammen in den Urlaub nach Blackpool ans Meer. Es war der erste Urlaub, den Chris in seinem Leben machte. Das Meer war zwar noch sehr kalt, aber mit den Füßen konnte er schon rein. In Blackpool durfte er mit Mrs. Fischer Achterbahn fahren. Papa traute sich nicht. Mrs. Fischer schrie die ganze Fahrt über, es machte wahnsinnig Spaß.

Das Leben mit Mrs. Fischer war schön. Sie waren wie eine richtige kleine Familie geworden.

Eines Tages kam Chris nach der Arbeit nach Hause. Papa war noch bei einem alten Bekannten. Mrs. Fischer war komischerweise auch nicht da. Als Chris in die Küche kam, sah er Blut auf dem Boden. Er bekam Angst und suchte Mrs. Fischer überall. Er fand sie nicht. Es klingelte an der Tür. Chris machte die Tür auf. Vor ihm stand ein Polizist.

„Mr. Abbot?", fragte der Polizist.

„Äh, nein, ich bin Chris."

Der Polizist stutzte kurz. „Darf ich reinkommen?"

Chris hatte Angst, aber ein Polizist war ja ein guter Mann, also ließ er ihn eintreten.

„Mr. Abbot, ich muss Ihnen leider mitteilen, dass Ihr Vater Opfer eines Verbrechens wurde. Man hat ihn tot aufgefunden."

Chris hatte das Gefühl, in den Schlund eines Wals gezogen zu werden. Ihm wurde übel. Der Polizist führte ihn in die Küche und half ihm sich zu setzten. Dann sah er das Blut und ließ ihn erschrocken los. Er schaute ihn an und fragte: „Wessen Blut ist das?"

In Chris' Kopf drehte sich alles, er hörte den Mann gar nicht. Dieser ging durch das Haus und kam wieder. Er redete auf Chris ein, aber der verstand ihn nicht, er dachte nur an seinen Papa.

Der Polizist musste sich vertan haben, Papa war doch bei seinem Freund. Er kommt bestimmt gleich wieder. Chris fühlte sich hilflos wie ein Baby und fing an zu weinen.

Der Mann nahm sein Funkgerät und sprach dort hinein. Nach kurzer Zeit kamen noch zwei weitere Polizeimänner und ein Mann in einem schwarzen Anzug. Er sah aus wie einer der bösen Zauberer in Chris' Büchern. Er hatte böse, furchterregende Augen und Chris hatte das Gefühl, als wolle der Mann ihn mit seinen Augen auffressen. Der Mann stand schrecklich ruhig an die Tür gelehnt und betrachtete Chris wie ein Jäger seine Beute. Einer der Polizeimänner redete auf Chris ein, aber er hörte die Stimme nur sehr weit weg.

„Wir haben die Leiche einer Frau in der Garage gefunden. Warum haben Sie sie umgebracht?" Chris konnte dem Mann nicht folgen.

Alles, was der Mann sagte, fühlte sich wie Flammen an, die sich in seine Haut fraßen.

„Wo waren Sie vor zwei Stunden? Waren Sie eifersüchtig wegen der Frau? Ihr Vater hat Sie in die Garage ausquartiert."

Die Worte des Polizisten prasselten gegen Chris' Verstand wie Regentropfen gegen eine Scheibe. Er wollte zu Papa. Es konnte nicht sein, der Polizist musste lügen. Papa und Mrs. Fischer konnten nicht tot sein, nein. Es musste ein böser Polizist sein, Chris hatte solche auch schon im Fernsehen gesehen. Der Polizist, der auf ihn einredete, packte Chris am Arm und versuchte ihn hochzuziehen.

Da hörte er Papas Stimme. Ganz leise, es war, als flüstere Papa ihm ins Ohr: „Lauf weg, Chris, schnell."

Chris sprang auf, den Arm des Polizisten schlug er weg. Dann schubste er den Mann in Richtung der anderen beiden Polizeimänner. So stark, dass diese gegen den Küchenschrank fielen und dieser krachend zersplitterte. Die Männer blieben stöhnend auf dem Boden liegen. Der Mann im schwarzen Anzug stand immer noch an der Tür. Er war unbeeindruckt von Chris' Angriff. Er interessierte sich auch nicht für die auf dem Boden liegenden, verletzten Männer. Er richtete seinen funkelnden Blick fest auf Chris. Mit seiner rechten Hand rückte er seine Jacke zur Seite und zog sie nach hinten. Darunter hing sein Pistolenhalfter und in diesem steckte eine Waffe. Der Mann grinste Chris schrecklich an und tippte mit seinen Fingern auf die Pistole. Chris hatte nun richtige Furcht. Der Mann wollte ihn töten. Wieder spürte er die Worte von Papa: „Hau ab, Chris, jetzt!"

Chris drehte sich so schnell er konnte um und lief zur Hintertür hinaus, dabei zog er seinen Kopf ein. Er erwartete, dass der Mann jeden Moment auf ihn schießen würde. Doch er tat es nicht. Chris lief und lief.

Stunden später fand er sich in dem Abwasserkanal unter einer Brücke wieder. Er wusste nicht, wie er hierhin gekommen war. An diesem Ort war er noch nicht gewesen. Er hatte große Angst. Seine Gedanken kreisten nur um Papa. Er legte sich wie ein Säugling im Mutterleib auf den matschigen Boden und schlief schluchzend ein.

Als er am nächsten Morgen wach wurde, fühlte er sich elend. Er hatte Hunger und Durst und stank fürchterlich. In dem vorbeifließendem Wasser wusch sich so gut es ging. Er probierte es, aber es schmeckte nicht gut. Nun überlegte er, was er tun sollte. Er hatte große Furcht, nach Hause zu gehen. Er wollte lieber hierbleiben, bis Papa ihn abholen würde. Also setzte er sich hin und wartete. Dabei betete er zum lieben Gott: „Hilf mir, hilf mir, bitte, bitte, bitte.“ Die Tränen kamen zurück.

Nach einer Ewigkeit hörte er auf einmal Hundegebell. Er konnte in weiter Entfernung mehrere Männer das Ufer entlang kommen sehen. Chris sprang auf, seine Beine schmerzten. Er hatte über Stunden gesessen. Die Männer, die ihn entdeckt hatten, liefen nun in seine Richtung. Chris rannte los. Er lief so schnell er konnte. Er kam durch einen Park. Hinter sich hörte er die Sirenen eines Polizeiwagens. Als er den Park verließ, kam er in eine Wohnsiedlung. Die Sirenen kamen immer näher. Chris spürte Panik in sich aufsteigen. Er spurtete die Straße entlang. Da sah er eine Kirche. Es war eine kleine Kirche, eher eine Kapelle.

„Gott wird dich beschützen“, dachte er und lief auf die Kirche zu. Er hoffte, dass die Tür nicht abgeschlossen war. Er öffnete die Holztür und trat in die Kirche. Der Raum war klein und es standen außer einem Altar nur ein paar Stühle drin. An der Wand hing ein Holzkreuz. An dem Kreuz hing Jesus. Es war kalt in der Kirche. Einen zweiten Ausgang fand Chris nicht. Er versteckte sich hinter der Tür und lauschte.

Da hörte er, wie ein Auto vor der Tür hielt. Zwei Männer stiegen aus. Sie sprachen, aber Chris konnte sie nicht verstehen. Einer der beiden kam zu der Kirche und stand vor der Tür.

Chris verkrampfte sich und machte sich bereit, den Mann anzugreifen. Der Polizist versuchte die Tür zu öffnen, aber sie war fest verschlossen. Er schlug mit der Faust dagegen. Sein Partner kam jetzt auch zu der Tür und versuchte sie aufzukriegen. Chris war fassungslos. Wie konnte das sein?, eben war die Tür noch offen gewesen.

Er sah sich um und dann erblickte er diese Frau. Sie war zierlich, wunderschön, hatte lange, schwarze Haare und schaute Chris freundlich an.

„Komm mit mir, Chris, du kannst deinen Papa noch retten." Solch eine süße Stimme hatte Chris noch nie gehört. Sie ging durch einen Ausgang hinter dem Altar in ein helles Licht. Chris spürte keinerlei Angst mehr. Er fühlte sich in Sicherheit. Er glaubte, dass sie ein Engel sein müsste und der liebe Gott sie geschickt habe, um ihn zu retten. Er wusste nicht, dass er in einem der beiden Punkte recht hatte. Dann folgte er ihr ins Licht.

Kapitel 32

Apokalypse

Amerika – heute

Richard Best hatte sich die Worte des Russen genau eingeprägt. Er saß nun am Steuer des schwarzen BMW und fuhr zu seinem Zielpunkt. Er hatte damit gerechnet, am Bahnhof oder spätestens im Parkhaus verhaftet zu werden. Deshalb hatte er sich schon seit acht Uhr morgens unauffällig am Bahnhof aufgehalten und das Schließfach hunderteinundachtzig sowie die Umgebung genau beobachtet. Doch er konnte nichts Auffälliges feststellen. Punkt elf Uhr hatte er es dann gewagt und das Fach mit dem entsprechenden Code geöffnet. Wie vereinbart war in dem Fach ein Koffer. Es war ein silberner, mittelgroßer Reisekoffer. Best nahm ihn an sich und machte sich so schnell es ging zu Fuß auf den Weg zum Parkhaus.

„Vielleicht warten sie hier auf dich", dachte er. In den letzten Tagen war er sich noch sicher gewesen, dass der Plan reibungslos funktionieren würde. Aber jetzt, da der Termin näher kam, wurde er zunehmend nervöser. Seine Hände schwitzten und in seinem Magen machte sich ein quälendes Murren breit.

Der Wagen stand wie vereinbart auf Parkplatz Nummer einhundertundsechs. Bevor er einstieg, öffnete er noch schnell den Koffer. In ihm lagen eine Pistole, ein Autoschlüssel und eine schwarze Aktentasche. Das Geschenk. Er stellte den Koffer in den Kofferraum, stieg ein und fuhr los. Sein Ziel war nicht weit entfernt.

Best hatte sich in den letzten Monaten intensiv mit der amerikanischen Stromversorgung auseinandergesetzt. Das Stromnetz bestand aus drei Verbundsystemen und den zehn Regionalorganisationen des North American Electric Reliability, der sogenannten NERC. Dieses System der Verbundsysteme mit ihren regionalen Erzeugern hatte einen großen Schwachpunkt.

Anders als bei den europäischen Stromnetzen war zwischen den drei Verbunden der Stromaustausch nur in mehr oder weniger geringem Umfang möglich. Mangels einer zentralen Lastverteilung wurden Stromerzeugung und Stromverbrauch nur sehr schlecht aufeinander abgestimmt. So konnte es passieren, dass in New York zu wenig Strom vorhanden war und die Lichter ausgingen und gleichzeitig in Detroit Kraftwerke ihre Leistung verminderten, da es zu wenig Bedarf in der eigenen Region gab. Außerdem verfügten die Systeme nicht über die technische Qualität des europäischen Netzes. Die Stromnetze waren viel zu klein ausgelegt und in einem miserablen Zustand. Es gab viel zu viele Engstellen darin. So konnten im Jahr 2003 einige nicht gestutzte Bäume, die auf ein paar Stromleitungen fielen, eine Kettenreaktion auslösen, die halb Nordamerika lahmlegte. Im Internet kursierten seitdem eine Vielzahl von Theorien, wie man das Stromnetz effektiv lahmlegen konnte.

Bests Ziel war eine Verteilerstation außerhalb von Kansas City. Die Einspeisungen in die drei Verbundsysteme wurden nach 2003 stark bewacht, aber man brauchte gar nicht die Umspannungswerke anzugreifen, um das System lahmzulegen. Es reichte, wenn man einige Strommasten zerstörte. Auf einer Internetseite, die von Studenten des Massachusetts Institute of Technology, kurz M. I. T, erstellt worden war, konnte man einzelne Möglichkeiten von Anschlägen eingeben. Ein Programm errechnete dann umgehend die Auswirkungen des Anschlags. Dies zeigte Best mal wieder, wie tief sein Land in der Scheiße steckte.

Best näherte sich seinem Ziel.

Es war jetzt 11.52 Uhr.

Best stellte seinen Wagen unmittelbar unter einem knapp zwanzig Meter hohen Strommast ab. Er durchsuchte ohne ersichtlichen Grund das Handschuhfach und fand zu seiner großen Freude eine Flasche Whiskey. Dann wartete er.

Er dachte ein letztes Mal an seine Familie. Sie würden ihn mit Sicherheit nicht vermissen. Dann überlegte er, ob er auch ohne diesen Tumor in seinem Kopf den Anschlag durchgeführt hätte. Lieber mit einem Knall verabschieden, sagte er sich und nahm einen großen Schluck aus der Flasche.

In acht Minuten würde ein Zeitzünder die zwanzig Kilogramm C 4-Sprengstoff im Koffer und die weiteren hundert Kilogramm, versteckt im Rücksitz, zu einer gewaltigen Explosion bringen. Von Best und seinem Auto würde nichts übrig bleiben. Der Strommast, unter dem das Auto stand, würde ebenfalls dem Erdboden gleich gemacht werden. Im Koffer befand sich noch eine fünf Kilogramm schwere Eisenkugel. Es war eine unter dem Namen Herlitschka entwickelte Bombe. Der C 4-Sprengstoff sollte für die Zündung der Kugel sorgen. Ihre Explosion würde in einem Umkreis von fünfzig Kilometern alle elektronischen Geräte unwiderruflich zerstören.

Dort, wo jetzt Best stand, befanden sich in einem Radius von dreißig Kilometern die Knotenpunkte für die Einspeisungen der NERC in das Hauptstromnetz für die Ostküste und den gesamten Süden.

Es war jetzt 11.53 Uhr.

Samuel Withe feierte vor acht Wochen seinen siebenundfünfzigsten Geburtstag. Da war seine Welt noch in Ordnung. Er und seine Elizabeth lebten ihr Leben lang in Philadelphia. Beide lernten sich auf der High-School kennen und heirateten schon früh. Kinder waren ihnen leider immer versagt geblieben. Samuel arbeitete seit über fünfundzwanzig Jahren als Sicherheitsbeamter im Kraftwerk von General Electrics in Philadelphia.

Nun saß er in seinem kleinen, leeren Büro und trank gerade das letzte Glas Wodka in seinem Leben. Früher war dieses Büro die Hauptsicherheitszentrale, heute diente es nur noch als Abstellraum. Die neue Zentrale war jetzt im Hauptgebäude und sah aus wie ein Raumschiff. Alles war vollgestopft mit diesem neumodischen Computerkram. In seiner Hand hielt Samuel ein Foto von Elizabeth. Dicke Tränen rollten seine faltigen Wangen hinunter. Zwischen seinen Beinen stand eine alte Reisetasche.

Die Tasche hatten die Unbekannten ihm heute Morgen gebracht. Er wollte gar nicht genau wissen, was darin war. Der Mann, der Samuel auf dem Friedhof angesprochen hatte, wusste alles über Samuel. Über seinen schweren Verlust durch Elizabeths Tod, über die ungerechte Behandlung durch General Electrics und den Verlust seines Jobs. Und dann hatte der Fremde ihm angeboten, dass er sich rächen könne. Er hatte ihm versprochen, dass die ganze Welt von der Ungerechtigkeit erfahren würde und dass es Samuel seiner Elizabeth schuldig sei, Vergeltung zu üben. Die Worte des Mannes waren wie Medizin für seine seelischen Wunden. Er akzeptierte den Vorschlag und fand sich jetzt, zwei Wochen später, mit der besagten Tasche hier an seiner alten Wirkungsstelle wieder und wartete auf den Moment.

Der Fremde hatte versprochen, dass keine Unschuldigen dabei ums Leben kommen würden. Samuel leerte das Glas und wischte sich die Tränen weg.

Sein Unglück begann vor einem halben Jahr. Man hatte alle Sicherheitsbeamten zu einer Besprechung geladen. Dort hatte ihnen ein schmieriger Jüngling erklärt, dass ein neues Sicherheitssystem aufgebaut würde und zeitgleich eine neue moderne Zentrale. Die Regierung hatte alle Kraftwerksbetreiber nach dem 11. September aufgefordert aufzurüsten. Der Terror wartete überall. Alle Mitarbeiter, die zukünftig dort arbeiten wollten, mussten eine Eignungsprüfung bestehen. Samuel verstand an dem Tag nicht Mal die Hälfte von dem, was der Mann sagte.

In den nächsten Monaten wurde kräftig gebaut und alle wurden von Tag zu Tag nervöser. Dann, eine Woche nach seinem Geburtstag erhielt er eine Einladung für die Eignungsprüfung.

Er hatte nicht damit gerechnet, dass auch er eine machen musste, nicht nach über fünfundzwanzig Dienstjahren. Er sprach mit seinem Vorgesetzten, doch dieser sagte, dass es keine Ausnahmen gäbe. Als Alternative konnte er sich ausrechnen lassen, ob er nicht schon in Pension gehen wollte. Die Sachbearbeiterin errechnete ihm seine Rente.

Doch nach einer Fehlspekulation vor zehn Jahren und der teuren Pflege seiner Mutter, die vor sieben Jahren gestorben war, war sein ganzes Erspartes weg und die Rente würde niemals ausreichen. Die Hypothek auf das Haus lief mindestens noch fünf Jahre. Und so lange musste er noch arbeiten gehen, falls er sein Haus nicht verlieren wollte.

Samuel ging notgedrungen zu dem Test. In der ersten Pause fuhr er niedergeschlagen nach Hause, ohne die Aufgaben überhaupt angefangen zu haben. Der Test wurde ausschließlich am Computer durchgeführt und damit hatte er nie in seinem Leben gearbeitet. Das hatte er immer seinen jüngeren Kollegen überlassen. Dafür fuhr er Streife und machte den Außendienst. Das Gelände war riesig und er fuhr es während seiner Schicht kontinuierlich ab. Er schaffte es nicht einmal, während der Prüfung das nötige Programm der Testfragen zu starten.

Sein Chef rief ihn einen Tag nach der Prüfung in sein Büro und erklärte ihm, dass er den Test noch einmal wiederholen solle, ansonsten man sich etwas überlegen müsse.

Es war an einem Freitag und er war gerade mal wieder im Außendienst mit dem Geländewagen der Firma unterwegs und kontrollierte das südliche Außengelände. Dort war ein kleiner See, aus dem sie für den angrenzenden Testreaktor Kühlwässer entnahmen. Da teilte ihm sein Kollege über Funk mit, dass das Krankenhaus angerufen habe. Seine Frau habe einen Schlaganfall erlitten und er solle dringend ins Krankenhaus kommen. Er fuhr so schnell es ging in die Klinik. Leider kam er zu spät. Elizabeth starb ohne ihn. Alles, was er liebte, war weg.

Für Samuel ging die Welt unter. Er brachte den Wagen zurück, ging zu seinem Vorarbeiter und reichte Urlaub für vier Wochen ein.

Er beerdigte seine Elizabeth und trauerte mit seinen Freunden und Bekannten. Als er nach den vier Wochen wieder zur Arbeit erschien, bat ihn der Abteilungsleiter in sein Büro. Neben ihm saßen ein Mann von der Personalabteilung und einer von der Gewerkschaft. Der Abteilungsleiter drückte nicht einmal seine Anteilnahme am Tod seiner Frau aus.

„Sie haben an dem zweiten Test nicht teilgenommen", sagte er mit kühler Stimme.

Samuel war überrascht, den Test hatte er ganz vergessen.

„Und Sie haben unerlaubt Firmeneigentum entwendet. Das nennt sich geldwerte Vorteilsnahme. Dies ist in unserem Unternehmen strikt untersagt."

Samuel verstand nicht, wovon der Mann redete und fragte, was das heiße?

„Sie haben einen unserer Firmenwagen für private Zwecke entwendet. Das ist nach Richtlinie 3724 verboten und zieht eine fristlose Kündigung nach sich."

Der Mann übergab ihm ein Schriftstück, es war seine Kündigung.

Samuel hatte das Gefühl zu versinken. Hilfe suchend sah er den Mitarbeiter der Gewerkschaft an. Doch der sah aus dem Fenster. Der Mann von der Personalabteilung machte seine Fingernägel sauber. Samuel stand auf und ging ohne ein Wort zu sagen nach Hause. Er war ein gebrochener Mann. Hinter sich hörte er die Stimme des Abteilungsleiters: „Das ging ja leichter als erwartet. Gut, ein Problem weniger. Wer hat Hunger? Die Firma bezahlt."

Jetzt, vier Wochen später, saß er in seinem alten verlassenen Büro und wartete auf seinen Tod. In nicht einmal sieben Minuten würde er bei seiner Elizabeth sein.

In der Tasche waren zehn Kilogramm Plastiksprengstoff und eine silberne Kugel. Das wusste Samuel aber nicht. Er wollte keine Katastrophe auslösen, er wollte ein Zeichen setzen. Die Bombe in der Tasche würde die Kugel zünden und ein EMP-Impuls sich ausbreiten. Durch die Explosion würde der Kernreaktor ausfallen. Die Stahlummantelung des Reaktors würde den Kern vor der Explosion schützen. Auch ohne Strom würden die Schutzvorrichtungen des Kraftwerks die Brennstäbe in eine sichere Position steuern.

Jedoch befand sich im angrenzenden Testlabor ein Versuchsreaktor, der nicht über die gleichen Sicherheitseinrichtungen wie der große Reaktor verfügte. Durch den Impuls würde das elektronische Schutzsystem zerstört. Die Stäbe des Testreaktors würden überhitzen und es käme zur Kernschmelze. Die Detonation des Versuchsreaktors würde das letzte Schutzsystem des Hauptkraftwerks zerstören. Innerhalb von einer halben Stunde käme es zum Supergau. Die Explosion würde im Umkreis von einem Kilometer jedes Lebewesen direkt töten. Die radioaktive Wolke zöge über Philadelphias Innenstadt und dann Richtung Nordwesten. Mitten in der Flugschneise dieser Todeswolke befindet sich die Stadt New York.

Es war jetzt 11.54 Uhr.

Haresh Jinda, siebenundzwanzig Jahre alt, saß in seinem Labor. Den Schutzanzug hatte er ausgezogen, den Helm neben sich auf den kalten Boden gelegt. Vor den tödlichen Viren um ihn herum hatte er keine Angst mehr. Neben ihm stand eine Aktentasche, in ihr lagen die Antworten auf all seine Schmerzen, seine Wut und den tiefen Hass.

Wie der Fremde es geschafft hatte, die Tasche in das Labor zu schleusen, vorbei an den Sicherheitsüberprüfungen, war ihm ein Rätsel, welches er bis zu seinem Tode nicht mehr lösen würde. Denn dieser würde in sechs Minuten eintreten.

Er arbeitete jetzt seit zwei Jahren als Biochemiker bei Biolap-Ing. Die Firma befasste sich mit Biotechnologie und forschte unter anderem auf dem Sektor der genetischen Veränderung von Krankheitserregern, vornehmlich mit den „bösen Jungs“ wie Ebola, Pest, Pocken, Malaria und anderen. Geldgeber von Biolap-Ing waren unter anderem das Militär und einige ausländische Firmen.

Haresh arbeitete im Bereich der Kulturaufzucht der Krankheitserreger, der sogenannten Säuglingsstation. Hier wurden die Erreger in Hochsicherheitslaboren gezüchtet und dann in ausreichender Menge den Genetikern zur Verfügung gestellt, die dann versuchten, diese zu modifizieren.

Geboren wurde er in Indien, rund zwanzig Kilometer von Neu-Delhi entfernt. Im Alter von vier Jahren zog er mit seinen Eltern nach Amerika. Sein Vater arbeitete als Informatiker und bekam einen Job in einer Computerfirma in Dallas. Das Leben für den kleinen Haresh in Amerika gestaltete sich sehr schwer. Aufgrund seiner dunklen Hautfarbe war er sein Leben lang Ziel von Spot, Hohn und Gewalt. Freunde hatte er keine. Seine Eltern starben beide früh bei einem Autounfall und Haresh wuchs in einem Waisenhaus auf.

Dort waren die Angriffe auf ihn besonders schlimm. Die anderen Kinder schlugen und traten ihn wegen seiner Hautfarbe. „Halber Neger", „Schokojunge" und „Negerkuss" nannten sie ihn. Er fühlte sich allein auf der Welt und weinte sich Nacht für Nacht in den Schlaf. Er träumte davon, wenn er groß sein würde, nach Indien zu gehen. Mit Menschen seiner Hautfarbe zusammenzuleben, ohne Beleidigungen ertragen zu müssen und ohne diskriminierende Blicke auf sich gerichtet zu sehen, wenn er einen Raum betrat. Er fühlte sich anders.

Haresh war intelligent und ging mit sechzehn aufs College. Zu dieser Zeit wohnte er bei einer Pflegefamilie, die ihn gut behandelte, doch echte Liebe empfing er nicht von ihnen.

Auf dem College lernte er seine zukünftige Frau Ajala kennen. Sie war die schönste und liebste Frau, die er je gesehen hatte. Sie waren Seelenverwandte. Auch sie litt stark unter den Diskriminierungen wegen ihrer Hautfarbe. Sie lebte bei ihren Eltern, ihr Vater hatte ein Lebensmittelgeschäft in der Stadt. Haresh hatte sich sofort in Ajala verliebt. Ihr Vater war froh, das Ajala einen Inder als Freund hatte. Nach dem College ging er auf die Universität und studierte Genetik und Physik. Mit fünfundzwanzig beendete er sein Studium und bekam einen Job bei Biolap-Ing. Beide zogen zusammen und heirateten noch im selben Jahr. Kurze Zeit später bekam Ajala einen Jungen, sie nannten ihn Tushar nach seinem Großvater. Haresh war der stolzeste Mann auf der Welt. Noch nie in seinem Leben war er jemals so glücklich gewesen. Die Pläne, zurück nach Indien zu gehen, waren auf unbestimmte Zeit verschoben.

Dann, vor drei Wochen, der kleine Tushar war gerade ein Jahr alt geworden und hatte vor wenigen Tagen seine ersten Schritte gemacht, passierte das unfassbare Unglück. Ajala war abends mit dem kleinen Tushar noch bei ihren Eltern gewesen. Haresh machte die Spätschicht im Labor, denn diese wurde besser bezahlt als die Frühschicht und sie benötigten jeden Cent, da die Waschmaschine kaputt gegangen war.

Als Ajala auf dem Weg nach Hause gerade aus der U-Bahn gestiegen war, pöbelten sie ein paar Männer an und beschimpften sie. Sie waren betrunken und folgten ihr. Im Park warfen sie dann mit Steinen nach ihr. Ajala lief so schnell sie konnte weg, Tushar auf dem Arm. Die Männer waren schneller. Sie rief um Hilfe, doch keiner war da, der ihr half. Als sie aus dem Park hetzte und über die Straße lief, erfasste sie ein Lastwagen. Sie und der kleine Tushar wurden nach Zeugenaussagen über zehn Meter durch die Luft geschleudert. Ihre leblosen Körper schlugen hart auf dem Asphalt auf. Beide waren sofort tot. Die Männer, die sie verfolgt hatten, liefen weg und wurden nie geschnappt. Die Zeugen vor Ort hatten angeblich niemanden gesehen, die Polizei stellte die Suche nach einer Woche ein und die Akte wurde geschlossen.

Dafür mussten sie bezahlen. All den Hass, den er sein Leben lang erdulden musste, würde er ihnen zurückzahlen. In sechs Minuten würde es so weit sein.

Die Bombe in der Tasche würde das halbe Gebäude zerstören. Ein riesiges Feuer würde ausbrechen und die Detonation die silberne Kugel in der Tasche zünden. Der EMP-Impuls würde alle Sicherheitseinrichtungen der Laboratorien zerstören. Die Kühleinrichtungen für die Krankheitskulturen würden nach wenigen Stunden versagen und die Krankheitserreger mit dem Rauch des Feuers in die Atmosphäre getragen werden. Die Rauchsäule würde in Richtung Dallas ziehen und in nur einer Woche die Hälfte der Bevölkerung an den Folgen sterben. Der halbe Landstrich zwischen Dallas und Oklahoma City bliebe für die nächsten Monate unbewohnbar.

Haresh war sich dieser Tragweite nicht bewusst. Den genauen Inhalt der Tasche kannte er nicht. Er saß seelenruhig mit geschlossenen Augen da und wartete. Vor seinen Augen sah er das Bild von Tushar und Ajala. Sie warteten auf ihn und schon bald würde er sie in seine Arme nehmen können.

Es war jetzt 11.55 Uhr.

Phillip Bajor saß in seiner F 14 Tomcat und flog die vorgegebene Route Richtung Colorado Springs. Sein Trainingsflug führte ihn durch die Sangre de Cristo Mountains, einen kleinen Ausläufer der Rocky Mountains. Er sollte eigentlich auf dem Marbely-Five Stützpunkt landen und dort seinen Flug beenden. Doch das würde er nicht tun. Kurz vor der Landebahn würde er abdrehen und sein neues Ziel anfliegen.

Das Ziel war das Elbert Raketensilo, fünfzig Kilometer vor Colorado Springs. Bevor das Kontrollzentrum merken würde, was passiert war, wäre es schon zu spät. In dem Raketensilo befanden sich drei Peacekeeper Raketen. Die Peacekeeper, auch MX genannt, war eine vierstufige Interkontinentalrakete. Sie wurde aus Silos unter der Erde gestartet und konnte bis zu elf *Nuklearsprengköpfe* tragen. Sie waren in ihrem *Raketensilo* in einer Schutzhülle gelagert, die sie vor negativen Umwelteinflüssen schützen sollte. Einen Angriff mit einem Flugzeug in der Größe einer Tomcat würde die Schutzhülle unbeschädigt überstehen. Aber in der Maschine, die Phillip Bajor flog, befand sich zusätzlich eine atomare Waffe der besonderen Art. Sie war auch als Herlitschka bekannt.

Bajor war gerade mal dreiundzwanzig Jahre alt und vor einem halben Jahr noch im Irak stationiert gewesen. Dort flog er Aufklärungsflüge über Bagdad. Seine Versetzung in den Irak war alles andere als passend gekommen. Seine Catherine oder Cathy, wie er sie liebevoll nannte, war gerade im vierten Monat schwanger. Beide wollten noch vor der Geburt ihres Kindes heiraten. Sie hatten gerade ihre erste gemeinsame Wohnung bezogen.

Der Einberufungsbefehl kam quasi über Nacht. Phillip fand sich schon einen Tag später im Irak wieder. Cathy hatte ihm versprochen, dass sie sich schon um alles kümmern würde und er nur auf sich aufpassen solle.

Sein Stützpunkt im Irak befand sich zwanzig Kilometer vor Bagdad und war Ausgangspunkt für die Großoffensive der Amerikaner. Das Militär hatte auf dem Stützpunkt eine große, mobile Krankenstation aufgebaut. Nachts flog Phillip Aufklärungsflüge und schoss Raketen auf Gebäude ab, in denen sich angeblich die Feinde versteckten. Tagsüber brachten die Menschen die Opfer seiner Anschläge zum Stützpunkt in der Hoffnung, dass die Amerikaner ihren Verwundeten helfen würden. Doch das Lazarett war viel zu klein, die Menschen kamen zu Hunderten und schon nach wenigen Tagen der Offensive wurden die Verwundeten abgewiesen. Man errichtete einen Stacheldrahtzaun um das Lazarett und stationierte bewaffnete Wachposten an den Eingängen. Die Menschen starben vor den Zäunen. Phillip erlebte die Grausamkeiten des Krieges.

Bald sah er, als er seine Raketen auf die Verstecke abfeuerte, nicht mehr die Gebäude aus Beton und Stein, sondern die Gesichter der hilflosen Verwundeten, die am Zaun standen und bettelten, dass ihnen geholfen würde.

Alle zwei bis drei Tage bekam er Post von Cathy. Öfter stellte die Army die Briefe nicht durch. Ihre Worte gaben ihm Kraft und hielten ihn am Leben. Von seinen seelischen Qualen schrieb er ihr nichts. Er wusste, dass die Briefe, die in die Heimat gingen, kontrolliert wurden. Kurz vor seiner Rückkehr bekam Cathy einen gesunden Sohn, sie nannte ihn George. Er konnte es kaum erwarten, ihn zu sehen. Dann war die Hölle war vorbei.

Als er nach fünf Monaten zurück in die Heimat geschickt wurde, war er ein anderer Mensch. Er hatte vor, seinen Dienst zu quittieren und sich einen neuen Job zu suchen. Die Fliegerei, die immer sein Kindheitstraum gewesen war, machte ihm keinen Spaß mehr. Überall sah er Gesichter in den Wolken. Als er zu Hause ankam, war die Wohnung leer geräumt. Ein Brief lag auf Boden.

„Habe mich neu verliebt – bin fort."

Jetzt, einen Monat später, saß er in seiner F 14 und in fünf Minuten würden die Gesichter für immer verschwinden. Die atomare Explosion würde verheerend für den Mittleren Osten sein. Die radioaktive Wolke würde Richtung Süden ziehen. Die Rocky Mountains würden die Wolke zwar daran hindern, an die Ostküste zu gelangen. Doch wie eine tödliche Schlange würde sie sich über New Mexiko schlängeln.

Es war jetzt 11.56 Uhr.

Kevin Sommer war jetzt fünfzehn Jahre alt. In vier Minuten würden sein Vater, das Arschloch, und seine Mutter, die blöde Kuh, endlich sehen, wozu er in der Lage war, dachte er gerade.

Kevin hatte eigentlich alles, wovon ein Junge träumen konnte. Er wohnte in einem riesigen Haus, hatte drei große Zimmer, in denen er tun und lassen konnte, was er wollte. Er besaß allen erdenklichen Schnickschnack an elektronischen Geräten: Notebook, Computer, PS 3 und mehrere Mobiltelefone. Und niemand sagte ihm, was er tun oder lassen solle.

Sein Vater verdiente Unsummen an Geld. Er war Betriebsleiter einer Ölraffinerie von Shell und arbeitete vierundzwanzig Stunden am Tag, selbst wenn er zu Hause war. Schon früher war er nie da und wenn, hatte er ein Telefon am Ohr. Kevin hatte ihn wahrscheinlich noch nie in seinem Leben gesehen, ohne dass er gerade telefonierte. Seit drei Jahren war es ganz schlimm. Eine neue Anlage wurde gebaut und sein Vater war Projektmanager. Es sollte die größte Raffinerie der Welt werden. In dieser Zeit sah er ihn kaum noch.

Mit seiner Mutter war es keinen Deut besser. Nachdem sie Kevin ohne viel Liebe zur Welt gebracht hatte, fing sie augenblicklich wieder an zu arbeiten. Sie war Rechtsanwältin und ein Scheusal.

Kevin wurde von Marge aufgezogen, einer dürren, nach Schnaps riechenden Kinderfrau. Seine Eltern kümmerten sich nie um ihn und erzählten voller Stolz, wie selbstständig er doch immer schon gewesen sei. Spaßes halber hatte er mit dreizehn mal ein paar Ecstasy Pillen auf den Frühstückstisch gelegt. Seine Eltern hatten sie nicht bemerkt. Mit vierzehn hatte er sich die Haare abrasiert. Seine Mutter sah es erst nach einer Woche, sein Vater erst nach zwei. Er klaute in Geschäften und ließ sich extra erwischen, mit fünfzehn fuhr er den Wagen seines Vaters zu Schrott. Die Reaktion war immer die gleiche, es gab keine. Sie waren wie Zombies.

Zwischen seinen Eltern lief schon seit Jahren nichts mehr. Seine Mutter bumste jeden, der ihr über den Weg lief, und sein Vater hatte Spaß an jungen Männern. Die beiden merkten gar nicht, wie offen ihr Leben für Kevin war. Er fand bei ihr Kondome in Mengen, auch schon mal benutzte, und in seinem Nachttisch lagen Pornohefte mit Männern. Die beiden lebten in ihrer eigenen Welt. Doch aus dieser würde er sie gleich herausholen.

Im Internet hatte er einen Mann kennengelernt, der sich seine Probleme anhörte. Das hatte noch nie ein Mensch getan. Der Mann machte ihm einen Vorschlag, wie er seine Eltern aufschrecken könnte. Dieser war so schockierend, dass er zuerst erschüttert war. Das Angebot galt für eine Woche. Kevin erlebte noch nie so viele Selbstzweifel in seinem Leben.

Dann hatte er in den Sachen seines Vaters ein Schriftstück gefunden. Es war eine Dankesrede, die sein Vater auf der anstehenden Eröffnung der Raffinerie halten wollte. In der Rede dankte er seiner Frau und seinem Sohn Kevin. Doch dort, wo sein Name stand, war ein anderer Name zuvor durchgestrichen worden. Hinter dem Wort Sohn hatte „Kean“ gestanden. Der Penner wusste noch nicht mal, wie sein eigener Sohn hieß.

Einen Tag später benachrichtigte er den Mann per Mail, dass er das Angebot annehmen würde.

Die Eröffnung sollte an einem Sonntag stattfinden. Viele hohe Tiere der Firma und eine Vielzahl von Politikern waren eingeladen. Kevin hatte seine Überraschung per Boten, kurz bevor seine Familie zur Eröffnung fuhr, erhalten.

Es war ein ungefähr fünfzehn Kilo schwerer Rucksack. Weder seine Mutter, die sich aufgetakelt hatte, noch sein Vater merkten etwas davon. Nach Aussage des Mannes im Internet war in dem Rucksack nur ein ungefährlicher Sprengsatz. Kevin hatte ihn wie vereinbart während eines Rundgangs mit den Besuchern an einem der kleineren Lagertanks zwischen zwei Stahlträgern abgestellt. Dort würde er explodieren und dafür sorgen, dass die Produktion für die nächsten Monate nicht anlaufen konnte. Ein Schlag gegen die Umweltverschmutzer hatte es der Mann genannt. Personen sollten nicht zu Schaden kommen.

Doch in Wirklichkeit würde die Sprengkraft stärker ausfallen. Das TNT würde die silberne Kugel innerhalb des Rucksacks zünden und die gewaltige Explosion nicht nur die kleinen Lagertanks, sondern auch die riesigen Vorratsbehälter und die Gastanks im Umkreis zerstören. Alle automatischen Löscheinrichtungen würden durch die Bombe irreparabel vernichtet. Das entstehende Feuer würde Temperaturen erreichen, welche die gesamte Raffinerie zerstörten. Hundert Millionen Liter Erdöl würden entzündet und die nächsten Wochen brennen. Die Rauchwolke, bestehend aus giftigen Gasen, zöge über Florida hinweg.

Es war jetzt 11.57 Uhr.

George Walker, achtundvierzig, hatte letzte Woche seinen zweiten Sohn begraben. Beide endeten durch Selbstmord. Sei erster Sohn, Tom, war drogensüchtig und hatte im Rausch einen Lebensmittelladen überfallen. Er wurde geschnappt und kam mit seinen achtzehn Jahren für zwei Jahre ins Gefängnis. Als er wieder draußen war, bekam er kein Bein mehr auf die Erde. Er fand keinen Job und fing an zu stehlen. Zu dieser Zeit wohnte er bei George in der kleinen Wohnung in Columbia in South Carolina. Der Drogenkonsum nahm wieder zu und es dauerte nicht lange, bis John, sein jüngerer Sohn, auch an der Spritze landete.

George arbeitet als Nachtwächter in einer Waffenfabrik. Diese lag direkt am Stadtrand. Tagsüber schlief er und abends war er nicht zu Hause. Beide Söhne hatten Schwierigkeiten auf der Schule und brachen sie vorzeitig ab. George schaffte es nicht, die Jungs auf den rechten Weg zu bringen. Zu viele negative Eigenschaften hatten sie von ihrer Mutter geerbt. Diese war schon längst über alle Berge. Seine Söhne waren schon immer arbeitsfaul und hatten eine große Schnauze. Keiner von beiden behielt einen Job länger als ein paar Tage. Eines Tages dann fand man Tom auf einer Bahnhofstoilette, er hatte sich einen goldenen Schuss gesetzt.

John, der vor dem Tod seines Bruders sein Leben noch einigermaßen im Griff hatte, war danach völlig am Boden. Dann ging es mit ihm schnell bergab. George versuchte alles, um ihm zu helfen, aber er schaffte es nicht zu ihm vorzudringen. Sein Sohn wurde immer gewalttätiger. Selbst vor seinem eigenen Vater machte er keinen Halt. Es dauerte noch ein paar Monate und dann fand man auch ihn. Er machte es seinem Bruder nach.

George war sehr einsam und hatte allen Lebensmut verloren. Er gab sich die Schuld und fühlte sich als Versager. Seine Kollegen sprachen unter vorgehaltener Hand über ihn. Er wusste, was sie dachten. Es quälte ihn und er fing an zu trinken. Zuerst nur nach der Arbeit, dann davor und nach kurzer Zeit auch während dieser. Eines Nachts war er eingeschlafen, er hatte eine ganze Flasche Bourbon intus. Zu dieser Zeit war er normalerweise alleine am Arbeitsplatz. Er bewachte die Lagerhallen, in denen die Testmunition aufbewahrt wurde. Wie aus dem Nichts tauchte sein Chef vor ihm auf und rüttelte ihn unsanft wach. George war völlig blau und sein Chef machte ihm die Hölle heiß. Er ließ George von seinen Kollegen nach Hause fahren. Am nächsten Tag rief sein Chef an und sagte, dass er seine Papiere abholen könnte. Wenn er Ärger mache, würden sie ihn vor Gericht zerren und an seine Pensionsansprüche gehen. „Als würden die paar Dollar zum Leben reichen!"

George war viel zu verkatert, um zu antworten, doch dann sagte der Mann etwas, was er lieber nicht getan hätte.

„Kein Wunder, dass sich Ihre Söhne umgebracht haben, bei einem solchen Vater."

Aller Zorn, den er sein Leben lang runtergeschluckt hatte, brauste in ihm auf. Er war immer ein friedfertiger Mensch gewesen. Noch nie hatte er Hand an jemanden gelegt. In diesem Moment aber hätte er einen Menschen mit bloßen Händen erwürgen können. Es war, als hätte man einem weißen Hai ein blutgetränktes Stück Fleisch ins Wasser gegeben. Der Zünder seiner innerlichen Bombe war gezogen, es blieb nur noch die Frage, wann sie explodierte.

Einen Tag später sprach ihn der fremde Mann in der Bar an. Er hatte die Lösung für Georges Probleme. George überlegte keine Sekunde.

Jetzt saß er in einer der Lagerhallen seines alten Arbeitgebers. Die Schlüssel hatte er noch nicht zurückgegeben. Es war für ihn ein Leichtes gewesen, hier einzubrechen. Schließlich hatte er hier sein Leben lang gearbeitet. Er hatte einen Rucksack auf dem Rücken geschnallt und wartete.

Die Zornesröte stand ihm ins Gesicht geschrieben. Auf dem Boden vor ihm lag eine leere Flasche. George war bereit. Er hatte genug ertragen. Warum hatte er bloß immer die Schnauze gehalten?

Jetzt reichte es.

In drei Minuten würde die Bombe auf seinem Rücken seinem Leben ein Ende setzen. Der Fremde hatte ihm einen großen Knall versprochen. George hatte einen Abschiedsbrief geschrieben und ihn an die Zeitung geschickt. Darin stand sein ganzer Frust, aber niemand würde ihn mehr lesen. Die Bombe würde die Lagerhallen der Fabrik völlig zerstören Und die Explosion hatte Auswirkungen auf die gesamte Infrastruktur von Columbia.

Es war jetzt 11.58 Uhr.

Maria Gonzales war verzweifelt. Sie saß im Keller ihres Arbeitgebers, der New Chemical Company in Houston. Ihre Augen waren gerötet und völlig verweint. Die letzten Tage waren kräftezehrend. In ihrer zittrigen Hand hielt sie ein Foto. Sie konnte ihren Raul nicht retten. Sie hatte alles versucht. Doch niemand wollte ihr helfen. Raul und sie lebten in Houston. Er war gerade dreißig geworden und sie achtundzwanzig. Er war seit drei Jahren arbeitslos. Er hatte als Schichtschlosser bei New Chemical auf dem großen Chemiepark kurz vor Houston gearbeitet. Er reparierte Pumpen, Rohrleitungen und andere Maschinen. Sie arbeitete als Putzfrau in der gleichen Firma, jedoch in einem anderen Betrieb. Das Gelände war riesig, fast so groß wie eine kleine Stadt. Die Firma stellte eine Vielzahl von chemischen Produkten wie Pflanzenschutzmittel, Kunststoffe und Farben her.

Ihr Leben war schön, bis Raul eines Tages bei der Arbeit von einem Gerüst gefallen war. Er hatte sich dabei beide Beine gebrochen und am Rücken verletzt. Seitdem konnte er nicht mehr schwer heben Und seinen Job nicht mehr ausüben. Als Abfindung hatte er zweitausend Dollar bekommen.

Maria arbeitete jetzt noch nebenbei in einem Lebensmittelladen, um über die Runden zu kommen. Rauls Schmerzmittel verschlangen ihr halbes Gehalt. Eine Krankenversicherung konnte sie sich nicht mehr leisten.

Dann kam der nächste Schicksalsschlag. Raul hatte eine Leberkrankheit. Er brauchte dringend eine Spenderleber. Doch die Ärzte im Krankenhaus wollten ihn nicht weiter behandeln. Die Medikamente, die die Krankheit aufhalten konnten, bis er operiert würde, gaben sie ihm nicht. Er hatte keine Krankenversicherung. Sie hatte gefragt, was die Tabletten kosteten. Es war mehr als ein Monatsgehalt. Er wurde zum Sterben nach Hause geschickt, ohne Tabletten. Maria versuchte alles. Sie bat ihren Chef um Hilfe, sie rief Rauls alten Vorgesetzten an. Doch keiner war bereit zu helfen. Sie schrieb eine Vielzahl von Briefen an die Chefetage von New Chemical. Doch die Firma antwortete nicht. Eines Tages rief eine aufgebrachte Sekretärin an und fragte, ob Maria nicht aufhören könne, diese Briefe zu schicken, sie hätte etwas Besseres zu tun, als jeden Tag diesen „Mist“ zu lesen. Und keiner der Chefs würde einen Penny an Bettler geben.

Dann versuchte Maria es beim Bürgermeister, sie sprach ihn während einer Museumseröffnung an. Sie hatte vor dem Museum seit den frühen Morgenstunden im Regen gewartet. Doch er würdigte sie keines Blickes. Er schaute sich noch nicht einmal das Foto von Raul an, das sie mitgebracht hatte. Keiner hörte ihr zu. Keiner beachtete sie. Sie fühlte sich hilflos. Zu Hause musste sie zusehen, wie Raul von Tag zu Tag kränker wurde, aber keinen Menschen schien es zu interessieren. Sie verkaufte den Fernseher, ihren gesamten Schmuck und alles in der Wohnung, was irgendeinen Wert hatte, und ging mit dem Geld in die nächste Apotheke. Der Mann gab ihr eine Monatspackung. Die Medizin half, Raul fühlte sich besser. Er konnte nach ein paar Tagen schon wieder vor die Tür gehen. Maria schöpfte neue Hoffnung. Doch die Packung wurde brutal schnell leer.

Maria rief jeden Menschen an, den sie kannte. Sie fragte jeden Nachbarn und Bekannten. Sie bettelte auf der Arbeit um einem Vorschuss. Bis auf ein paar Dollar, die sie von den Nachbarn bekommen hatte, half ihr niemand. Es waren die Ärmsten, die etwas gaben. Es reichte vorne und hinten nicht. Dann fing sie an zu stehlen. Erst im Lebensmittelgeschäft und dann in einem Kaufhaus. Doch schnell wurde sie erwischt und angeklagt. Ihren Job im Laden verlor sie und bei New Chemical kündigte man ihr ein paar Tage später. Raul ging es wieder schlechter. Ihre letzte Chance, an Geld zu kommen, war, ihren eigenen Körper zu verkaufen. Zu diesem Zeitpunkt war sie zu allem bereit.

Sie stellte sich an einen der bekannten Orte der Stadt, mit kurzem Rock und weit geöffneter Bluse. Und sie hatte viel zu viel Schminke aufgetragen. Es dauerte Stunden, es war kalt und sie fror fürchterlich. Mitten in der Nacht, sie hatte schon kein Gefühl mehr in ihren Füßen, hielt ein Wagen neben ihr. Ein dicker, weißer, verschwitzter Mann mit Halbglatze saß in dem Auto und blickte sie aus gierigen Augen an. Zehn Minuten später lag der Mann in einem schmutzigen Hotelzimmer auf ihr und stöhnte. Sie schloss die Augen und weinte still. Es tat schrecklich weh. Der Mann stank fürchterlich. Es dauerte nicht lange, dann spürte sie seine ekelige Körperflüssigkeit in sich. Als er fertig war, fingerte er noch an ihren Brüsten herum. Ekel stieg in ihr auf und sie musste sich anstrengen, sich nicht zu übergeben. Bevor er ging, legte er ein paar Scheine hin. Maria ging in die Dusche und schrubbte ihren ganzen Körper mit einer Bürste und Seife, bis sie blutete. Sie setzte sich auf den Duschboden und ließ das heiße Wasser weiterlaufen. Dass sie sich dabei verbrühte, spürte sie nicht. Sie saß noch eine Ewigkeit in der Dusche und weinte. Die Tränen, die sie verlor, waren bitter und schmerzhaft. Nie wieder würde sie sich im Spiegel anschauen können. Als sie mitten in der Nacht nach Hause kam, lag Raul leblos auf dem Sofa. Er war gestorben, alleine.

Die Beerdigung bezahlte die Stadt. Von New Chemical kam eine Beileidskarte.

„Wir sind in Ihrer dunkelsten Stunde bei Ihnen. Wenn Sie Hilfe benötigen, melden Sie sich."

Kein Name des Absenders, keine Adresse, keine Nummer.

Zwei Wochen später bekam sie einen Ausschlag zwischen den Beinen, der fürchterlich juckte und eiterte. Fieber setzte ein. Sie ging zum Arzt. An der Rezeption fragte man nach einer Krankenversicherung. Die Blicke der Frau an der Rezeption waren eindeutig. Maria drehte sich um und ging.

Sie war auf dem Weg nach Hause und hatte sich noch nicht entschieden, wie sie ihrem Leben ein Ende setzen sollte, als der Fremde sie auf der Straße ansprach. Seine Worte brannten sich wie ein eiskalter Dolch in ihre geschundene Seele. Woher er über Maria und Raul Bescheid wusste, war ihr völlig egal. Er hatte alles, wonach sie sich sehnte, es war Rache.

Ihren Teil der Abmachung hatte sie erbracht, sie saß im Keller ihres alten Arbeitgebers. Es war eines der Sozialgebäude von New Chemical, in denen sich die Putzfrauen umzogen. In der Hand hielt sie das Bild von Raul. Sie war keine fünfzig Meter von den Gastanks und den großen Produktionsanlagen für Pflanzenschutzmittel entfernt. In diesen wurden große Mengen Phosgen und Chlorgas umgesetzt. Beide Gase gehörten zu den tödlichsten auf der Welt.

Der Mann hatte ihr zuvor eine Tasche gebracht. In ihr war ein fest verschnürtes Paket. Auf das Gelände zu gelangen war denkbar einfach. Während des Schichtwechsels ging sie einfach mit dem Pulk der anderen durch das große Eingangstor. Sie hatte sich eine Baseballkappe aufgesetzt. Zwar stand ein Werksschütze am Tor, aber der hatte nur Augen für die hübschen Laborantinnen. So gelangte sie unbemerkt in das Werk.

Sie weinte nicht mehr, sie hatte alle Tränen verbraucht. In zwei Minuten würde ihr Gerechtigkeit gewährt.

Die Bombe in der Tasche würde die Gastanks zur Explosion bringen. Zehntausende Kubikmeter Propangas würden entzündet. Der Feuerball würde noch fünfzig Kilometer weit gesehen werden. Die Druckwelle der Detonation würde die Phosgen- und Chlorbehälter zerstören. Auf dem Gelände arbeiteten zu dieser Zeit achttausend Menschen. Wer nicht durch die Explosion direkt getötet würde, würde Minuten später durch den Austritt der giftigen Gase sterben. Der EMP-Impuls der Herlitschka Bombe, die sich zusätzlich in der Tasche befand, würde alle elektronischen Geräte und somit alle Löscheinrichtungen zerstören. Die Feuerwehrautos der Werksfeuerwehr könnten nicht mehr gestartet werden, die Elektronik würde kaputt sein. Hunderttausende Tonnen Chemikalien würden freigesetzt und das Feuer schnell auf die umliegenden Ortschaften übergreifen.

Humble würde in etwa sechs Stunden erreicht werden. Die Menschen würden hilflos zusehen müssen, wie alles verbrannte. Bald würden die ersten durch die Giftgaswolke, die unaufhaltsam Richtung Norden zog, ersticken. Fliehen war nur zu Fuß möglich, denn die Autos würden sich nie wieder starten lassen.

Es war jetzt 11.59 Uhr.

Peter Schilling, vierzig Jahre alt, steuerte den Firmenwagen auf den Eingang des Atomreaktors des Kraftwerks in Kansas City zu. Im Kofferraum lag ein Zwanzigkilosprengsatz versteckt, der bei der Eingangskontrolle zum Firmengelände von General Electrics jedoch nicht entdeckt wurde. Zusätzlich war eine silberne Kugel im Tank des Wagens deponiert.

Peter hatte alles verloren. Job, Frau, Kinder, Haus und Freunde und das alles in ein paar Wochen. Angefangen hatte es mit dem Verlust seines Postens als stellvertretender Abteilungsleiter in der Rechnungsabteilung des größten Stromversorgers von Kansas City. Eine junge blonde Schlampe mit Riesenbrüsten hatte den Job bekommen. Wahrscheinlich hatte sie die Beine dafür breitgemacht. Durch den Verlust der Stelle wurde sein Gehalt erheblich gekürzt. Er bekam Zahlungsschwierigkeiten mit seiner Hypothek.

Sein Finanzplan für die Abtragung des Kredites für sein Haus war sehr eng gestaltet. In den ersten zehn Jahren war eine sehr hohe Tilgung vorgesehen, danach das Haus fast abbezahlt. Es fehlte nur noch ein Jahr. Doch durch das geringere Gehalt reichte es vorne und hinten nicht mehr. Seine Frau war nicht der Typ, der sich einschränken konnte. Und so kriselte es zu Hause gewaltig. Nach drei Monaten sah sich Peter nicht mehr in der Lage, die Raten für das Haus zurückzuzahlen. Er bat um Zahlungsaufschub, aber die Bank gab sich eisern. Es dauerte keine drei Wochen, da verkaufte sie seinen Kredit weiter an eine Hypothekenbank. Der neue Tilgungszins von fünfzehn Prozent war reiner Wucher. Die neue Bank brauchte eine Woche und dann bekam Peter schon die Papiere der Zwangsversteigerung geschickt. Seine Frau gab weiter das Geld mit vollen Händen aus. Sie verließ ihn ein paar Tage später und nahm die beiden Töchter mit.

Der Stress zu Hause verlangte ihm alles ab und er bekam noch zusätzliche Schwierigkeiten auf der Arbeit. Schließlich bat die blonde Sexbombe ihn, doch eine Stelle in Oklahoma City anzunehmen. Er sei verbraucht, meinte sie. Die blöde Schlampe hatte gar keine Ahnung, wie verbraucht er war. Abgeschoben mit vierzig. Frau weg, Kinder weg, Job fast weg und Geld weg. Nur weil ein Chef bei General Electrics sein Ding nicht in der Hose halten konnte. Peter war hasserfüllt und wollte Rache.

Diese Möglichkeit bot ihm ein Fremder an. Er hatte ihn unverblümt auf dem Parkplatz seines „Noch“-Arbeitgebers angesprochen. Das Angebot war verlockend. Peter hatte nicht vor, sein Leben lang für seine dämliche Frau Unterhalt zu zahlen. Er saß sowieso in der Scheiße.

In einer Minute würden die Arschgeigen sehen, was sie davon hatten. Hoffentlich zerfetzte die Bombe als Erste diese blöde Kuh mit ihren Titten.

Was Peter nicht wusste, war, dass die Bombe dies nicht tun würde. Denn seine Nachfolgerin lag noch mit ihrem Chef im Bett und vergnügte sich. Dafür würde die Explosion die Schutzhülle des Reaktors beschädigen und die atomare Waffe, auch Herlitschka genannt, die Schutzeinrichtungen des Kraftwerkes zerstören. Der Atompilz nach der Explosion würde in ganz Kansas City zu sehen sein.

Auch Bär und seine Familie auf der Interstate 29 würden ihn sehen.

Es war jetzt 12.00 Uhr.

Die Apokalypse hatte begonnen. Amerika war innerhalb von Sekunden von der mächtigsten Nation auf Erden zurück in die Steinzeit katapultiert worden. Dazu waren keine Terroristen aus dem Irak, aus Syrien oder Afghanistan nötig gewesen. Die Pallas hatten schnell erkannt, dass ein viel höheres Hasspotenzial im eigenen Land vorhanden, als woanders zu finden war.

Die Amerikaner sahen derweil in jedem Moslem in ihrem Land und auf dem Rest der Welt einen Terroristen. Sie hatten nichts Besseres zu tun, als ihre eigenen Söhne, ihre Kinder, ihre Zukunft, in fremde Länder zu schicken, damit sie dort mordeten und ihre eigene Seele dadurch schändeten. In ihrem Starrsinn hörten sie mittels Milliarden teurer Geräte jeden Anruf von Ausländern in ihrem Land ab, lasen jede E-Mail, die bestimmte wahnwitzige Wortkombinationen enthielten. Es wurde mehr Geld ausgegeben für die Überwachung von arabischen Lebensmittelhändlern in New York als für alle Obdachlosen in ganz Amerika zusammen. In ihrem Verfolgungswahn mussten Krankenhäuser teure Überwachungssysteme installieren, dafür wurden Tausende Krankenschwestern und Ärzte gekündigt. Kranken Menschen, die ihre Behandlung nicht mehr bezahlen konnten, wurde jede Hilfe verwehrt und sie wurden zum Sterben nach Hause geschickt.

Die USA hatten Scheuklappen auf, sie waren fixiert auf einen imaginären Feind.

Keiner war jedoch so dumm zu glauben, dass die Anschläge vom 11. September ohne Wissen der eigenen Geheimdienste hätten stattfinden können. Diese töteten nicht nur in fremden Ländern, sondern auch zu Hause.

Dabei vergaßen sie ihr eigenes Volk. Es starb, quälte sich und Sorgen fraßen es auf.

Es brauchte Hilfe.

Nur für einen Bruchteil der Energie, die das Land in den letzten Jahren in der arabischen Welt verpulvert hatte, könnte es seinen Bürgern helfen, ihre Probleme zu lösen. Ihnen dauerhaft helfen. Dem Volk die Hand reichen. Doch Amerika litt unter einer Krankheit. Es litt unter Paranoia. Es war besessen von dem Gedanken, dass jeder Moslem eine Gefahr sei. Sie töteten Babys, Kinder, Väter, Mütter. Sie schürten Hass für Generationen, der tiefer sein würde, als jede Entschuldigung jemals greifen könnte.

Amerika machte es den Pallas leicht. Sie platzierten sich an ein paar wenigen Stellen im System. FBI, CIA und Heimatschutzbehörde. Dort störten sie den Datentransfer. Sie nahmen die Positionen von hohen Beamten ein und zogen die Fäden. Hier ein verschwundener Bericht, da eine fehlgeleitete Mail, ein zerstörtes Überwachungsvideo oder die Versetzung eines Agenten. Kleinigkeiten, gezielt, punktuell und effektiv. Die Anzahl der Morde hielt sich in Grenzen. Nur wenn ein Agent der Operation zu nahe kam, wurde er erledigt. Gregorin hatte sich als Glücksgriff für das Unterfangen erwiesen. Und die Pallas konnten nachvollziehen, warum die dunkle Seite sich seiner bemächtigte.

Die Anschläge trafen die USA wie ein Schwerthieb. In den ersten Sekunden starben über eine Million Menschen an den direkten Folgen. Eine vielfach höhere Zahl von Opfern würde in den nächsten Tagen folgen. Doch es ging bei den Anschlägen nicht um einen Kampf gegen die Vereinigten Staaten. Es ging nicht um Terror.

Die Pallas hatte eine höhere Aufgabe. Eine viel höhere. Sie bereiteten das Spiel vor. Sie sorgten für die Rahmenbedingungen, mehr nicht. Emotionslos, wie sie es immer schon getan hatten. Durch das Chaos, das sie schufen, war das Spielfeld abgegrenzt worden. Keine Einmischung von außen. Ruhe für die Aufgaben. Genügend Opfer innerhalb des Feldes für den dunklen Dämon. Dieser war hungrig.

Das Spielfeld befand sich mitten im Herzen von Amerika. Es war ein rechteckiges, über einhundertachtzigtausend Quadratkilometer großes Gebiet. Es erstreckte sich im oberen Teil von Kansas City zweihundertdreißig Kilometer bis nach Alton bei Saint Louis. Nach Süden zog es sich fast siebenhundertfünfzig Kilometer bis zur Küste an den Golf von Mexiko nach New Orleans. Herzstück des Spielfeldes war ein Fluss, den die Anishinabe Indianer „Messipi", übersetzt „großer Fluss", nannten. Umgangssprachlich wurde er in den USA auch oft Old Man River genannt. Es war der dreitausendfünfhundert Kilometer lange Mississippi.

Und um diesen Fluss herum würde das Spiel stattfinden. Es waren schon immer die großen Gewässer und Gebirge, die für das Spiel auserkoren wurden.

Die Pallas kehrten zurück, von wo sie kamen. Dort würden sie sich verstecken und warten, bis die Zeit wieder reif war. Niemand würde sie finden können. Sie waren mächtige Wesen und die Hüter des Spiels. Die Regeln des Spiels waren ihnen heilig.

Doch diese Mal waren die Pallas ohne es zu ahnen zuweit gegangen.

Und sie wussten nicht, dass es jemanden gab, der sie jagen würde und versuchen, sie zu töten.

Kapitel 33

Der weisse Tempel

Amerika

Jack stand in der Öffnung eines riesengroßen, hell erleuchteten Raumes. Er erkannte sofort, dass es sich bei diesem Gebäude um eine Art Tempel handeln musste.

Vor sich konnte er die Silhouette der Frau erkennen, die ihn aufgefordert hatte, sie zu begleiten. Sie ging mit weichen Schritten in diesen Tempel hinein. Unwillkürlich musste er bei ihrem Aussehen an einen Engel denken.

War er tot und dies war der Himmel?

Jack war stehen geblieben und sah ihr wie in Trance nach. Sie schritt anmutig über den hellen Boden.

Er blickte sich um. Die Wände und der Boden bestanden aus reinem, weißem Marmor. Die Decke leuchtete strahlend blau und sah aus wie ein wolkenloser Himmel an einem sonnigen Tag. Der Raum war warm und auf eine seltsame Art freundlich.

Jack ging es außerordentlich gut. Die Schmerzen in der Brust waren auf einmal wie weggeblasen. Er fühlte sich körperlich ausgeruht und der Hunger und der Durst waren verschwunden.

Er hatte das Gefühl, als ob alles an ihm gereinigt worden wäre, sein Körper und auch sein Geist. Er war zum ersten Mal seit einer Ewigkeit klar im Kopf. Nur diese Gefühle waren noch da: die Trauer, die Wut und der Hass auf die Personen, die Sarah, Tommy und den Rest seiner Familie umgebracht hatten. Doch alles war gut sortiert in seinem Verstand. Die Gefühle hinderten ihn nicht beim Denken. Er konnte sie abrufen und zurückdrängen, wie man ein Buch einem Regal entnimmt und es wieder zurückstellt. Es war gerade so, als wäre der düstere Nebel, der in den letzten Tagen seine Augen und seinen Verstand getrübt hatte, verschwunden.

Jack erblickte neben sich zwei weitere Personen. Eine junge Frau, sie stand neben ihm in ungefähr fünfzehn Metern Entfernung. Und dahinter, auf einer Linie, aber nochmals fast zwanzig Meter weiter, stand eine dritte Person. Es war ein großer, schwarzer, junger Mann.

Die junge Frau war Asiatin, wahrscheinlich Chinesin. Sie sah hübsch und zierlich aus, aber in ihren Gesichtszügen erblickte Jack etwas, was ihn darauf schließen ließ, dass sie keineswegs so harmlos war, wie sie aussah. Sie war sehr dünn und drahtig. Sie schien fast unterernährt zu sein.

Die junge Frau schaute sich vorsichtig in dem Raum um und dann entdeckte sie Jack. Aus ihren Augen funkelte etwas wie Hass und Zorn. Jack fühlte sich sogleich unwohl und bedroht. Jetzt war er sich sicher, dass die junge Frau über Fähigkeiten verfügte, die für andere Menschen äußerst ungesund sein könnten. Sie sah Jack tief in die Augen und schätzte wohl ab, ob er eine Gefahr für sie darstellte. Jack versuchte ihr zu signalisieren, dass er dies nicht tat, indem er lächelte. Sie wendete ihren Blick ohne Regung ab und sah zu dem anderen Mann zu ihrer Rechten. Doch der blickte immer noch der Frau mit den langen, schwarzen Haaren hinterher. Der Mann war über ein Meter neunzig groß, hatte breite Schultern und muskulöse Arme. Sein Gesicht war ein wenig entstellt, die linke Gesichtshälfte hing um das linke Auge herum leicht nach unten. Der Ausdruck in seinem Gesicht ließ ihn etwas einfältig erscheinen.

Die Chinesin schien das Gleiche zu denken und hatte das Interesse an dem schwarzen, jungen Mann schnell verloren. Sie wandte sich stattdessen der Frau zu. Jack, der es ihr gleichtat, kam es so vor, als ob sie ihn aus den Augenwinkeln weiter beobachtete.

Die Frau in den weißen Gewändern ging jetzt eine Art Rampe empor, auf eine höher gelegene Ebene des Tempels. Es sah aus, als würde sie von einer unsichtbaren Hand langsam hochgehoben werden.

Oben angekommen drehte sie sich um. Sie war mehr als vierzig Meter von ihnen entfernt. Aber ihre Stimme klang in Jacks Kopf klar und deutlich:

„Kommt bitte mit.“ Ihre Worte kamen sanft.

Wie an einer Schnur gezogen gingen Jack und der junge Mann auf die Rampe zu. Die Chinesin aber blieb wie angewurzelt stehen.

Die Frau blickte von der oberen Ebene des Tempels freundlich zu ihr hinab und sagte fast zärtlich: „Lijang, keiner hier wird dir irgendetwas tun. Komm bitte auch zu mir.“

Jack spürte, dass sie die Wahrheit sagte. Die Chinesin schritt jetzt vorsichtig vorwärts.

Je näher Jack der Frau kam, umso wärmer fühlte er sich.

Er betrat nun die Rampe. Der junge Schwarze ging jetzt direkt neben ihm. Er sah sehr schüchtern aus und vermied direkten Augenkontakt mit Jack. Jack fühlte Mitleid mit ihm. Er schien es in seinem Leben schwer gehabt zu haben.

Als Jack das Ende der Rampe erreicht hatte, sah er einen goldenen Behälter in der Mitte der Plattform stehen, aus dem Flammen herausstoben. Der Behälter war ungefähr einen Meter hoch und sah aus wie ein großer Kelch. Auf seinem Äußeren waren Symbole zu erkennen. Sie sahen wie Zeichnungen von Höhlenmenschen aus. Jack konnte die Konturen von verschiedenen Tieren erkennen. Obwohl die Flammen aus dem Gefäß loderten, spürte Jack keine Hitze von den Flammen ausgehen.

Der junge Mann blickte wie hypnotisiert auf den Kelch. Abgegrenzt wurde die Erhöhung von einer Vielzahl von weißen, hohen Säulen, die am Rand aufgereiht waren. Die Frau war weitergegangen und stieg nun eine breite Treppe hinauf, auf eine zweite, höher liegende Plattform.

Jack und der farbige Mann folgten ihr unbeirrt. Jack schaute zurück und konnte hinter sich die Chinesin erkennen. In sicherem Abstand folgte sie den anderen. Ihr Misstrauen konnte Jack fast riechen. Dieses Mal lächelte er sie nicht an. Sie erinnerte ihn an ein Raubtier.

Nun erreichten sie den obersten Teil des Tempels, es war eine Art Platz. In der Mitte des Platzes standen drei gleich große, schneeweiße Säulen. Jack wusste nicht, warum, aber ohne nachzudenken ging er auf die linke zu. Er stellte sich direkt vor die Säule und starrte sie an.

Die Oberfläche war glatter als alles andere, was er bis jetzt in seinem Leben erblickt hatte. Ein solches Material hatte er noch nie gesehen. Es hatte Ähnlichkeit mit Marmor. Aber es war mit Sicherheit etwas anderes.

Er konnte seinen Blick nicht davon abwenden. Es war, als wäre die Säule ein Teil von ihm und er ein Teil der Säule. Etwas Vertrautes, irgendetwas Schönes. Er wollte die Säule berühren, aber er konnte es nicht. Eine unsichtbare Barriere hielt ihn davon ab. Dann hörte er ganz leise eine Stimme. Es war wie ein Windhauch. Diese Stimme hätte er unter einer Million anderen heraus erkannt. Es war die schönste Stimme der Welt.

Es war die Stimme von Sarah. Was sie ihm zurief, konnte er nicht verstehen. Er konnte nur erkennen, dass sich ihre Stimme zufrieden anhörte. Es lag Liebe in ihrem Klang. Jack wurde warm ums Herz und Erinnerungen kamen hoch. Erinnerungen an die glücklichste Zeit seines Lebens füllten seinen Verstand. Die Worte der Frau, die ihn in den Tempel geführt hatte, kamen zurück in sein Gedächtnis. „Du kannst Sarah noch retten", hatte sie gesagt. Von Anfang an hatte er das Gefühl gehabt, dass sie die Wahrheit gesprochen hatte, aber nun war er überzeugt davon, dass es stimmte. Dafür war er hier und egal, was von ihm verlangt würde, er war bereit, sein Leben zu geben.

Er wusste nun, was sich in dieser Säule befand. Es war nicht Sarah selbst. Es war seine Beziehung zu Sarah. Der Geist, die Seele ihres gemeinsamen Lebens. Das, was ihr gemeinsames Leben ausgemacht hatte. Seine und Sarahs Verbundenheit, seine Stärke, ihre Seelenverwandtschaft.

Wie lange er vor der Säule gestanden hatte, konnte er nicht beantworten. Die Gefühle in seinem Verstand schwebten in einem wirren Strudel.

Die Stimme der Frau zog ihn aus seinem Traumzustand zurück in die Gegenwart: „Dies ist euer Preis. Stellt euch den Aufgaben und ihr erhaltet das zurück, was euch gestohlen wurde."

Jack drehte seinen Kopf. Er sah, dass auch die anderen beiden jeweils vor einer der Säulen standen. Er sah an ihren Gesichtern, dass auch sie die gleichen Erfahrungen wie er gemacht hatten. Er spürte, dass die beiden, die junge Asiatin und der junge Schwarze, das gleiche Schicksal mit ihm teilten.

Auch sie hatten etwas verloren, das ihnen auf der Welt am wertvollsten war. Die junge Frau schien das ebenfalls zu spüren. Sie sah Jack nun aus ganz anderen Augen an als zuvor, die Abneigung war verschwunden und er sah Respekt in ihrem Blick.

Die weiß gekleidete Frau stand im Zentrum des Platzes. Sie war wie ein Prediger positioniert. Ihr ruhiger Blick wanderte von einem zum anderen. Ihre Arme waren ausgebreitet und ihre Handflächen zeigten nach vorne.

„Ihr seid die Auserwählten", ihre Stimme war jetzt hell und ein mystisches Echo hallte durch den großen Raum.

„Auserwählt, um an dem Spiel teilzunehmen."

Jack bemerkte, dass sich in der Säule neben ihm etwas regte. Doch seine Augen waren fest auf die Frau gerichtet.

„Ich bin ein Pallas. Ein Hüter des Spiels." Sie schritt nun langsam zum Rand des Platzes. Dabei blieb ihr Blick immer auf die drei Menschen gerichtet.

„Meine Aufgabe ist es, euch in das Spiel zu begleiten."

„Jack, Lijang, Chris. seid ihr bereit? Bereit zu erfahren? Bereit, euer Herz, euren Verstand, eure Kraft gegen die einzusetzen, die euch das gestohlen haben, was ihr am meisten auf der Welt liebt und vermisst?" Ihre Worte waren wie weiche Wellen.

„Seid ihr bereit, dafür zu kämpfen? Seid ihr bereit, dafür zu sterben? Seid ihr bereit, dafür zu töten?"

Ihre Augen wanderten fest von einem zum anderen.

„Dann ist das euer Preis!"

Sie hob ihre Hände und drehte sie.

Es war wie ein Urknall. Die Säule neben Jack schien zu explodieren. Milliarden Splitter flogen ihm um die Ohren, doch außer einem heißen Windhauch spürte er nichts. Dann sah er es. Die Splitter waren keine. Es waren vielmehr Lichtpunkte, die aussahen, als wären es kleine Sterne. Einer Windhose gleich kreisten sie schnell um Jack. Er befand sich im Inneren eines Sternentornados. Er war hell erleuchtet, es fühlte sich an, als würde er von den Lichtpunkten in die Luft gehoben. Um ihn herum herrschte Stille. Es war so, als hätte jemand die Zeit angehalten.

Dann war sie da: Sarah.

Sie war bei ihm. Sie lebte. Sie atmete. Sie sah Jack aus ruhigen, glücklichen Augen an. Tiefe Zufriedenheit lag auf ihrem Antlitz. Sie war wunderschön. Jack hatte schon fast vergessen, wie schön sie war. Sie kam langsam auf ihn zu. Sie stand nun unmittelbar vor ihm. Jack konnte fast ihren Herzschlag hören.

„Ich liebe dich", sagte sie und umarmte ihn. Ihre Umarmung war weich, vertraut und warm. Jack war zu Hause. Alle Erinnerungen und Gefühle strömten zurück in sein Gedächtnis: Ihr Kennenlernen, ihre Hochzeit, die Geburt von Tommy, ihre gemeinsamen Nächte, ihr ganzes Leben. Der Tornado drehte Jack und Sarah jetzt schneller und schneller. Jack schwebte zwischen Zeit und Raum. Er wollte, dass dieser Augenblick für immer andauerte. Doch dann spürte er, dass Sarah von ihm weggezogen wurde. Die Lichtpunkte nahmen sie mit. Er konnte sie nicht festhalten, er spürte, dass er es auch nicht versuchen sollte. Er ließ sie gehen. Sie war glücklich. Er wusste, dass er wieder zu ihr kommen würde.

Die Lichtpunkte waren verschwunden und mit ihnen Sarah. Er war bereit.

Jack stand nun wieder auf dem Platz des Tempels. Doch dort, wo zuvor die Säule gestanden hatte, loderte jetzt eine hellblaue Flamme. Sie war fast einen Meter hoch und schwebte knapp über dem Boden. Die Flamme war umschlossen von einer dunklen Kugel, es glich einem schwarzen Schatten. Er schaute hinüber zu den anderen. Auch ihre Säulen waren verschwunden und stattdessen ähnliche Erscheinungen zu sehen.

„Das ist euer Preis!" Der Ausdruck der Frau war jetzt fester und bestimmter. Sie hatte sich verändert. Die Freundlichkeit war nicht ganz verschwunden, aber Jack merkte, dass jetzt ein anderer Teil dieses sogenannten „Spiels" kommen würde. Ein dunkler Teil.

„Doch dafür müsst ihr die Aufgaben bestehen. Die fünf Hürden des Spiels."

Ein dunkler Schleier legte sich auf das Gesicht der Frau.

„Und am Ende der fünf Hürden steht er selbst. Besteht die Hürden, besteht das Spiel, so erhaltet ihr den Preis."

Sie hob erneut ihre Hände. Doch dieses Mal spürte Jack keine warmen, freundlichen Lichtpunkte, die ihn in die Luft hoben, sondern einen beißenden Sturm aus Feuer, der sich wie ein Mantel um ihn legte. Die Flammen bohrten sich in seinen Verstand, drangen in seinen Geist. Er war umgeben von Feuer. In den Flammensäulen sah er unmenschliche Kreaturen mit Waffen, die ihn aus todbringenden Augen anfunkelten. Er roch Tod und Verderben. Er hörte schreckliche Schreie. Er schmeckte Blut, Angst und Verzweiflung. In den Flammen erschien ein Tunnel. Und am Ende dieses tiefen, schwarzen Tunnels konnte er ihn sehen. Eine dunkle Gestalt. Weder Mensch noch Tier. Weder Geist noch Körper. Es war sein Gegner in dem Spiel. Es war das Böse. Er kannte ihn. Jeder kannte ihn. Es war ein dunkler Dämon, der ihn herausfordernd anstarrte. Gierig, lüstern, hungrig sah er niederträchtig auf Jack. Doch sein Blick richtete sich nicht nur auf seinen Körper, sondern auf einen Punkt in Jacks Seele. Es war der Ort, an dem er alle Erinnerungen an Sarah hatte. Diese Kreatur will nicht nur dich, sondern auch Sarah, spürte Jack und die Angst durchzuckte ihn wie ein Stromschlag. Der Dämon hob seine Hand und richtete einen knochigen, hautlosen Finger auf Jack. Ein roter Lichtblitz schoss auf Jack zu und traf ihn mitten ins Herz. Ein stechender Schmerz durchzog ihn.

Doch so schnell der Schmerz gekommen war, so rasch war er auch wieder vorbei. Jack stand wieder auf dem Boden des Tempels, der Dämon war verschwunden. Doch in Jacks Kopf war etwas zurückgelassen worden. Der dunkle Dämon hatte alles Wissen über das Spiel in Jacks Gehirn gebrannt. Es war, als wäre das Wissen schon immer da gewesen, wie ein Erlebnis aus der Kindheit, welches man vergessen hat und das durch ein Ereignis wieder ins Gedächtnis gerufen wird. Es war da, es war immer da gewesen.

Er wusste nun, was er tun musste, um seinen Preis zu erhalten. Der Dämon hatte sein Gesicht gezeigt und Jack würde es nie wieder in seinem Leben vergessen. Er musste den Dämon töten. Jack wusste nun alles über das Spiel. Er kannte die Regeln, er kannte die Aufgaben, er kannte seine Gegner. Er wusste, dass er den Dämon vernichten musste, um Sarah zu retten.

Seine Gedanken waren klar und deutlich. Er wusste, was nun bevorstand. Er musste wählen.

Jack schaute zu den anderen beiden Auserwählten. Er kannte die beiden nun. Lijang aus China und Chris aus England, beide vom Schicksal getroffen wie er selbst. Sie waren wie Geschwister für ihn, doch jeder von ihnen musste seinen eigenen Weg gehen.

Die Frau, die ihn in den Tempel geführt hatte, war ein Pallas. Eine Art „Hüter“ oder „Schiedsrichter“ des Spiels zwischen Gut und Böse. Das Spiel war so alt wie die Menschheit selbst.

Der weiße Pallas war ein Geist, ein mächtiger Geist. Pallas waren früher einmal selbst Menschen gewesen, die ihre Seele für etwas eingetauscht hatten. Dafür dienten sie jetzt dem Spiel. Es gab etliche von ihnen. Einige waren gut. Es gab aber andere, die waren grausam und böse. Doch Jack brauchte sie nicht zu fürchten. Pallas durften nicht in das Spiel eingreifen. Es war gegen die heiligen Regeln des Spiels. Und beide Seiten mussten sich unwiderruflich an die Regeln halten.

Jack war einer der drei Auserwählten, die vor der Wahl standen, an dem Spiel zwischen Gut und Böse teilzunehmen. Die Auserwählten waren die Spieler des Guten. Sie mussten gegen das Böse antreten und versuchen, es zu vernichten. Würden sie es schaffen, bekämen sie den Preis. Dazu mussten sie den dunklen Tempel erreichen. Dort lebte der dunkle Dämon. Von dort aus schickte er seine Kräfte gegen die Auserwählten und den Rest der Menschheit. Extra für das Spiel hatten die Pallas ein Feld errichtet. Hier mussten sich die Auserwählten gegen die Kämpfer des Bösen behaupten.

Die Auserwählten mussten fünf Aufgaben lösen. Bewältigten sie eine, wartete eine Belohnung auf sie. Erst am Ende konnten sie den dunklen Tempel betreten. Falls sie es nicht schafften, das Böse zu besiegen, würde sich der Dämon der Seelen der Menschen bemächtigen, die während des Spiels durch seine Krieger getötet worden waren.

Die Seelen der Auserwählten waren durch die Pallas geschützt, der Dämon konnte sie nicht bekommen, selbst wenn die Auserwählten durch einen Kämpfer des Bösen getötet wurden. Stattdessen würden die Auserwählten nie wieder ihre Geliebten wiedersehen.

Es gab noch einen weiteren wichtigen Grund für die Auserwählten, möglichst lange am Spiel teilzunehmen und zu überleben. Es gab weitere wichtige Personen, die an dem Spiel teilnahmen. Es waren die Personen, die dem Preis geistig am nächsten gestanden hatten. Für Jack war es sofort klar. Tommy war irgendwo da draußen und wartete auf ihn. Tommy war ein Teil des Spiels geworden. Und Jack musste ihn finden und ihn beschützen.

Jack war bereit. Er wusste, wie er an dem Spiel teilnehmen konnte, er musste die Waffe ergreifen. Er wusste, wo sie sich befand. Es war die Flamme, die an der Stelle loderte, wo sich zuvor die Säule befunden hatte. Der schwarze Schleier um die Flamme war verschwunden. Jack schaute in das Licht, er stand unmittelbar vor ihr, zum Greifen nahe.

Der weiße Pallas stand ruhig und erwartungsvoll im hinteren Teil des Platzes und beobachtete die Auserwählten. Alle drei hatten dasselbe Erlebnis gehabt. In alle drei Gesichter war das Gleiche geschrieben. Diesen Ausdruck hatte der Pallas schon viele Male an gleicher Stelle gesehen. Noch nie hatte einer der Auserwählten eine andere Wahl getroffen, als zu der Waffe zu greifen und das Spiel anzunehmen. So war es immer gewesen und so würde es immer sein.

Das Spiel würde jeden Moment beginnen.

Jack griff entschlossen in die Flamme. Er spürte keinen Schmerz. In dem Feuer fühlte er einen harten Gegenstand. Jack wusste, um was es sich handelte. Seine Finger umschlossen ihn und zogen ihn aus den Flammen. Es war ein Schwert. Es war sein Schwert.

Jack hatte das Spiel angenommen.

Er betrachtete die Waffe. Es war ein silbern glänzender Säbel. Der Knauf bestand aus einem goldenen Metall und bildete den Abschluss des Schwertes, er hielt Griff und Klinge zusammen. Das sogenannte Heft, der Griff, bestand aus einem Heftholz, welches um die Angel gelegt war und aus einem Geflecht aus Leder bestand. Zwischen Griff und Klinge befand sich eine Parierstange, diese sollte Schläge des Gegners abwehren. Die Klinge war gerade und zweischneidig, das Metall makellos und am Ende spitz zulaufend.

Das Schwert trug sich viel leichter, als es aussah, die Klinge war rasiermesserscharf und Jack hatte das Gefühl, es gehöre zu seinem Körper. Er wusste, eine solche Waffe konnte durch Menschenhand nicht gefertigt werden.

Auf dem Boden vor ihm lag die Schwertscheide mit Riemenbändern. In ihr konnte das Schwert aufbewahrt und geschützt werden. Jack nahm sie auf und schnürte sie sich um seine Schultern. Das Schwert hielt er in der Hand. Er blickte zu den anderen beiden hinüber.

Neben sich sah er Lijang und Chris. Auch sie hatten in die Flammen gegriffen. Beide hielten ihre Waffen in den Händen. Lijang trug ein Jiàn, ein gerades chinesisches Schwert in der Hand. Staunend betrachtete sie diese vollkommene Waffe. Chris hatte eine Art Breitschwert und schaute es sich von allen Seiten neugierig wie ein Kind an.

Jack wusste, dass das Spiel nun begonnen hatte.

Der weiße Pallas stand immer noch an derselben Stelle und betrachtete zufrieden die drei Auserwählten.

„Jetzt müsst ihr noch euren Gefährten wählen."

Alle drei schauten den Pallas erstaunt an. Jack wusste nicht, wovon er sprach, in seinen Erinnerungen befand sich nichts von einem sogenannten Gefährten.

Der Pallas lächelte: „Ihr dürft nicht alles glauben, was der schwarze Dämon euch über das Spiel gegeben hat. Ihr müsst die Regeln des Spiels selbst erforschen. Vieles, was er euch gegeben hat, kommt der Wahrheit nahe, aber er verfolgt seine eigenen Ziele."

Jack konnte dem Pallas nicht ganz folgen. Er beschloss, seinem eigenen Wissen über das Spiel nicht vollends zu vertrauen.

Der Pallas ging an ihnen vorbei und schritt die Treppe hinab auf die untere Ebene. Dort stand der Kelch. Auf halben Weg blieb die Frau stehen und drehte sich um. Amüsiert fragte sie: „Oder glaubt ihr etwa, Rauschebart würde euch alleine gegen diese Kreaturen kämpfen lassen?“

Kapitel 34

Bärs Explosion auf der Interstate

Amerika – Kansas City

Bär war immer noch mit seiner Familie auf der Interstate unterwegs, als er einen Lichtblitz aus den Augenwinkeln bemerkte. Dann sah er plötzlich vor sich Bremslichter aufleuchten. Er trat hart auf die Bremse, um seinem Vordermann nicht aufzufahren. Es war ein blauer Mercedes. Die Jungs im Auto schrien vor Schreck. Sein Wagen kam knapp hinter dem Mercedes zum Stehen. Er schaute in den Rückspiegel und erkannte erleichtert, dass der Toyota hinter ihm mit Phillip, Petra, George und Steve auf dem Seitenstreifen zum Stehen gekommen war. Die Autos dahinter standen auch schon. Bär sah zu Jane, die ihn verwirrt anschaute. Er blickte in die Richtung, aus der der Lichtblitz gekommen war.

Dann sah er es. Sein Verstand konnte das Bild kaum verarbeiten. Er kannte das Bild, doch es konnte nicht wahr sein. Er sah einen Atompilz am Horizont.

Und dann kam der Knall.

Ein ohrenbetäubender Donner schlug gegen seinen Kopf. Es war, als wäre eine Bombe direkt in seinem Gehirn explodiert. Die Explosion war so hell, dass er seine Hände vor die Augen halten musste. Instinktiv beugte er sich nach unten. Heiße Luft schlug gegen das Auto. Durch sein halb geöffnetes Fenster gelangte sie an seinen Körper. Es fühlte sich an, als würde ihm jemand einen Fön direkt auf die Haut halten. Der Schock war größer als der Schmerz. Die heiße Luft verschwand so schnell, wie sie gekommen war, so wie ein Schnellzug durch einen Bahnhof rast.

Bär richtete sich auf, durch den Knall hörte er nur ein fernes Dröhnen in den Ohren. Er konnte Nickis Weinen in dem Dröhnen erkennen. Er schaute nach hinten und blickte in völlig verängstigte Gesichter. Die Jungs waren kreidebleich, Nicki weinte.

Bär schaute zu Jane, sie sah aufgewühlt aus, ihre Haare sahen aus, als wäre sie gerade im Sturm spazieren gegangen. Dann richtete er sein Augenmerk auf die Quelle der Explosion. Ein Atompilz stieg vom Erdboden auf. Er war riesig. Aus der Entfernung sah er aus wie ein riesiger Baum, der stetig wächst. Bär schnallte sich ab und stieg aus dem Wagen. Es kam ihm vor, als würde sich alles in Zeitlupe bewegen. Der Lärm war verschwunden. Es herrschte Totenstille. Nur vereinzeltes Weinen war zu hören. Wie hypnotisiert sah er den Atompilz an. Unfähig zu denken.

Immer mehr Menschen stiegen aus ihren Autos und starrten auf das unwirkliche Bild am Horizont.

Eine Hand schüttelte seinen Arm. Es war George. Er stand neben ihm und zeigte auf etwas. Bär verstand nicht, was er wollte. Er sah, dass George sprach, aber es war für ihn nur ein Flüstern im Wind. Dann bemerkte er, was George meinte.

Die Wolken am Himmel zogen von ihnen gesehen zur Unglücksstelle hin. Was das bedeutete, wurde ihm schlagartig klar. Es war der Unterschied zwischen Leben und Tod. Die radioaktive Wolke würde sich nicht auf sie zu bewegen, sondern vom Wind weggeweht werden.

Jane, Nicki und die Zwillinge standen jetzt auch neben Bär. Sie suchten unbewusst seine Nähe. Auch die anderen kamen zu ihnen. Alle starrten gebannt auf die riesige Wolke, die vom Boden aufstieg.

Keiner der Anwesenden schien ernsthaft verletzt zu sein. Er schaute jeden Einzelnen an, sein Blick blieb bei Petra hängen. Er sah auf ihren Bauch. Sie war schneeweiß im Gesicht und klammerte sich an Phillips Arm. Bär musste schlucken. Die Interstate füllte sich mit Menschen.

„Was um alles in der Welt ist da passiert?“, fragte Robert ehrfürchtig.

George war derjenige, der antwortete.

„Das war eine atomare Explosion.“

„Das weiß ich selber, Schlaumeier", antwortete Robert keineswegs boshaft.

„Ich meine, was ist da explodiert? Greifen die Russen uns an?"

Bär betrachtete George, dieser schien über die Frage von Robert ernsthaft nachzudenken. Vielleicht war es doch gut, dass einer seiner Söhne Physik studierte.

„Na ja", begann George, „ein Atompilz dieser Art entsteht normalerweise bei der Detonation von Atombomben. Eigentlich ist es aber keine Detonation, sondern eine Deflagration, physikalisch gesehen. Denn eine Detonation setzt eine Reaktionsfront voraus, die sich mit Überschallgeschwindigkeit durch das Energie freisetzende Medium fortpflanzt."

„Ist mir eigentlich egal", unterbrach ihn Steve. „Was glaubst du, Dad? Eine Atombombe auf Kansas?"

Bär dachte nach. Konnte das sein? Er hatte die Weltpolitik in den letzten Monaten nicht sehr intensiv verfolgt. Zwar gab es zwischen den USA und den Russen Spannungen, aber ein Angriff der Russen war für Bär undenkbar. Die Raketen von Nordkorea oder Iran, falls die welche hatten, würden bestimmt nicht so weit kommen.

„Vielleicht waren es Terroristen?", sagte Bob.

Bär glaubte nicht, dass Terroristen eine Atombombe ausgerechnet in Kansas City zünden würden. Ihm fielen da spontan hundert andere, bessere Ziele in den USA ein.

„Bist du sicher, dass es nicht ein Unfall im Kernkraftwerk sein kann? Die Richtung müsste stimmen", fragte er George.

„Ich glaube nicht, es sei denn, jemand hätte im Kraftwerk eine Bombe gezündet. Doch wer sollte so etwas tun?"

George konnte nicht ahnen, dass Peter Schilling genau das vor wenigen Minuten getan hatte.

Um Bärs Familie versammelten sich nun auch andere Menschen. Sie schienen mitbekommen zu haben, dass dort jemand war, der sich mit solchen Sachen etwas auskannte.

Eine junge Frau, sie schien keine zwanzig zu sein, mit einem Baby auf dem Arm, fragte George verängstigt: „Werden wir jetzt sterben?"

Bär und Jane wechselten Blicke. Jane hatte Nicki auf den Arm genommen und stellte sich jetzt ganz nah zu Bär. Auch die anderen Menschen traten einen Schritt näher und warteten auf seine Antwort.

George merkte, dass er vorsichtig sein musste mit dem, was er sagte. Er fühlte sich auf einmal verantwortlich. Er suchte den Blick seines Vaters. Dieser schaute ihn eindringlich an. Er schien genau die gleichen Gedanken zu haben. George spürte den Zuspruch seines Vaters. Den anderen Menschen, die jetzt immer zahlreicher wurden, blieb diese stille Verbindung zwischen Vater und Sohn nicht verborgen.

Dann sprach George mit fester und lauter, Stimme: „Wir sind bestimmt über achtzig Kilometer entfernt. Das Schlimmste haben wir nicht abbekommen."

Er spürte eine gewisse Erleichterung um sich, doch die Anspannung der Menschen war zu spüren. Er entschloss sich, die Wahrheit zu sagen. Ihre Mutter hatte ihnen dauernd gepredigt, die Wahrheit sei immer das Beste.

Er fuhr fort: „Eine Atombombenexplosion wirkt sich durch mehrere Effekte auf die Menschen und ihre Umgebung aus.

Als Erstes die Druckwelle: Sie ist ähnlich wie bei normalen Explosionen, aber erheblich stärker. Sie macht ungefähr 40–60 Prozent der Gesamtenergie aus. Der größte Schaden wird in bebauten Regionen durch die Explosionsdruckwelle angerichtet. Alles im Umkreis von einigen Hundert Metern wird völlig zerstört. Gebäude, Brücken, Straßen, sogar Hochhäuser haben keine Chance. Selbst hier nach etlichen Kilometern war die Druckwelle noch zu spüren.

Dann ist da die Wärmestrahlung der Detonation: Ungefähr ein Drittel der frei werdenden Energie einer Atomexplosion wird in Form von Wärmestrahlung umgesetzt. Da sich Wärmestrahlung mit Lichtgeschwindigkeit in der Atmosphäre ausbreitet, treten Lichtblitz und Wärmestrahlung einige Sekunden vor dem Eintreffen der Druckwelle auf. Deshalb haben wir diesen Lichtblitz gesehen, bevor uns die Druckwelle erreichte.

Blickt man unmittelbar während oder kurz nach der Detonation in Richtung der Explosion, so kann die enorme Leuchtdichte noch bis in weite Entfernungen zu vorübergehender oder permanenter Erblindung führen. Bei größerer Entfernung ist die Einwirkung geringer. Es kann sein, dass einige von uns kleinere Verletzungen an den Augen haben. Ich hab kurz nach der Explosion ein paar weiße Flecken gesehen. Jeder hier sollte aber auf jeden Fall einen Augenarzt in den nächsten Tagen aufsuchen."

Einige der Zuhörer betasteten sich vorsichtig das Gesicht oder blinzelten. Die Leute hingen jetzt an seinen Lippen. George atmete tief durch.

Jane fragte Nicki etwas. Doch die schüttelte nur bockig ihren blonden Schopf. Jane schien zufrieden.

George gab den Menschen Zeit, das Gehörte zu verarbeiten.

Nach kurzer Pause fuhr er fort:

„Die abgegebene Wärmestrahlung verursacht Verbrennungen der Haut, diese nimmt mit zunehmender Entfernung ab. Ich glaube, jeder hat den heißen Wind gespürt. Zwanzig Kilometer näher und wir hätten alle schlimme Verbrennungen.

Im sogenannten Hypozentrum, d. h. in unmittelbarer Nähe der Explosion, ist die Wärmeentwicklung im Allgemeinen so stark, dass beinahe jegliche Materie verdampft. So konnten in Hiroshima und Nagasaki nach den Explosionen zunächst unerklärliche, weiße Flecken gefunden werden. Wie sich herausstellte, handelte es sich hierbei um die Schatten von Menschen, deren Körper den Boden vor der Versengung schützten, bevor sie verdampft wurden."

George fühlte, dass diese Worte bei vielen Zuhörern Unbehagen hervorgerufen hatten. Sie fingen an zu tuscheln. Darum sprach er jetzt schnell weiter und die Gespräche verebbten.

„Zusätzlich werden in weitem Umkreis alle brennbaren Stoffe entzündet. Die daraus resultierenden Brände treten vor dem Eintreffen der Druckwelle auf und werden von dieser teilweise wieder gelöscht, können jedoch auch durch die dynamisch auftretenden Winde zu enormen Feuerstürmen angefacht werden."

„Was ist mit der radioaktiven Strahlung?“, rief ein Mann mit Halbglatze aus der Menge. Die Menschen drängten jetzt immer näher.

Die Blicke der Leute bohrten sich jetzt durch George. Komischerweise fühlte er sich auf einmal verantwortlich für die Explosion. Bär trat näher zu ihm. Auch er hatte gemerkt, dass in George eine gewisse Unsicherheit aufkam. George suchte die richtigen Worte:

„Alle Atomexplosionen senden während der Detonation ionisierende Strahlung aus. Als direkte Strahlung wird die ionisierende Strahlung bezeichnet, die während der ersten Minute nach der Zündung freigesetzt wird. Diese direkte Kernstrahlung wirkt nur während der Atomexplosion für die Dauer von etwa einer Minute – allerdings ist sie sehr stark, der größte Teil der Strahlung wird sogar innerhalb der ersten Sekundenbruchteile freigesetzt. Kann ein Betroffener die direkte Kernstrahlung durch geeigneten Schutz teilweise oder ganz abschirmen, wird sein Risiko für die Strahlenkrankheit erheblich reduziert. So überlebten in Hiroshima Menschen, die im Augenblick der Explosion beispielsweise durch eine Betonwand geschützt waren, während ungeschützte Menschen in nur wenigen Metern Abstand von dem Hindernis an der Strahlenkrankheit starben.“

Er merkte, dass er Fachchinesisch sprach, und fügte eilig hinzu: „Dieser Strahlung waren wir nicht oder nur sehr schwach ausgesetzt.“

Langsam fühlte er sich nicht mehr wohl in seiner Haut. Seine Kehle wurde trocken. Sein Vater baute sich jetzt wie ein Schutzschild vor ihm auf.

Eine ältere Frau mit grauen Haaren fragte: „Was ist mit dieser Wolke? Ist da nicht auch Strahlung drin?“

George erwiderte: „Ja, Sie haben recht. In dieser Wolke ist ein Gemisch aus verschiedenen radioaktiven Substanzen und eine Menge Staub und Dreck. Wenn dieser zu Boden fällt, z. B. wenn es regnet, werden diese Stoffe ausgewaschen und fallen zu Boden. Dies nennt man Fall-out. Die Staubschicht, die runterfällt, ist radioaktiv und gefährlich. Aber wie wir sehen können, ziehen die Wolken nicht in unsere Richtung.“

„Heißt das, dass uns hier nichts passieren kann?“, fragte der Mann mit der Halbglatze.

„Solange der Wind sich nicht dreht, besteht hier erst mal keine Gefahr. Aber ich bin kein Arzt und kenne mich mit Strahlungskrankheiten nicht aus. Auch hier haben wir radioaktive Strahlung abbekommen. Aber wenn ich mich nicht täusche, war diese nicht stärker als bei einer Röntgenaufnahme.“

Bär widerstand dem Drang, Petra anzusehen. Er wusste, dass Schwangere nur im äußersten Notfall geröntgt werden sollten. Er hoffte, dass das Baby keinen Schaden abbekommen hatte.

„Ein weiteres Phänomen“, setzte George fort, „ist der elektromagnetische Impuls, auch EMP genannt. Dies ist ein kurzzeitiges, sehr starkes elektromagnetisches Feld, welches auftritt, wenn Röntgen- oder Gammastrahlung mit Elektronen der Luftmoleküle in Wechselwirkung tritt. Dies führt zu einer Störung aller elektrisch betriebenen Geräte. Radios, Fernseher, Telefone, die Elektrik in Autos und Flugzeugen können davon betroffen sein. Je nach Intensität kann dieser EMP-Impuls diese Geräte für immer zerstören.“

Einer der Zuhörer, es war der Mann, dem der Mercedes gehörte, in den Bär fast gerast wäre, stieg in sein Auto und versuchte es zu starten. Der Wagen sprang nicht an. In der Menge gab es ein Getuschel. Er versuchte sein Autoradio anzuschalten, aber auch das blieb still.

Steve blickte zu George. Dann zog er sein Mobiltelefon aus der Jackentasche und versuchte es einzuschalten. Er schüttelte den Kopf. Jetzt versuchten noch andere Personen das Gleiche mit ihren Autos und ihren Telefonen. Unruhe verbreitete sich. Bär spürte, dass in den Menschen Verzweiflung aufkam.

„Sie haben gesagt, dass dieser Impuls Geräte in der unmittelbaren Umgebung zerstört. Wieso sind hier die Sachen dann auch kaputt?“, die Stimme des Mannes klang aggressiv. Bär stellte sich vor den Mann und schaute ihn böse an. Der zog darauf seinen Kopf ein und machte drei Schritte zurück.

Doch die Menschen warteten auf die Antwort, die Frage hing in der Luft. Bär schaute zu George. Er erkannte, dass er über die Frage nachdachte.

„Um ehrlich zu sein, ich weiß es nicht. Eigentlich hätte sich die Störung nicht bis hierhin auswirken sollen. Aber EMP-Impulse sind wenig erforscht. Nicht allzu oft geht eine Atombombe hoch."

Die Menschen spürten, dass der junge Mann ihnen alles erzählte hatte, was er wusste. Der Rest war nur Spekulation. Viele von ihnen fingen an zu diskutieren und die Traube um George löste sich allmählich auf.

Bär ging zu ihm und legte seine Hand auf Georges Schulter. Anerkennend klopfte er diese: „Schlaues Kerlchen haben wir da großgezogen."

Auch die anderen Familienmitglieder schlossen sich Bär an. Die Zwillinge witzelten zwar, aber auch sie zollten ihrem Bruder Respekt.

„Hat jemand was zu trinken?", fragte George. „Meine Kehle ist trocken wie die Wüste." Es war Bob, der am schnellsten reagierte und sagte, dass er etwas in seiner Sporttasche hätte.

Familie Butler ging zu ihrem Auto und versammelte sich dort. Die meisten schauten auf die Todeswolke. Ein paar der Leute hielten sich immer noch in der Nähe von Bärs Familie auf in der Hoffnung, noch mehr Informationen aufschnappen zu können.

„Glaubst du wirklich, dass wir außer Gefahr sind?", fragte Bob.

„Ich denke schon", antwortete George.

„Was sollen wir tun, Dad?", fragte Robert. „Ich glaub, das Eishockeyspiel fällt bestimmt aus."

Keiner fand das komisch. Doch es lag mehr Wahrheit in diesen Worten, das wurde allen auf einmal klar. Die Welt, wie sie sie kannten, war zerstört.

Bär dachte über ihre Situation nach. Er heftete seinen Blick auf den Ort der Explosion. Er wusste, was sie tun sollten. Sie brauchten als Erstes Informationen über dieses Ding da am Horizont. Sie mussten der Wolke entkommen.

Dann antwortete er mit fester Stimme, er wollte damit Mut zeigen und erstaunlicherweise fühlte er sich auch stark dafür: „Wir sollten schnellstmöglich einen großen Abstand zwischen die radioaktive Wolke und uns bringen."

Für alle klang das ziemlich logisch und in den Augen sah Bär Einverständnis. Die Leute in ihrer Nähe traten jetzt wieder enger heran und lauschten, was der Mann zu seiner Familie sprach: „Wir müssen herausbekommen, wie sich die Wetterlage in den nächsten Tagen entwickeln soll, besonders die Windrichtung. Hat jemand die Wettervorhersage gesehen?"

Bär schaute in die Gesichter seiner Familie, doch keiner antwortete.

„Ich!", hörte Bär eine weibliche Stimme rufen. Es war eine junge, hübsche Frau mit blonden, kurzen Haaren. Sie stand ungefähr zehn Meter entfernt und hatte dem Gespräch angestrengt zugehört. Neben ihr stand ein junger Mann mit Nickelbrille und schwarzen Haaren. Die Frau kam auf den Familienrat zu und stellte sich neben Jane, die immer noch Nicki auf dem Arm hielt.

„Ich habe mir heute früh die Wetterprognose für die ganze Woche angeschaut. Ich hab Urlaub und wollte diese Woche Segelfliegen gehen. Deshalb hab ich mich genau erkundigt." Bär schaute sie aufmunternd an.

„Der Nordwestwind soll bis Mittwoch mäßig bleiben und ab Donnerstag dann nach Südwesten drehen und stärker werden. Ich weiß das genau. Deshalb habe ich auch erst ab Donnerstag meinen Flieger gebucht, um bessere Bedingungen zu haben."

Viele schauten sich um und suchten nach einem Zeichen, in welcher Himmelsrichtung die Explosion lag.

Bär erkannte dies, stand auf und sagte mit lauter Stimme: „Die Explosion ist nördlich von uns", er zeigte in die Richtung. „Die Wolke zieht also weiter nach Norden. Wenn der Wind dreht, kommt sie teilweise zurück und zieht dann nach Süden", dabei drehte er sich um und zeigte in die entgegengesetzte Richtung. „Also jeder, der von hier abhauen will, sollte Richtung Südwesten gehen."

Diese Information machte auf der Interstate bei den Leuten schnell die Runde.

„Was ist mit Regen?", fragte George die junge Frau.

„Es soll die nächste Woche trocken bleiben."

Bär sah die junge Frau freundlich an und nickte ihr zu. „Vielen Dank, Sie haben hier allen sehr geholfen."

Sie guckte verlegen und zog ihre Schultern hoch. Der junge Mann mit der Nickelbrille gesellte sich inzwischen zu ihr.

„Wenn Sie wollen, können Sie sich uns anschließen", sagte Jane zu den beiden.

Erleichterung machte sich in den Gesichtern des jungen Paars breit.

„Danke, gern", antwortete die junge Frau beruhigt und beide setzten sich an den Rand der Gruppe.

Aus weiter Entfernung hörten sie auf einmal aufgeregte Schreie. Alle sahen gleichzeitig in die Richtung, aus der sie kamen. Etwa hundert Meter von ihnen entfernt war es zu einem Handgemenge gekommen. Eine Gruppe von Männern war aneinandergeraten. Die Schreie verebbten jedoch genauso schnell, wie sie gekommen waren. Der Streit hatte sich aufgelöst. Es lag eine unangenehme Spannung in der Luft. Unmerklich rückten die Mitglieder der Familie näher aneinander.

Es war Bob, der die Stille unterbrach. „Dad?"

„Ja, was gibt es?"

„Kennst du Atomic War?"

„Nein", antwortete Bär verwundert. „Was ist das?"

„Es ist ein Online-Computerspiel", sagte Robert. „Wir haben das mal zu Hause eine Zeit lang gespielt. In diesem Spiel zündet am Anfang ein Terrorist eine Atombombe mitten in New York. Danach hat halb Amerika keinen Strom mehr. Man läuft durch die dunklen Straßen von New York. Und es bricht das totale Chaos aus. Die Menschen bringen sich gegenseitig um. Es ist der reinste Wahnsinn. Man muss sich den Weg in dem Spiel freischießen. Selbst Kinder greifen einen mit Messern an."

Er machte eine kurze Pause.

„Na ja, was ich damit sagen wollte: Meinst du, dass so etwas wirklich passieren kann?"

Bär verstand, worauf Robert hinauswollte. Diese Befürchtung hatte er auch schon gehabt. Er wusste, dass die Menschen ohne Recht und Ordnung zu allem bereit waren. Sie konnten schnell zu wilden Tieren werden, da hatte er keinerlei Zweifel. Dann erinnerte er sich an Janes Worte: „Sag lieber immer die Wahrheit."

„Ja", antwortete er mit überzeugter Stimme. „Ich glaube schon, dass wir uns nicht nur vor diesem Ding da am Himmel in Acht nehmen müssen. Deshalb sollten wir auch alle zusammenbleiben." Er blickte den Anwesenden dabei tief in die Augen.

„Dad", Phillips Stimme durchschnitt die Stille.

Bär sah seinen Sohn an. Er saß neben Petra, die seine Hand festhielt. So still hatte er Petra noch nie in seinem Leben gesehen. Angst war in ihre Augen geschrieben.

„Ja, was ist?"

„Äh, in welcher Richtung von der Wolke aus liegt Toms Stützpunkt?"

Die Frage war für alle wie ein Donnerschlag. Alle sahen erschrocken erst zu Phillip, dann zu Bär. Dieser stand langsam auf und deutete mit seinem starken Arm in die Richtung.

Kapitel 35

Die Gefährten

Amerika

Der weiße Pallas schritt die Treppe hinab. Noch vor wenigen Augenblicken hatte Jack in ihm eine bezaubernde Frau gesehen. Doch jetzt wusste er, dass sie nur noch eine Form von einem Geist war. Der weibliche Körper war nur eine Hülle, mehr nicht. Von ihrer Menschlichkeit war nichts mehr übrig geblieben. Diese hatte sie vor einer Ewigkeit verloren. Sie war nur noch ein Diener des Spiels. Sie war ein Pallas. Weder männlich noch weiblich. Der Pallas war da, um die Regeln des Spiels zu überwachen.

Die Aufgabe dieses Pallas war, die Auserwählten in das Spiel einzuführen. Dieser Pallas war einer der mächtigsten auf Erden. Die Auserwählten würden nie wieder so anfällig sein wie in der Zeit der Einführung. Deshalb wurde der stärkste aller Pallas zu ihrem Schutz entsandt. Wenn die Auserwählten ihren Gefährten gewählt und den weißen Tempel verlassen hätten, wären sie dem Spiel ausgeliefert. Es würde bis zu der ersten Hürde nicht lange dauern. Der schwarze Dämon wartete nie lange. Vor den Toren des weißen Tempels würden ihre Widersacher auf sie warten und zuschlagen.

Jack, Chris und Lijang folgten dem Pallas die Treppe hinunter zum Feuerbehälter. Lijang hatte ihr ganzes Misstrauen gegenüber den anderen beiden Mitstreitern verloren. Sie hielt zwar immer noch Abstand zu Chris und Jack, aber dieser glaubte, dass sie einfach nicht anders konnte. Jack wollte sich gar nicht erst ausmalen, wie ihre Kindheit ausgesehen haben musste, um so vorsichtig zu werden. Chris dagegen schien wie ausgewechselt.

Er schaute keineswegs mehr so stumpfsinnig und verstört wie zuvor. Sein Blick war jetzt klarer und er scheute sich nicht davor, Jack oder Lijang in die Augen zu schauen. Jedoch erinnerte er Jack immer an ein zu groß geratenes Kind. Aber er konnte an der Art und Weise, wie Chris das große, schwere Breitschwert in der Hand hielt, erkennen, dass er mit Sicherheit nicht so harmlos und unbeholfen war, wie er zuerst wirkte. Jack mochte ihn.

Die drei erreichten die mittlere Ebene des Tempels.

Der Pallas stand wartend vor dem großen Behälter und musterte die drei. Sein Blick blieb auf Chris heften.

„Du als Erster, Chris, dein Gefährte erwartet dich."

Chris schritt langsam auf den großen Behälter zu und blieb davor stehen. Sein Blick schien in dem sich drehenden Flammenmeer des Kelches zu versinken. Jack konnte das Feuer gut erkennen, es war, als schwebe irgendetwas darin. Er konnte sein eigenes Herz schlagen fühlen, doch aus dem Behälter waren weitere Herzschläge zu spüren, fremde, einige ruhig und andere wild. Keine menschlichen Schläge. Chris schien das Gleiche zu fühlen, er fasste sich an den Brustkorb.

Dann griff er in das Gefäß. Obwohl er mitten in einen Feuersturm langte, schien er keinerlei Schmerzen zu verspüren. Die Haut seines Arms schien sich dabei nicht zu verletzen. In seinem Gesichtsausdruck konnte Jack eine Mischung aus Neugier, Furcht und Freude erkennen. Dann packte Chris irgendetwas und ein Ruck ging durch seinen Körper. Chris Augen weiteten sich vor Aufregung. Jack konnte ein dumpfes, tiefes Brummen in seinem Kopf hören. Chris zog seine Hand wieder heraus, er hielt ein goldenes Medaillon an einer Kette fest. Seine Augen waren ruhig und blickten auf das Schmuckstück. Er schien wie in Trance ein besonderes Erlebnis zu verarbeiten.

„Jetzt du, Lijang", hörte Jack die Stimme des Pallas.

Es wunderte Jack, aber Lijang griff ohne zu zögern in die lodernde Glut. Sie schien das Gleiche zu erleben wie Chris zuvor. Etwas aus dem Behälter schien an Lijang zu zerren, Lijangs Körper zuckte. Und Jack konnte ein Fauchen hören. Dann war es vorbei. Lijang hatte ihre Hand aus dem Kelch gezogen und hielt ein ähnliches Medaillon darin.

Bevor der Pallas etwas sagen konnte, ging Jack einen Schritt auf den Kelch zu. Die fremden Herzschläge wurden jetzt wilder und wirrer, es war, als würden Hunderte Lebewesen miteinander kommunizieren. Jack konnte einzelne Rhythmen erkennen, doch es war unmöglich, sich auf einzelne zu konzentrieren. Er blickte direkt in das Gefäß, dunkle Schatten huschten durch das Flammenmeer. Jack hielt in der linken Hand sein Schwert, es vibrierte im Gleichklang der Flammen. Er griff mit der freien Hand hinein. Es war, als würde er durch ein Wurmloch in eine fremde Welt gezogen. Sein Verstand wurde mit den wirbelnden Flammen gedreht. Jack fühlte sich, als würde er seinen Körper verlassen und in einen anderen gezogen. In jeder Sekunde nahm er eine andere Gestalt an. Seine Sichtweise veränderte sich jeden Augenblick. Es war nicht nur das, was er sehen konnte, auch seine anderen Sinnesorgane schienen bei jedem Sprung anders stimuliert zu werden. Dann verließ er den letzten Körper und nahm seine eigene Gestalt wieder an. Etwas Großes näherte sich ihm. Die anderen Gestalten zogen sich zurück. Ob er die Gestalt gewählt hatte oder die Gestalt ihn, konnte Jack nicht ergründen.

Die Gestalt war jetzt ganz nahe. Er hörte den grellen, hohen Schrei eines Tieres, dann traf Jack eine Art Blitz und er zuckte zusammen. Es war, als wäre die Gestalt in ihn eingedrungen. In Jacks Hand lag ein harter Gegenstand. Er zog ihn aus dem Kelch. Wie hypnotisiert starrte er darauf. Er hielt ein Medaillon zwischen den Fingern. Es war eine goldene, dünne Scheibe. Ein Relief war auf der Scheibe zu erkennen. Das Bild stellte ein Tier mit zusammengekniffenen Augen dar, Jack erkannte aber nicht, um welches Tier es sich dabei handelte. An dem Schmuckstück hing eine silberne Kette. Jack nahm das Medaillon und legte es sich um den Hals. Das Metall der Scheibe berührte seine Brust, es fühlte sich warm an. Die anderen Herzschläge waren verschwunden. Er stand vor dem Kelch, das Feuer in dem Gefäß erlosch.

Der Pallas war verschwunden. Die drei Auserwählten standen alleine in dem weißen Tempel. Sie schauten sich gegenseitig an. Nie wieder würden sie sich so nahe kommen wie jetzt, das war allen dreien klar. Sie würden das Spiel auf unterschiedliche Weise erleben. Jeder würde seinen eigenen Weg gehen müssen. Jede Entscheidung, die sie in den nächsten Minuten, Stunden, Tagen, Wochen, vielleicht Monaten treffen würden, würde das Spiel verändern. Nie lief das Spiel gleich ab. Es war wie bei einem Schachspiel. Jeder Zug, den eine der Figuren unternahm, hatte Auswirkungen auf das gesamte Spiel. Jack sah in den Augen der anderen beiden seine eigenen Gedanken. Alle wünschten sich nur Gutes, es war kein Wettstreit untereinander. Jeder von ihnen hatte das gleiche Ziel.

Jack wusste, was er zu tun hatte. Er blickte in die Richtung, aus der er in den Tempel gelangt war. Dort, wo sich die Rampe nach unten zum Eingang des Tempels befunden hatte, war jetzt ein großes Tor. Die unterste Ebene war verschwunden. Das Tor war der Ausgang des weißen Tempels und gleichzeitig der Zutritt zum Spiel. Alle drei gingen entschlossen in die Richtung des Tores. Ohne sich noch einmal anzublicken, traten sie zusammen in das Spiel ein.

Ihre tödlichen Gegner warteten schon auf sie. In nur wenigen Augenblicken würden sie zum ersten Mal die Djagahs zu Gesicht bekommen. Die Jäger des Bösen.

Kapitel 36

Der schwarze Tempel

Amerika

Die Pforte hatte sich geöffnet. Endlich.

Der schwarze Dämon hatte so lange gewartet, er war ungeduldig, er war hungrig. Endlich war die Zeit der Vorbereitung vorbei. Der Dämon trat aus seiner Kammer in den Tempel hinein, den schwarzen Tempel. Er hatte es eilig, Zeit war ein kostbares Gut.

Die Auserwählten hatten soeben die Waffen ergriffen, dadurch hatten sie ihre Teilnahme besiegelt. In diesem Moment wählten sie ihre Gefährten. Der weiße Pallas würde die Wahl eilig abhalten, damit sie so schnell wie möglich in das Spiel eintreten konnten.

Der Dämon wollte eilig die Krieger der ersten Ebene auf die Auserwählten hetzen. Es war für den Verlauf des Spiels von unschätzbarem Vorteil, wenn schon zu Beginn des Spiels einer der Auserwählten getötet wurde. Der Dämon verlor keine Sekunde, schnellen Schrittes eilte er durch die dunklen Hallen des Tempels. Sein Ziel lag in unmittelbarer Nähe.

Drei steinerne Obelisken standen am Eingang des Tempels. Sie waren die erste Stufe des Spiels. Der Dämon erreichte die aus Fels geschlagenen Objekte, sie bestanden aus dunkelgrauem Granit und waren knapp eineinhalb Meter hoch. Mit seiner dünnen Hand griff er in den ersten Stein hinein, als würde er nur aus Nebel bestehen. Er holte einen Gegenstand heraus, der aussah wie eine Münze aus Holz. Unbekannte Zeichen waren auf deren Oberfläche eingebrannt. Den anderen beiden Obelisken entnahm er die gleichen Stücke.

Mit den Münzen in seiner Hand ging er festen Schrittes weiter in die Mitte des Tempels. Dort befand sich eine Art Tisch. Er war kniehoch, über fünf Meter lang und vier Meter breit. Die Oberfläche bestand aus einer schwarzen, undurchsichtigen Flüssigkeit. Es war ein kleiner See. Einzelne Konturen hoben sich aus der Flüssigkeit ab.

Quer über die gesamte Länge des Sees verlief eine mehrere Zentimeter dicke, hellblaue Linie. Der Dämon erreichte den Tisch und seine Augen huschten über die Oberfläche. Der See stellte eine Landkarte da. Genauer: den Teil eines Landes, den die Pallas als Spielfeld erkoren hatten. Die blaue Linie war ein Fluss.

Der Dämon hatte gefunden, wonach er gesucht hatte. Am obersten Rand des Sees sah er eine weiße, kleine Flamme in der Flüssigkeit, den weißen Tempel.

Er nahm die drei Holzmünzen und legte sie vorsichtig auf die Oberfläche der Flüssigkeit. Dann zog er seine Hand zurück und beobachtete sie. Sie schienen erst auf der Flüssigkeit zu schwimmen, doch dann versanken sie. Wie gesteuert positionierten sie sich um den Eingang des weißen Tempels.

Der Dämon hatte seine ersten Krieger auf das Feld geschickt. Er fiel erschöpft zu Boden. Die ersten Krieger zu erwecken, hatte ihn Energie gekostet. Er hatte keine Kraft mehr in seinem Körper. Er war ausgezehrt. Zu lange hatte er keine Nahrung mehr erhalten. Doch er musste noch warten, aber nicht mehr lange. Die Djagahs würden ihn mit Nahrung versorgen. Bald würden sie auf die ersten Menschen treffen und ihrer Aufgabe mit Wollust nachkommen. Dann hätte er wieder Kraft, Kraft, um das Spiel zu führen.

Der Dämon verweilte einen Moment an der Stelle und schaffte es nach einer kurzen Pause sich aufzurichten. Seine schwarzen Augen streiften durch den sehr großen, dunklen Raum. Schwache Fackeln an den Wänden tauchten den Tempel in ein dämmeriges Licht. Für ihn hell genug. Auf einem Sockel hinter seinem Spieltisch stand ein steinerner Thron. Es war sein Platz. Von dort konnte er das Spiel verfolgen und eingreifen, ja, er konnte es sogar lenken, seine Figuren bewegen.

Betrachtete man den Tempel von außen, so konnte man an der linken und rechten Außenwand des Hauptgebäudes je ein weiteres kleineres Gebäude entdecken, das mit einem großen Tor verschlossen war.

Er alleine konnte die Tore öffnen. Im hinteren Bereich des Tempels befand sich ein kleiner Platz. Auf diesem standen drei steinerne Säulen. Eine große und zwei kleine. Die größte stand in der Mitte und war über zwei Meter hoch. Die kleineren waren nur halb so groß. Hinter dem Platz führte eine Treppe auf eine Terrasse. Dort befand sich ein weiterer Raum. Auch dieser war noch fest verschlossen. Doch wenn die Zeit reif war, würde er ihn öffnen.

Endlich.

Sein Blick suchte sehnsüchtig die Pforte des Raumes. In ihm befand sich die schwarze Säule. In dieser Tempelanlage gab es viele, doch nur nach einer gelüstete es ihn. Er brauchte große Willensstärke, um nicht sofort loszueilen und sich der Säule zu bemächtigen. Er wollte sie haben, er wollte die schwarze Säule.

Doch er musste sich zuerst um wichtige Dinge kümmern. Er ging zu seinem Thron, seinem Platz.

Er setzte sich und sammelte Kraft. Er schloss seine Augen und dachte an die schwarze Säule. Nur wenige Augenblicke der Ruhe gönnte er sich. Er war unruhig. Er war hungrig.

Neben dem Thron stand eine große Holztruhe. Sie sah aus wie eine alte Schatzkiste. Der Dämon öffnete sie und blickte suchend hinein. Schließlich entnahm er ihr einen kleinen, goldenen, spitzen Dolch, mit dem er zu dem Tisch zurückging. Er schaute sich auf der Karte um und in der Nähe des weißen Tempels fand er sein Ziel.

Er berührte mit dem Dolch vorsichtig das Wasser. Der Dolch tauchte in die Oberfläche ein. Es war, als würde man mit einem Skalpell in die Haut stechen. Kleine Wellen bewegten sich von der Stelle fort, an der er die Klinge eingetaucht hatte. Sie breiteten sich über den ganzen See aus. Jede kleinste Veränderung hatte Auswirkungen auf das ganze Spiel.

Dann schloss er seine Augen und konzentrierte sich. Er murmelte unverständliche, fremde, unmenschliche Worte. Er nahm

Verbindung auf. Verbindung mit einem Menschen. Er selbst hatte diesen Mann ausgewählt. Es war ein besonderer Mann.

Er würde diesem Menschen etwas zeigen, dass ihn dazu verleiten würde, seine Seele freiwillig zu verkaufen. Er würde ihm ein Angebot machen, sich zu rächen. Echte, tiefe Rache war eine Belohnung, die nur wenige Menschen ausschlugen. Wenn dieser Mann sein Angebot annehmen würde, würde der Dämon ihn belohnen. Reich belohnen.

Wenn der Mann sein Angebot aber ausschlagen würde, was der Dämon nicht hoffte, würde er ihn in Stücke reißen und seine Seele ins ewige Höllenfeuer schicken. Der Dämon hatte ihn jetzt fast erreicht. In nur wenigen Sekunden würde der Glaube dieses Mannes zusammenbrechen.

Kapitel 37

Gregorin erwacht

Amerika – Kansas City

Gregorin hatte geträumt. Es war ein guter Traum gewesen. Er stand mit seinem Vater vor einer Stadt. Einer amerikanischen Stadt. Sein Vater war schon vor vielen Jahren an Krebs gestorben, doch in diesem Traum stand er neben ihm. Er trug seine Uniform. Die der alten Sowjetunion. Orden lagen auf seiner Brust. Sein eiserner Blick haftete auf der Stadt. Gregorin stand neben ihm und wartete auf eine Reaktion seines Vaters. Die Stadt, auf die sie blickten, war dem Erdboden gleichgemacht. Gregorin konnte schemenartig das zerstörte Weiße Haus erkennen. Die Fahne der Vereinigten Staaten auf der Spitze des Gebäudes war abgebrannt und hing schlaff im Wind. Rauchsäulen stiegen über der Stadt auf. Auf die Stadt bewegten sich Fahrzeuge zu wie eine dunkle Horde Ameisen auf einen verwesten Kadaver. Die Fahrzeuge wirbelten meterhoch Staub auf. Es waren Panzer, russische Panzer. Sie steuerten direkt auf die Hauptstadt des Erzfeindes zu.

Sein Vater drehte sich zu Gregorin um und sah ihn mit Tränen in den Augen an. Es waren Tränen des Glücks.

Gregorin konnte in den Augen seines Vaters etwas sehen, was er zuvor noch nie gesehen hatte. Dankbarkeit, Respekt und Achtung. Ehrfürchtig legte dieser seine Hand auf Gregorins Schulter: „Danke, Junge." Die Stimme klang ergriffen.

Die Explosion riss Gregorin aus dem Traum. Er fiel von der Betonbank und landete unsanft auf dem staubigen Boden des Bunkers.

Gregorin wurde benommen wach, er wusste im ersten Moment nicht, wo er war. Dann bebte das ganze Gebäude, indem er sich befand. Heiße Luft strömte hinein. Gregorin rollte sich auf dem Boden zusammen und hielt seine Arme schützend über seinen Kopf. Er spürte, dass seine Haare teilweise angesengt wurden.

Der Staub im Bunker wurde aufgewirbelt und er musste davon stark husten. Er schloss die Augen und wartete darauf, dass das Inferno aufhörte. Der Sturm aus heißer Luft legte sich so schnell, wie er gekommen war. Stille trat ein.

Gregorin blieb liegen und versuchte ruhig zu atmen. Er tastete nach seiner Taschenlampe und fand sie. Er schaltete sie ein, doch sie funktionierte nicht. Er schmeckte den Staub in seinem Mund. Seine Lungen brannten und schrien nach frischer Luft. Aber er wusste, dass er noch warten musste, bevor er wieder hinausgehen konnte.

Die gefährlichste Strahlung würde in wenigen Minuten vorbei sein. Er konnte nichts anderes als seinen eigenen Herzschlag hören. Die Müdigkeit kehrte zurück, er fragte sich, ob die Strahlung, der er hier ausgesetzt war, tödlich war. Doch er vertraute auf Boris, der ihn hierhergeschickt hatte. Boris hätte keinen Grund gehabt, ihn umzubringen. Und wenn, dann nicht auf diese Art.

Gregorin hatte etwa zehn Minuten auf dem Boden gelegen, als er sich entschloss aufzustehen. Er hatte kaum Kraft und seine Beine zitterten. Dann traf ihn etwas wie ein Schlag und er fiel hart zu Boden.

„Gregorin!" Es war eine Stimme. Diese Stimme war laut und direkt in seinem Kopf. Sie schnitt in sein Gehirn. Sie schmerzte.

„Gregorin, du wurdest verraten!" Jedes Wort war wie ein Messerstich. „Hör mir zu, Gregorin! Die Leute, die dich benutzten, haben dich belogen. Du wurdest getäuscht."

Der Schmerz verging. Gregorin lag jetzt flach auf dem Rücken. Sein Atem ging schnell. Die Stimme hatte seinen ganzen Geist eingenommen. Gregorin war gefangen. Er spürte, dass derjenige, der in seinen Kopf eingedrungen war, ihn jederzeit töten konnte. Doch er spürte auch, dass er keine Furcht haben musste. Er würde ihm nichts tun. Zum jetzigen Zeitpunkt nicht.

„Ich werde dir nichts antun. Ich will dir etwas zeigen."

Gregorin fühlte ein leichtes Kribbeln in seinem Körper. Es war, als würde er fortgetragen. Sein Geist wurde aus seinem Köper gesogen und schwirrte durch die Luft. Er wurde weggetragen, wie in Zeitraffer raste er. Plötzlich trat Stille ein. Er war angekommen.

Die Stimme war bei ihm. Das spürte er, obwohl sie nichts sagte. Gregorin sah sich um. Sie waren in einem holzvertäfelten Raum, es war ein Büro. Weicher Teppich war ausgelegt. An den Wänden hingen Gemälde von Männern. Viele trugen Uniform. Ihre Gesichter waren für Gregorin verschwommen. Er sah am Ende des Zimmers einen großen Tisch. Es war ein Schreibtisch. Ein Mann saß daran und schrieb etwas. Hinter ihm hing eine Fahne an der Wand. Sie zeigte die Farben Russlands.

Gregorin konnte die Umrisse des Mannes nur schlecht erkennen. Er versuchte näher heranzugehen, konnte es aber nicht.

Es klopfte an der Tür. Jemand trat ein. Der Mann am Schreibtisch blickte auf.

Gregorin erkannte das Gesicht sofort.

„Herr Präsident“, hörte Gregorin eine schneidige Stimme.

„Ja, kommen Sie näher, Juritschev!“

Gregorin kannte den Namen. Dieser Mann arbeitete als persönlicher Berater des russischen Präsidenten. Und der Mann am Schreibtisch war kein anderer als Wladimir Putin.

„Es ist bestätigt, Herr Präsident. Es gab mehrere terroristische Anschläge auf die Vereinigten Staaten. Von mindestens zwei atomaren Explosionen ist uns zurzeit etwas bekannt. Eine davon in Philadelphia, ein Atomkraftwerk wurde angegriffen und zerstört. Die radioaktive Wolke wird in weniger als drei Stunden New York erreichen. In ganz Nordamerika ist die Stromversorgung gestört. Mehr als fünf weitere großflächige Angriffe wurden uns gemeldet.“

Juritschev wollte weiter sprechen, doch Putin unterbrach ihn. „Wie schlimm?“, fragte er mit ruhiger Stimme.

„Verheerend!“, antwortete Juritschev schnell. „Totalschaden!“, ergänzte er.

Putin senkte seinen Kopf und schrieb das zu Ende, woran er zuvor gearbeitet hatte. Nach wenigen Sekunden atmete er tief durch und fragte: „Wer?“

Juritschev wusste, dass Putin keine Ausflüchte hören wollte. Er war schon immer ein Mann der Wahrheit.

„Wir wissen es nicht", antwortete er hart.

Putin blickte auf und schaute seinem Gegenüber tief in die Augen, er merkte, dass Juritschev die Wahrheit sagte.

„Haben wir schon Kontakt mit der amerikanischen Regierung?"

„Nein, keinerlei Kommunikation scheint zu funktionieren. Der letzte Aufenthaltsort des amerikanischen Präsidenten war Washington. Unseren Einschätzungen nach ist ihm nichts passiert."

Putin stand auf und ging hinter seinem Schreibtisch auf und ab.

„Empfehlungen?", fragte er seinen Berater.

„Sie kennen meine Meinung, Herr Präsident. Dies wäre jetzt der geeignete Augenblick. Die Dinge werden sich entwickeln, Sie kennen die Amerikaner."

Putin wusste, was er meinte. Beide hatten jahrelang zusammen beim KGB gearbeitet und schon oft über die Szenarien in einem solchen Fall diskutiert.

Putin griff zum Telefon. „Verbinden Sie mich mit dem chinesischen Staatschef Hu Jintao."

Es dauerte keine Minute und Putin konnte auf dem Bildschirm auf seinem Schreibtisch das Gesicht des chinesischen Präsidenten sehen. Er sah angespannt aus.

Putin begrüßte ihn förmlich. Beide konnten sich noch nie leiden.

Putin setzte sich und schaute ihn eindringlich an.

Dann begann er: „Mister Jintao, ich wollte Sie als Ersten informieren. Wir beide kennen die momentane Situation in den USA. Vor wenigen Minuten hat sich der Lauf der Geschichte geändert. Was ich Ihnen jetzt sage, werde ich in den nächsten Minuten den anderen Staatschef auf der Welt ebenfalls mitteilen. Besonders Ihren Freunden im Iran, in Nordkorea und im Mittleren Osten."

Putin sah, dass er die ungeteilte Aufmerksamkeit besaß, seine Stimme hatte eine unwiderstehliche Schärfe. Er stemmte sich mit den Händen auf seinen Schreibtisch und beugte sich nach vorne. Er sprach jetzt genau in die Kamera. Sein Gesichtsausdruck war ernst:

„Amerika steht ab jetzt unter meinem persönlichen Schutz. Jeder, der es wagt, aus der jetzigen Notsituation der USA Profit zu schlagen, der wird von mir hart bestraft. Die Bewohner der USA und alle amerikanischen Bürger auf der ganzen Welt besitzen absolute Immunität. Die russische Armee wird diese Immunität weltweit verteidigen mit allen zur Verfügung stehenden Mitteln. Die amerikanische Regierung, in welcher Form sie auch immer auftreten wird, wird akzeptiert werden und kein anderer wird die Kontrolle in den USA bekommen. Dafür verbürge ich mit meinem und dem Leben meiner Landsleute."

Der chinesische Präsident zeigte keine ersichtliche Regung. Er nickte bloß und der Bildschirm wurde wieder schwarz. Die Verbindung war unterbrochen.

Putin setzte sich, sein Gesichtsausdruck schien angriffslustig. Er sprach zu Juritschev: „Geben Sie mir Mahmud Ahmadinedschad, den iranischen Präsidenten."

Für Gregorin war es, als hätte ihm jemand sein Herz mit bloßen Händen herausgerissen. Er schrie. Doch diesen Schrei hörten die Männer, die er beobachtete, nicht. Gregorins Geist wurde zurück in den Bunker gezogen. Er lag wieder auf dem Boden und wand sich voller Schmerz. Er wurde verraten. Hass, unsäglicher Hass sprühte aus ihm heraus. Putin zeigte sein wahres Gesicht. Er half dem Todfeind. Hochverrat.

Hochverrat von seinem eigenen Volk. Putin benutzte russische Waffen, um ihre größten Feinde zu beschützen. Gregorin musste sich übergeben. Er keuchte. Alles war umsonst gewesen. Sein Verstand quälte ihn.

Alles, woran er geglaubt hatte, zerfiel in nur wenigen Augenblicken. Putin war ein Verräter. Eine unerbittliche Feindseligkeit machte sich in seinem Körper breit. Er verfluchte Putin. Dann hörte er die Stimme in seinem Kopf wieder. Sie sprach leise und eindringlich. Die Stimme verstand seinen Schmerz. Sie hatte Mitgefühl für ihn. Sie schmeichelte ihm. Sie gab ihm Zuspruch.

Dann bot sie Gregorin an, wonach er sich in diesem Augenblick mehr als alles andere auf der Welt sehnte: Rache, abgrundtiefe Rache. Rache an seinen Feinden. Rache an den Menschen, die ihn verraten hatten. Gregorin war zu allem bereit. Er würde der Stimme gehorchen. Er war ihr Diener.

Die Stimme war zufrieden und versprach ihm wundervolle Dinge. Dann erklärte ihm die Stimme, was er zu tun hatte.

Gregorin stand auf. Er war ein neuer Mensch. Obwohl er kaum noch menschliche Gefühle hegte. Er hörte ein lautes Knurren. Sie waren da. Es waren die Kreaturen, die ihm die Stimme geschickt hatte. Diese Monster würden Gregorin bei seiner Aufgabe helfen. Sie würden das tun, was er von ihnen verlangte. Sie würden ihm treue Untertanen sein. Und Gregorin würde das tun, was die Stimme von ihm verlangt hatte. Ganz egal, was ihm dabei zustoßen würde.

Er trat ins Freie. Das helle Sonnenlicht blendete ihn. Die Kreaturen standen vor ihm, es war ein ganzes Dutzend. Er würdigte sie keines Blickes. Er ging die Straße, auf der er gekommen war, ein Stück zurück. Seine Augen suchten in der Ferne das Gebäude, welches die Stimme ihm genannt hatte. Er sah es am Horizont. Zufrieden machte er sich auf den Weg. Die Kreaturen folgten ihm wortlos.

Das Gebäude, auf das er zuging, war knapp einen Kilometer entfernt. Dort würde er das finden, was er zur Erledigung der Aufgabe benötigte. Er fühlte sich gut und dachte: „Gleich werden viele Menschen sterben. Amerikaner."

Kapitel 38

Toms Stützpunkt

Amerika – Kansas City

Tom Butler stand im Kartenraum des Militärstützpunktes in Kansas City. Das Zentrum der Explosion war fünfzig Kilometer entfernt gewesen. Die radioaktive Wolke zog knapp an ihnen vorbei. Zurzeit bestand keine Gefahr für die Menschen auf dem Stützpunkt.

Bis jetzt gab es keine Toten, nur zwei Verletzte. Einer hatte sich beim Rasieren ins Gesicht geschnitten und blutete stark. Der andere hatte sich einen schweren Beinbruch zugezogen, weil er von einer Leiter gefallen war, als die Druckwelle den Stützpunkt erreichte. Beide waren nun auf der Krankenstation und wurden versorgt.

Ansonsten steckte der Schock tief. Auf dem gesamten Gelände war der Strom ausgefallen. Jede Kommunikation nach draußen scheiterte. Anscheinend war in der gesamten Region die Stromversorgung zusammengebrochen. Allen Soldaten wurde befohlen, sich in den Unterkünften zu versammeln.

Tom war Leutnant auf dem Stützpunkt, der von seinem Mentor und Freund, Major Bellet, geführt wurde. Dieser nahm so etwas wie Vaterstelle für ihn ein, er war maßgeblich an Toms Karriere beteiligt gewesen. Schon früh hatte er sich seiner angenommen und ihn gefördert, wo es nur ging. Er hatte ihm nie etwas geschenkt, das wollte Tom auch nicht. Doch er gab ihm Chancen, die andere nicht bekamen. Und Tom hatte ihn noch nie enttäuscht.

Für Tom war Major Bellet ein Vorbild. Er verkörperte alles, was Tom am Militär liebte. Er war das Gegenteil von seinem Vater. Er liebte seinen Vater zwar, aber er hatte eben andere Ideale als der Major. Sein Vater kannte nur sein Reich, seine kleine Familie. Bellet dagegen hatte die außerordentliche Gabe, das Ganze ins Auge zu fassen. Was er auch tat, ergab bei genauerem Hinsehen immer einen tieferen Sinn. Er war strategisch ein Genie. Tom hatte schon dreimal an einem Manöver unter Bellet teilgenommen. Zweimal an einer Übung der UNO und einmal an einer der NATO. Jedes Mal war ihre Lage fast aussichtslos gewesen, doch am Ende gingen die Truppen, die Bellet anführte, als Sieger hervor. Der Major hatte eineinhalb Jahre im Golfkrieg gedient. Tom fühlte sich von dem charismatischen Mann inspiriert. Darum hatte er sich auch freiwillig für einen Einsatz im Irak gemeldet.

Zweiter Mann auf dem Stützpunkt war Major Bruce Lincoln. Er war der Waffen- und Sprengstoffspezialist in der Truppe. Er bildete Rekruten im Umgang mit Sprengstoffen aus. Seine besonders strenge Haltung und penible Art kam den Schülern dabei sicherlich zugute.

Aber Tom und er konnten sich nicht leiden. Denn Lincoln war ein Schwein und quälte seine Untergebenen, wo es nur ging. Er wurde auf dem Stützpunkt gehasst wie kein anderer. Tom war nicht nur einmal mit ihm aneinandergeraten.

Aber nicht nur er hatte seine Schwierigkeiten mit ihm. Er hatte einmal gesehen, wie ein Rekrut einem anderen eine Handgranate zugeworfen hatte. Lincoln war ausgerastet und hatte den Jungen total fertiggemacht. Nach vier Wochen gab dieser völlig entnervt seine Ausbildung auf. Heute schob der arme Kerl Einkaufswagen und zuckte immer noch zusammen, wenn er einen Menschen in Uniform sah.

Zwar war Lincoln ein gut ausgebildeter Soldat, der stets wusste, wovon er redete. Aber trotzdem konnte Tom nicht ganz nachvollziehen, warum Major Bellet diese harte Art duldete. Lincoln schien einen Freibrief bei Bellet zu haben. Er war der Einzige, der es wagte, Bellet zu widersprechen.

Vor wenigen Augenblicken war Tom noch in der Kommandozentrale gewesen. Da die gesamte Technik lahmgelegt war, hatte Bellet ihn in den Kartenraum geschickt, um die guten alten

Landkarten zu holen. Tom hatte sie gefunden und eilte zurück. Auf dem Platz konnte er sehen, wie Leutnant Mitchel gerade mit einem Trupp von über hundert bewaffneten Soldaten den Stützpunkt verließ. Sie gingen aus dem Nordtor. Tom vermutete, dass sie sich auf den Weg zur angrenzenden Wohnsiedlung machten, in der die meisten Soldaten mit ihren Familien wohnten.

Während der Woche, zur normalen Dienstzeit, befanden sich ungefähr zweitausend Soldaten auf dem Stützpunkt. Über das Wochenende aber befanden sich viele zu Hause. Oftmals waren nur halb so viele da. Der Trupp, der loszog, sollte möglicherweise prüfen, ob in der Siedlung alles in Ordnung war, und die anderen Soldaten abholen.

Tom lief jetzt und erreichte die Tür der Zentrale. In dem Raum herrschte wie immer Stille. Bellet ließ ein Durcheinander nie zu. Wenn jemand redete, hörten ihm alle Anwesenden zu. Wenn jemand zu lange redete, wurde er von Bellet unterbrochen. Diese Art der Kommunikation war unglaublich effektiv.

Tom trat ein. In der Zentrale hielten sich über fünfzehn Personen auf. Bellet, Lincoln, die Truppführer, der oberste Sanitäter, der Chef der Versorgung und der Koch.

Tom hörte Bellets Stimme in seinem Kopf: „Unterschätzen Sie nie die Macht des Kochs!"

Tom schritt in die Mitte des Zimmers. Bellet sah auf. „Kommen Sie rein, Tom."

Trotz der Stresssituation sah Bellet aus wie immer. Er war die Ruhe selbst. Er nahm die Karten an sich und griff zielsicher die richtige aus dem Stapel. Er rollte sie auf dem großen Besprechungstisch aus. Es war eine Landkarte von Kansas City und Umgebung. Der Stützpunkt war mit einem halb durchsichtigen, roten Kreis markiert.

Bellet kennzeichnete mit einem Stift den Explosionsort und ergänzte den Weg, den die Wolke ziehen würde. Nachdenklich blickte er auf den Plan. Dann forderte er Lincoln auf, alle ihm bekannten Militärbasen auf der Karte einzuzeichnen. Lincoln tat es. Drei weitere rote Kreise erschienen.

Die Männer in der Kommandozentrale diskutierten eine Weile, welches Gebiet sie mit ihren Leuten abdecken sollten.

Allen war klar, dass die öffentliche Ordnung in einem solchen Fall mehr als nur gefährdet war. Mögliche Aufgaben wurden verteilt. Vorbereitungen wurden getroffen. Befehle erteilt. Nach einer halben Stunde waren alle Anordnungen vergeben. Bis auf Bellet, Lincoln und Tom verließen die Männer die Zentrale.

Bellet saß in seinem Stuhl und zündete sich eine Zigarette an.

„Bruce und Tom, setzt euch!" Eine von Bellets Eigenarten war, dass er Personen, die er besonders schätzte, duzte, egal ob Küchenhelfer oder General. Vor zwei Jahren hatte er Tom das erste Mal mit seinem Vornamen angeredet, beide hatten gerade erfolgreich die Franzosen in der NATO-Übung besiegt.

Bellet zog tief an seiner Zigarette. Dann begann er mit gewohnt ruhiger Stimme: „Ich befürchte Schlimmstes. Ich glaube, dass wir einen harten Schlag abbekommen haben. Mein Instinkt sagt mir, dass mehr als nur eine Explosion im Kraftwerk passiert ist. Ich nehme an, dass der jetzige Zustand länger als nur ein paar Tage andauern wird. Die Art der Explosion lässt mich vermuten, dass dies mit Sicherheit kein einfacher Unfall war."

Tom wurde es mulmig. Bis jetzt hatte er damit gerechnet, dass jeden Moment die Kommunikation wieder funktionieren und die Normalität Einzug halten würde. Doch wenn der Major etwas vermutete, war dies meist schon eine Tatsache.

Bellet fuhr fort: „Bruce, Sie wissen, dass wir für einen solchen Fall Befehle haben. Bitte holen Sie das entsprechende Dokument." Bellet gab ihm einen Schlüssel, der an einer Kette um seinen Hals hing.

Ohne zu zögern schritt Lincoln zu einem Bild an der Wand und schob es zur Seite. Dahinter befand sich ein Tresor. Er öffnete ihn mit dem Schlüssel des Majors und einem weiteren, den er aus seiner Tasche zog. Dann suchte er kurz und entnahm dem Tresor schließlich eine Plastikröhre. In ihr steckte ein Schriftstück. Er gab Bellet die Röhre. Der Major öffnete sie und entnahm das Papier.

Bellet machte seine Zigarette aus und las sich den Befehl durch. Anschließend gab er Lincoln das Papier. Dieser überflog es ebenfalls und gab es an Tom weiter.

Nachdem auch dieser das Dokument gelesen hatte, war er völlig verwirrt. In dem Befehl hieß es, dass alle Soldaten ohne Ausnahme auf dem Stützpunkt bleiben sollten. Keiner durfte ihn verlassen, bis neue Befehle erteilt wurden. Des Weiteren waren Personen aufgeführt, die berechtigt waren, einen solchen Befehl zu geben. Tom kannte kaum jemanden auf der Liste, die meisten waren Generale.

Bellet sah Toms Verwirrung.

„Tom, dieser Befehl ist eindeutig. Ich kann mir vorstellen, welche Bedenken Sie haben. Aber Sie kennen meine Einstellung zu Befehlen."

Tom wollte dem Major sagen, dass die Menschen in der Stadt dringend ihre Hilfe brauchten. Aber er wusste nur allzu gut, dass der Major ebenso dachte. Doch Befehle waren ihm heilig. Tom antwortete nicht. Dann sagte der Major etwas, was Tom niemals im Leben erwartet hätte: „Tom, nehmen Sie drei Einheiten, gehen Sie nach Kansas und sorgen Sie für das Nötigste. Im Morgengrauen kehren Sie zurück."

Lincoln schien explodieren zu wollen, aber er zügelte sich. Seine Stimme war schneidig: „Sir, ich hoffe, Sie wissen, was Sie da tun!" Tom spürte, dass Lincoln eine Grenze überschritten hatte, die bis jetzt noch keiner gewagt hatte zu übertreten. „Dass Sie eine Einheit zu den Wohnblocks geschickt hatten, bevor wir die Befehle aufgemacht haben, war schon nicht richtig. Aber dies ist Befehlsverweigerung!" Seine Augen funkelten Bellet gefährlich an.

„Es steht Ihnen natürlich frei, sich offiziell darüber zu beschweren. Aber jetzt habe ich noch die Befehlsgewalt. Tom, gehen Sie!"

Tom sah, dass in Lincolns Gesicht die Zornesröte stand. Er drehte sich um, schaute den Major anerkennend an und ging aus dem Raum. Er schritt schnell in die Unterkünfte und informierte die Truppführer. Abmarsch in einer halben Stunde. Die Männer waren froh, dass endlich etwas geschah nach Stunden des Wartens.

Tom stand mit dem Versorgungsoffizier auf dem Platz, als er Lincoln aus der Zentrale kommen sah. Er schien immer noch aufgebracht zu sein. Er kam auf Tom zu.

„Butler, ich möchte Sie unter vier Augen sprechen!“, sagte er mit strenger Stimme. Tom folgte ihm ein paar Schritte zur Seite. Lincoln schaute ihn nachdenklich an. Tom erwartete, dass Lincoln ihn jetzt zur Meuterei auffordern würde und dazu, die Befehle des Majors zu missachten. Doch das, was er sagte, überraschte Tom noch mehr als Bellets Befehlsverweigerung.

„Butler, Sie wissen, entweder meine oder die Karriere des Majors wurden soeben beendet. Aber deswegen bin ich nicht hier. Ich habe eine persönliche Bitte.“ Er griff in seine Hosentasche, holte seine Geldbörse hinaus, entnahm ihr ein Foto und überreichte es Tom. „Dies sind meine Frau und mein achtjähriger Sohn. Sie heißen Jennifer und Benn, sie wohnen in der Hutson-Street. Wenn Sie sie sehen, bringen Sie sie bitte mit.“

Auf einmal sah er Lincoln mit ganz anderen Augen. Tom nickte nachdrücklich. Lincoln klopfte ihm kurz auf die Schulter und ging. Tom wusste, wie schwer es Lincoln gefallen sein musste, ihm diese Bitte zu stellen.

Tom war entschlossener als je zuvor. Er fühlte sich stolz, mit diesen Menschen zusammen in der Armee zu dienen und machte sich auf den Weg.

Das Grauen erwartete ihn und würde ihn für immer verändern.

Kapitel 39

Bär verlässt die Interstate

Amerika – Kansas City

Bär und seine Familie hatten sich auf den Weg gemacht. Ihnen hatten sich ungefähr zwanzig weitere Personen angeschlossen, darunter auch die junge Frau mit den blonden, kurzen Haaren und ihr Begleiter. Wie sich herausstellte, hieß sie Doris, ihr Begleiter Tim, er war ihr Bruder.

Als sie losgezogen waren, spitzte sich die Lage auf der Interstate zu. Immer mehr Menschen verließen ihre Wagen und machten sich auf den Weg, einige Richtung Kansas direkt auf die Wolke zu, sie wollten anscheinend nach Hause. Andere zogen Richtung Süden. Bär hatte eindringlich versucht, die Leute daran zu hindern, doch schnell musste er einsehen, dass dies zwecklos war. Einer hielt ihm sogar eine Pistole vor sein Gesicht. Es dauerte nicht lange und die verlassenen Autos wurden geplündert. Ein BMW stand in Flammen. Die Unruhe wurde von Minute zu Minute größer.

Bär beschloss, dass es Zeit war zu gehen. Sie nahmen alles aus den beiden Wagen mit, was sie fanden. Darunter waren eine Straßenkarte, zwei Decken, Taschenlampen, die Erste-Hilfe-Taschen und der Korb mit Essen und Trinken, der eigentlich für das Eishockeyspiel gepackt war. Die Sporttaschen der Zwillinge wurden entleert und mit dem Zeug vollgestopft. Die Fenster der Autos wurden heruntergekurbelt und die Türen offen gelassen. So brauchten die Plünderer wenigstens nicht die Scheiben einschlagen oder die Türen aufbrechen. Die Zwillinge nahmen ihre Eishockeyschläger mit und setzten ihre Helme auf. Sie sahen aus wie Kreuzritter. Alle mussten bei dem Anblick der beiden lachen. Schüsse in der Ferne beendeten das Gelächter.

Sie waren jetzt schon gut zwei Stunden unterwegs. Die Luft war klar und die Sonnenstrahlen wärmten sie. Die Stimmung war bedrückend.

Sie kamen nur langsam voran. Ihr Ziel war eine kleine Ortschaft, die Mulbery hieß. Bär wollte auf jeden Fall vor Einbruch der Nacht dort ankommen. Da es ein kleiner Ort war, hoffte er, dass die Menschen dort sie freundlich aufnehmen würden. Mulbery war ungefähr zwanzig Kilometer von der Interstate entfernt. Ihre Wanderung führte sie durch flaches Grünland. Die Erde war feucht und stellenweise noch matschig. Kaum einer hatte geeignetes Schuhwerk an. Doris hatte die Sportschuhe von Robert bekommen, die er noch in der Tasche hatte. Sie trug zuvor Schuhe mit hohen Absätzen. Steve sah sie schmunzelnd an und sagte: „Steht dir gut, passt zu deinem Minirock." Doris wurde rot und erwiderte nichts außer einem verschämten Lächeln.

Bär wusste, dass sie eine feste Straße erreichen mussten. Er studierte die Karte und entschied sich dann, eine eingezeichnete Seitenstraße zu benutzen. Es war zwar ein Umweg, aber dadurch kamen sie wenigstens aus dem Schlamm raus.

Wenig wurde untereinander gesprochen. Jeder schien zu versuchen, das Erlebte auf seine Art zu verarbeiten. Bärs Gedanken kreisten um Tom. Er war sich sicher, dass er auf dem Stützpunkt kaum etwas abbekommen haben konnte. Doch er sorgte sich, was wohl passieren würde, wenn das Militär versuchte, die öffentliche Ordnung in der Stadt zu sichern. Weiß Gott, was sich die Menschen alles gegenseitig antun würden. Ein paar Soldaten gegen eine Meute Wahnsinniger. Bär verdrängte den Gedanken und überlegte, wie es weitergehen sollte.

Er hoffte, dass sie in Mulbery vorerst in Sicherheit waren. Sie brauchten etwas zu essen und zu trinken. Falls sie weiter ziehen würden, brauchten sie vor allem bessere Kleidung und Schuhwerk. Bär hoffte, dass sie auch ein Gefährt finden würden. Es gab ja schließlich noch Autos ohne den ganzen elektronischen Schnickschnack. Vielleicht einen Bus oder einen Traktor mit Anhänger.

Nach einer weiteren Stunde erreichten sie die befestigte Seitenstraße. Es wurde eine lange Pause gemacht. Die Lebensmittel und die Getränke wurden unter den Anwesenden verteilt und die Schuhe getrocknet. Die Leute saßen in einem Kreis und plauderten. Die Stimmung wurde besser und Bär entschloss sich, ab jetzt häufiger eine Pause einzulegen. Anscheinend waren die Menschen geselliger, wenn sie saßen.

Nach einer halben Stunde gingen sie weiter. Die Laune war jetzt bei allen gelöster und alle sprachen mehr als zuvor. Bär ging an der Spitze, seine beiden Ritter, Robert und Bob, marschierten mit ihren Helmen und Schlägern in den Händen wie Bodyguards hinter ihm. Jane ging neben George und Steve, der Nicki auf den Schultern trug. Er unterhielt sich angeregt mit Doris. Sie schien alles andere als auf den Mund gefallen zu sein. Sie nannte Steve nur noch Holzwurm, als Anspielung auf seinen Job als Schreiner. Ihr Bruder lief schweigend daneben. Phillip und Petra gingen Hand in Hand neben einem alten Mann mit Hut. Bär hatte in der Pause mitbekommen, dass der Mann Arzt war und auf dem Weg zu seiner Tochter nach Kansas City, als die Atombombe explodierte. Bär war beruhigt, einen Doktor dabeizuhaben.

Sie liefen mehrere Stunden und rasteten noch zweimal zwischendurch. Die Leute lernten sich von Minute zu Minute besser kennen. Alle sprachen sich schon nach kurzer Zeit mit Vornamen an. Irgendwie waren sie in den wenigen Stunden zu einer großen Familie geworden. Bär führte die Menschen, obwohl er es nicht beabsichtigte. Aber genau das war der Grund, warum ihm die Leute folgten. Er war so etwas wie ihr Familienoberhaupt geworden.

Als sie eine Anhöhe erreichten, konnten sie von oben schon Mulbery sehen. Der Ort lag friedlich in einem kleinen, flachen Tal. Es sah nicht so aus, als würde dort eine Gefahr auf sie warten. Dann gingen sie weiter.

George hielt seinen Vater am Arm fest. Er zog ihn zur Seite. „Dad, ich wollte die anderen nicht beunruhigen. Aber hast du so etwas hier schon mal gesehen?"

Er zeigte in die entgegengesetzte Richtung von Mulbery. Zuerst erkannte Bär nicht, was sein Sohn ihm zeigen wollte. Doch dann sah er es. In einer kleinen Senke hinter einem Wäldchen. Sein Gehirn konnte das, was er da sah, nicht verarbeiten. Es sah aus wie eine Art Festung. Sie war riesig, mehr als drei Footballfelder groß. Je länger er dort hinschaute, desto mehr Details konnte er erkennen. Eine ungefähr zwei Meter hohe Mauer umgrenzte sie. Ein großes Tor als Eingang war zu erkennen. Drei größere Gebäude standen im Inneren der Festung, das größte im hinteren Teil der Anlage, ein kleines, ähnliches in der Mitte und das dritte war ein mehrgeschossiges, hohes Haus, eine Art Turm. Bär konnte nicht alles genau erkennen, aber er sah, dass sich schwarze Schemen in der Festung aufhielten. Ihre Bewegungen sahen aus der Ferne seltsam aus, irgendwie bewegten sie sich gebückt.

Was aber an dem Bild nicht stimmte, war, dass dieses Gebäude hier ganz klar nicht hingehörte. Es sah aus wie eine große, japanische Tempelanlage. Bär hatte noch nie von einem solch großen, japanischen Tempel in den USA gehört und noch dazu in der Nähe von Kansas City. Was Bär noch mehr verwirrte, war, dass keine Straße und kein Weg zum Tempel hin- oder wegführte. Es sah so aus, als hätte ihn jemand einfach dort hingestellt. Sie standen noch ein paar Sekunden dort und blickten verwirrt auf die Festung.

Rufe hallten zu ihnen, die ihre Namen riefen. Vater und Sohn drehten sich um und folgten den anderen. Beiden war klar, dass sie den anderen kein Sterbenswörtchen von diesem Tempel erzählen würden.

Sie erreichten Mulbery eine halbe Stunde später und wurden dort überaus freundlich begrüßt. In dem Dorf lebten kaum mehr als dreihundert Menschen. Die Einwohner waren sehr gläubig und standen in dieser Zeit eng beieinander. Die Reisenden bekamen genügend Essen und Trinken. Die neue Familie wurde in der Aula der Schule untergebracht. Sie saßen noch eine Zeit lang zusammen und unterhielten sich über alles Mögliche. Die Todeswolke wurde kaum erwähnt. Pläne für die nächsten Tage wurden nicht besprochen. Mehrere Weinflaschen machten die Runde. Erschöpft von der Wanderung fielen die meisten kurze Zeit später in einen tiefen Schlaf.

Bär lag auf seinem Feldbett und schaute in die Runde. Jane lag mit Nicki zusammen und kuschelte mit ihr. Aus ihren großen, schönen Augen beobachtete sie Bär. Steve und George schnarchten schon tief und fest. Die Zwillinge lagen daneben, die beiden hielten immer noch ihre Schläger fest, wie früher ihre Teddybären. Phillip saß auf einer Decke, an das Feldbett vor Petra gelehnt, und hielt ihre Hand.

Bär war ihretwegen besorgt. Er rief sich in Erinnerung, dass sie ja schon im siebten Monat schwanger war. Hoffentlich würde sie diese Zeit überstehen. Es fiel ihm auf, wie tapfer sie heute gewesen war. Er hatte sie kaum jammern gehört.

Doris und ihr Bruder lagen in der Nähe von Steve und George. Der Doktor und ein älteres Paar aus Philadelphia nächtigten unmittelbar neben den Zwillingen. Es waren noch über zehn andere Menschen, von einigen kannte Bär nicht einmal die Namen. Trotzdem folgten sie ihm und vertrauten ihm. Bär fühlte sich auf seltsame Art verantwortlich für diese Leute.

Doch etwas beunruhigte ihn so sehr, dass er kein Auge zu bekam. Das Bild dieses japanischen Tempels brannte immer noch in seinem Kopf. Jetzt war er sich sicher, dass diese Kreaturen, die er gesehen hatte, keine Menschen waren und dass sie Waffen in ihren Händen hielten. Diese Waffen hatten wie Schwerter und Speere ausgesehen. Die unmenschlichen Wesen schienen auf jemanden zu warten.

Dann schlief er ein.

Kapitel 40

Die erste Hürde

Amerika

Jack stand an der Schwelle des weißen Tempels und war im Begriff sie zu übertreten. Er wusste nicht, an welchem Ort er herauskommen würde. Vor ihm lag seine erste Aufgabe, die erste Hürde des Spiels.

Er hatte keine Ahnung, wie schnell er diese Hürde finden würde. Doch sein Instinkt sagte ihm, dass es nicht allzu lange dauern würde. Der schwarze Dämon schien sehr ungeduldig auf den Beginn des Spiels gewartet zu haben. Lijang und Chris waren nicht mehr da. Sie hatten den Schritt durch das Tor schon vollzogen. Jack beschloss, für einen kurzen Augenblick durchzuatmen. Egal was ihn auf der anderen Seite erwarten würde, er war entschlossen, seine Sarah zu retten. Er spürte, dass er die Kraft dafür besaß.

Wehmut kam in ihm auf. Er fühlte sich merkwürdig schuldig. Schon einmal in seinem Leben hatte er zu einem Menschen ähnlich starke Gefühle gehabt wie zu Sarah. Doch diese Person wurde genauso plötzlich aus seinem Leben gerissen wie sie. Er hatte nichts dagegen tun können. Das Gefühl der Hilflosigkeit hatte ihn damals fast aufgefressen. Es hatte Jahre gebraucht, bis er wieder einem anderen Menschen vertraut hatte. Und dieser Mensch war Sarah.

Sie war der anderen Person so ähnlich, dass es am Anfang schmerzte. Er sah einen Teil dieser Person in ihr. Es war, als wäre sie wieder da. Und jetzt, da ihm die Möglichkeit gegeben war, Sarah zu retten, fühlte er sich schuldig. Warum, wusste er nicht genau. Vielleicht, dachte er, weil er sich für Sarah entschieden hatte.

Doch jetzt war die Zeit reif, um weiterzumachen. Es war Zeit, die Verantwortlichen zu bestrafen, die ihm das angetan hatten, und nichts würde ihn aufhalten können. Er würde sie sich zurückholen. Beide.

Er sammelte all seine positiven Gefühle zusammen und bündelte sie. Glück und Liebe, die er erlebt hatte. Er dachte an die schönsten Momente seines Lebens. Dann dachte er an Tommy. Er stellte sich seinen kleinen, zerbrechlichen Körper vor, der tot auf dem Boden lag. Wut kam in ihm auf. Er hielt diese Wut fest. Sein Körper spannte sich. Er dachte daran, wie sie ihn getötet hatten. Er beherrschte diese Wut und er spürte, dass Adrenalin in sein Blut schoss. Seine Finger umschlossen fest den Griff des Schwertes und dann trat er durch das Tor hinaus aus dem Tempel. Er war bereit.

Chris war durch das Tor gegangen und fand sich vor einem großen Holztor wieder. Er hatte in den letzten Minuten viel an seinen Papa gedacht. Er vermisste ihn und wollte ihn unbedingt wiedersehen. Papa war immer für ihn da gewesen und jetzt wollte Chris für seinen Papa da sein, ihm helfen. Dafür musste er gegen die Bösen kämpfen. Seine Gegner würden versuchen, ihn zu töten. Das dunkle Monster hatte es ihm gezeigt. Durch den grellen Blitz hatte ihm dieses Wesen etwas in den Kopf getan. Chris wusste die Dinge über das, was das Wesen *Spiel* nannte. Er war ein sogenannter Auserwählter. Er hatte dieses Wort noch nie gehört, wusste aber, dass er eine Art Spielfigur war. Doch das war ihm egal, er wollte nur seinen Papa wieder haben, es war ihm gleich, was er dafür tun musste. Diese Wesen, gegen die er kämpfen musste, waren böse. Sie waren keine Menschen, es waren Monster. Chris hatte keine Angst vor ihnen, er war stark. Das hatte ihm sein Papa gesagt. Er hatte ihm gesagt, dass sie ihm nicht wehtun dürfen und er sich wehren solle. Dafür hatte er das Schwert bekommen, damit konnte er gegen die Monster gewinnen. Er mochte das Schwert, das er aus dem Feuer gezogen hatte. Es war groß, wie er es war. Es war sehr scharf und trotz seiner Größe federleicht. Chris spürte es kaum in seiner Hand.

Er ging auf das Holztor vor ihm zu. Chris schaute sich um. Der weiße Tempel war verschwunden. Das Tor war bestimmt über drei Meter hoch und sah sehr stabil aus. Der Ort, den das Tor verschloss, war mit einer hohen, weißen Steinmauer eingegrenzt. Sie war sehr alt. Auf der einen Seite konnte er das Ende der Mauer fast nicht sehen, so lang war sie. Auf der anderen Seite endete sie nach etwa zwanzig Metern.

Er hörte grässliche Geräusche hinter dem Tor. Es waren die Geräusche der Monster. Er drückte gegen die Eisenbeschläge des Tors und spürte, dass es sich leicht öffnen ließ. Es schwang es auf und er konnte einen großen Platz erkennen.

Der Boden bestand aus rotem Sand und war trocken. Er machte ein paar Schritte nach vorn. Der Platz war viel größer, als Chris es erwartet hatte. Er trat jetzt ganz hinein, das Schwert fest in seiner Hand. Zu seiner Linken erkannte er ein großes Haus. Es war höher und breiter als das Haus von Papa. Das Dach sah komisch aus, es hatte eine seltsame Form. Chris hatte ein solches Dach bis jetzt nur im Fernseher gesehen. Er hatte mit Papa mal einen Film gesehen, der in Japan spielte, da hatten sie auch solche Dächer. Er war verwirrt. Hatte ihn der Pallas nach Japan geschickt? Doch bevor er sich weitere Gedanken machen konnte, sah er die Monster. Sie warteten auf ihn. Und soeben hatten sie ihn erblickt. Chris wurde heiß und kalt. Er kannte ihre Namen, es waren zwei Djagahs. Sie hatten ihre Waffen schon gezogen und warteten auf ihn. Als er die Monster sah, bekam er Angst und dachte: „Papa, hilf mir!“

Lijang öffnete das Tor und trat hinein in das, was die Mauern umschlossen. Sie erkannte den Ort sofort. Es war eine japanische Tempelanlage. Sie wusste sogar das Wort für das Tor, durch das sie gegangen war. Es war das Chumon, das Haupttor des Naratempels.

Der Naratempel war eine große, buddhistische Tempelanlage in der Stadt Nara und diese lag eigentlich in Japan. Nara war einst die Hauptstadt Japans gewesen. Einer der Mönche in ihrer Schule hatte von diesem Ort gesprochen und die Schüler sogar mal die Umrisse abzeichnen lassen. Sie hatte es gehasst.

Die Bäume um das Tor herum sahen ihr nicht so aus, als wären sie in Asien. Mit Flora und Fauna hatte man sie ebenfalls in der Schule gequält. Sie hatte solche Blätter an den Bäumen noch nie gesehen.

Wenn sie nicht in Asien war, dann mussten der Dämon oder diese Pallas den Naratempel hierhergebracht haben, wo immer das auch war. Sie war verwirrt, beschloss aber, nicht weiter darüber nachzudenken.

Ihr ernster Blick suchte die Djagahs. Der Dämon hatte ihr das Wissen über das Spiel hinterlassen. Der schwarze Dämon war ihr eigentlicher Gegner. Um zu ihm zu gelangen, musste sie die von ihm so genannten *fünf Hürden* überwinden. Diese Hürden waren seine Krieger.

Mit jeder Hürde würden ihre Gegner gefährlicher werden. Doch Lijang hatte keine Angst vor ihnen. Der Preis war Ping und dafür würde sie in den Tod gehen. Noch nie war sie entschlossener als jetzt.

Die zwei Djagahs standen ungefähr hundert Meter von ihr entfernt. Sie hatten kurze Krummsäbel in ihren Händen und starrten Lijang gierig an. Die Djagahs hatten keine Ahnung, dass sie nicht mehr langen leben würden. Sie waren nicht mehr als eine erste Prüfung vor der ersten Hürde. Es gab Hunderte von ihnen, sie waren wie Ratten.

Ihre eigentliche Aufgabe wartete bereits in dem Kondo, dem großen Gebäude vor ihr. Lijang ging mit ungezügelten Schritten auf die beiden Geschöpfe vor ihr zu. Sie zog ihre Waffe aus der Schwertscheide. In ihren Augen stand der blanke Hass.

Jack fand sich vor einem Holztor wieder, das an einer hellen Steinwand befestigt war. Sein Ziel befand sich hinter dem Tor. Er konnte den weißen Tempel nicht mehr sehen, aber er es wunderte ihn nicht. Ohne weiter seine Umgebung zu betrachten, drückte er gegen das Tor und trat hinein.

Er hatte diesen Ort noch nie gesehen, er sah für ihn fremd aus. Die hellen Mauern umschlossen ein riesiges Gelände. Der Boden bestand aus festem, rötlichen Sand. Zu seiner Rechten stand ein großes Haus, links von ihm, etwas weiter entfernt, noch zwei weitere Gebäude. Jack sah sie nur flüchtig an, weil er wusste, dass er zu dem Gebäude musste, das er zuerst entdeckt hatte. Dort wartete seine erste Aufgabe. Vor sich sah er in einiger Entfernung zwei Lebewesen.

Das Wissen, das er erhalten hatte, sagte ihm, dass es sich bei diesen Wesen um Djagahs handelte. Es waren die Krieger des Bösen. Diabolische Geschöpfe, die während des Spiels dem schwarzen Dämon dienten.

Jack betrachtete die beiden.

Sie waren etwa eins sechzig groß, hatten krumme Beine, die im Gegensatz zu ihren Oberkörpern sehr kräftig waren. Ihre Haut sah lederartig aus und war am Oberkörper stark behaart. Sie hatten einen leichten Buckel und dadurch eine gebückte Haltung. Sie trugen nur verlumpte Kleidung, Fetzen, die nur das Nötigste verdeckten. Ihre Arme schienen für den Rest des Körpers zu kurz, dünn und sehnig. Jede Menschlichkeit verloren sie durch ihre Gesichtszüge. Ihre Stirn und die Wangen waren knochig und eingefallen. Sie hatten ein spitzes Maul mit verfaulten zackigen Zähnen, wie das einer Hyäne. Ihre Augen waren dunkelrot und wirkten boshaft. Beide hatten die gleiche Statur, aber eine unterschiedliche Fratze. Beide waren abgrundtief hässlich.

Sie waren unheimlich, doch Jack hatte das Gefühl, ihnen in allen Belangen überlegen zu sein. In einer so geringen Anzahl würden sie für ihn keine Bedrohung darstellen. Er schwang zur Lockerung sein Schwert und macht sich auf den Weg zu ihnen.

Vor sich, in weiter Entfernung, konnte er eine weitere Gestalt ausmachen. Sie war menschlich, ihre Silhouette war ihm bekannt, es war Chris. Er blieb stehen und versuchte zu erkennen, ob es wirklich der junge Schwarze war. Nun hatte er keinen Zweifel mehr, Chris stand vor einem Holztor und rührte sich nicht, er starrte auf zwei Djagahs vor ihm. Jack widerstand dem Drang, Chris zu helfen. Auch wenn er es wollte, er könnte es nicht. Es war gegen die Regeln des Spiels.

Wenn Chris hier war, würde Lijang auch nicht weit sein. Er schaute nach links und dann sah er sie. Sie ging auf ein großes, weißes Gebäude in der Mitte der Anlage zu. Keine zehn Meter vor ihr warteten zwei Djagahs. In wenigen Sekunden würde sie die beiden erreichen. Jack beschloss sich anzusehen, wie Lijang mit den beiden fertig würde. Jetzt war er wieder der Teamleiter, der in jeder Situation erst mal Informationen sammelte.

Das junge Mädchen traf nun auf ihre Gegner. Was dann geschah, verschlug Jack dem Atem.

Chris stand regungslos da. Die Furcht hatte ihm alle Kraft genommen. Er fühlte sich hilflos wie ein Baby. Er hatte vor den Djagahs Angst. Sie sahen wie Raubtiere aus und Chris stellte sich vor, was sie wohl mit ihm machen würden, nachdem sie ihn getötet hätten. Sie würden ihn auffressen. Die Monster hatten sein Zögern bemerkt und gingen mit ihren krummen Körpern jetzt auf ihn zu. Sie gaben Knurrgeräusche wie wilde Tiere von sich und fuchtelten mit ihren Säbeln. Er wollte weg von hier, einfach nur weglaufen. Doch seine Beine gehorchten ihm nicht. Seine Knie waren weich und er hatte ein Gefühl in seinem Bauch, als hätte ihn jemand in den Magen geboxt.

Dann dachte er an Mrs. Fischer. An das Buch über den Jungen. Und er überlegte, was der Junge wohl getan hätte. Doch er konnte den Gedanken nicht zu Ende führen, das Bild von Mrs. Fischer kreiste in seinem Kopf. In seinen Gedanken lag sie wieder auf dem Boden ihrer Küche. Hilflos, wie er sie schon einmal vorgefunden hatte. Sie war verletzt und blutete. Dieses Mal war es aber nicht ihr Mann, der sie verletzt hatte, sondern die Djagahs.

„Hilf mir, Chris."

Da kam aller Mut, den Chris jemals im Leben besessen hatte, zurück. Er war wütend geworden. Er hob das schwere Breitschwert und erwartete den Angriff der Monster. Sie würden Mrs. Fischer nicht mehr wehtun, dafür würde er sorgen.

Lijang spurtete auf ihre Gegner zu. Drei Meter vor den Djagahs wechselte sie die Richtung und gleichzeitig erhöhte sie mit leichtem Schritt nochmals das Tempo. Sie rannte nun nach rechts und griff ihre Gegner von der Seite an, sodass einer der beiden Djagahs abgeschnitten vom Kampfgeschehen war. Der eine Djagah stand nun hinter dem anderen und konnte nicht eingreifen.

Lijang sprang einen Meter vor ihrem Gegner hoch und schwang dabei ihr Schwert blitzartig nach oben. Während des Sprungs schlitzte sie ihm die Kehle auf. Im Flug führte sie das Schwert weiter durch das Gesicht des Monsters. Die Bewegung war für den Djagah viel zu schnell. Er hatte noch nicht einmal seine Waffe gehoben, als ihm das Schwert sein gesamtes Gesicht durchtrennte. Der erste Djagah fiel wie ein leerer Sack zu Boden.

Noch im Sprung drehte sich Lijang und landete hinter dem zweiten Gegner. Während des Fluges schlug sie mit ihrer Waffe von oben in seine Schulter, wie mit einem heißen Messer durch ein Stück Butter. Die Kreatur schrie fürchterlich, während sie starb. Lijang landete federleicht und zog die Klinge aus ihrem Opfer.

Beide Djagahs waren im Bruchteil einer Sekunde getötet. Lijang schaute kurz zu Jack. Doch schon Sekunden später machte sie sich auf den Weg zu dem Gebäude, das vor ihr stand. Unvermittelt blieb sie stehen, etwas schien sie aufzuhalten. Sie entdeckte ein Tier und hielt an. Dann griff sie sich an die Brust. Es war, als würde sie mit irgendetwas im Inneren ihres Körpers kämpfen.

Jack hatte beobachtet, wie Lijang die beiden getötet hatte. Er hatte eine solche Effizienz beim Töten noch nie in seinem Leben gesehen. Es war wie in einem dieser kitschigen Kung-Fu-Filme gewesen. Das Mädchen schien geflogen zu sein. Jack war beeindruckt. Zu einem solchen Angriff war er natürlich nicht in der Lage, aber er hatte etwas anderes festgestellt, was ihm wichtig war. Diese Wesen reagierten sehr langsam und träge. Auch wenn der Angriff von Lijang atemberaubend schnell war, sie hatten keinerlei Reaktion gezeigt.

Das reichte Jack, er war bereit. Wenn er eins aus den Fechtstunden mit Kate gelernt hatte, war es, dass Angriff die beste Verteidigung war. Er ging energisch auf die beiden zu. Die Djagahs warteten auf ihn, sie hatten ihre Säbel gehoben. Sie sahen aus wie dumme Bluthunde. Nur noch zwanzig Meter und Jack würde sie erreichen.

Schon konnte er die vergilbten Zähne der Monster erkennen, ekelerregender Geruch strömte ihm entgegen. Er beschleunigte seine Schritte und rannte nun fast. Er hob sein Schwert in Kopfhöhe und holte von hinten aus.

Kurz vor den Djagahs rannte er zur linken Seite, ähnlich wie es Lijang gemacht hatte. Er sprang nicht wie die kleine Chinesin, sondern rannte an ihnen knapp vorbei wie in einem Ritterkampf. Währenddessen schlug er das Schwert blitzschnell von oben nach unten in Richtung des Oberschenkels des ersten Djagahs.

Dieser schlug ebenfalls nach ihm. Doch die Länge seines Säbels reichte nicht aus, um Jack zu treffen. Jack dagegen traf den Djagah und die Klinge schnitt tief durch das Bein der Kreatur. Jack spürte, wie seine Waffe Knochen durchtrennte. Das Fleisch der Djagahs war erstaunlich weich und die Knochen zerbrechlich wie trockenes Holz. Das Vieh schrie grauenerregend und sackte brüllend zu Boden.

Jack drehte sich und griff nun den zweiten an. Dieser schien verunsichert und wich ängstlich zurück. Jack konnte Furcht in seinen roten Augen erkennen. Jack wusste, dass er gewonnen hatte, diese Wesen waren feige.

Er hob sein Schwert und schlug es von oben herab in Richtung der Kreatur. Sie wich zurück und wehrte den Schlag ab. Jack schwang die Klinge direkt wieder nach oben. Dieses Mal fehlte die Abwehr des Djagahs. Ohne zu überlegen drehte Jack sich um die eigene Achse und rammte dem Monster sein Schwert direkt in die Brust, genau dort, wo sich das Herz befand. Der Djagah gab dieses Mal keinen Laut von sich, sondern stand wie vom Blitz getroffen da. Jack zog das Schwert aus dem Köper. Das Rote in den Augen war verschwunden, sie waren leer. Der Djagah war tot und fiel nieder.

Jack hatte zum ersten Mal in seinem Leben getötet. Diesen Moment würde er niemals vergessen. Er war nun ein anderer Mensch. Er ging zum zweiten Djagah, der am Boden lag. Jack erlöste ihn von seinem Elend und schlug mit aller Kraft auf ihn ein. Sein Schwert zerschlug den Schädel.

Dann machte er sich auf den Weg zur ersten Hürde. Eigentlich hätte er erwartet, so etwas wie Reue oder Ekel zu verspüren, doch das tat er nicht. Er fühlte sich gut und stark. Nichts, was sich dort in dem Gebäude befand, würde ihn aufhalten können.

Jack blickte ein letztes Mal auf die beiden Djagahs zurück, die er getötet hatte. Ihr Blut tränkte den sandigen Boden des Platzes. Dann hörte er einen Schrei. Die Stimme war ihm bekannt. Sie hatte Ähnlichkeit mit der Stimme von Chris. Jack zwang sich, sich nicht umzudrehen und zu schauen, was sich dort abspielte, wo der Schrei herkam. Er ging ohne zu zögern weiter.

Er näherte sich dem Gebäude. Es war das sogenannte Codo. Ursprünglich war es die Bibliothek des Tempels gewesen, in dem die buddhistischen Mönche die heiligen Schriften studierten. Doch Jack wusste, dass die Person, die dort auf ihn wartete, mit Sicherheit nicht da war, um in alten Büchern zu schmökern.

Eine Treppe führte hinauf auf eine hölzerne Terrasse, von der aus man zur Eingangstür gelangte. Er hörte auf einmal ein gefährliches Knurren. Auf der Terrasse stand ein Tier. Noch nie in seinem Leben hatte Jack solch eines gesehen. Es sah aus wie eine Art Wolf, doch kleiner und boshafter und tödlicher. Es kam ihm nur ein Wort in den Sinn, welches zu diesem Wesen passte: Höllenhund.

Jack blieb stehen. Hinter dem Tier stand er. Jack kannte ihn. Es war Drogan, sein Gegner der ersten Hürde. Das Tier vor ihm war Drogans Beschützer.

Drogan schaute verächtlich zu Jack, in seiner Hand hielt er ein großes Schwert aus schwarzem Metall. Dann spürte Jack ein Stechen in seiner Brust. Es ging von dem Medaillon aus, das er um den Hals trug. Das Tier vor Drogan schien Jacks Schmerz erkannt zu haben und richtete sich kampfeslustig auf.

Der Schmerz war nicht unangenehm, sondern eher wie eine Art Reißen. Das Schmuckstück auf seiner Brust glühte. Jack hatte das Gefühl, dass etwas aus dem Medaillon ausbrechen wollte, aus Jack heraus. Er kämpfte dagegen an. Er fühlte nicht, ob es gut oder schlecht war, was da heraus wollte. In diesem Moment kamen ihm Worte in seinen Kopf, die er noch nie gehört hatte. Worte, die ihm aber bekannt vorkamen. Sein ganzer Geist wollte, dass er diese Worte sprach.

Der Höllenhund war aufgesprungen und rannte zähnefletschend auf ihn zu.

Jack konnte das, was aus ihm raus wollte, nicht mehr festhalten, er schrie Worte in einer Sprache, die er nicht kannte: „Jas Aquiladar!" Ein grüner Blitz entlud sich aus dem Medaillon um seinen Hals. Er schoss in die Richtung von Jacks Feinden. Jack hatte etwas befreit. Zum ersten Mal sah er mit erstaunten Augen seinen Gefährten. Dieser griff sofort das Tier an, das auf Jack zukam.

Die beiden Monster griffen Chris an. Sie sahen aus der Nähe noch grauenhafter aus als aus der Ferne. Als sie Chris erreichten, schlugen sie mit ihren kurzen Säbeln nach ihm. Doch ihre Bewegungen waren für Chris viel zu langsam. Kurz bevor ihn die Waffen trafen, machte er einen halben Schritt zurück. Gleichzeitig holte er mit seinem Schwert aus und schlug mit aller Kraft zu. Er brüllte wie noch nie in seinem Leben, während er die schwere Klinge gegen die Monster führte. Er traf mit seinem Schwert die Hüfte des ersten. Seine Klinge durchtrennte die Kreatur komplett in der Mitte. Blut spritzte ihm ins Gesicht. Sein Schlag war so hart gewesen, dass sein Schwert auch noch bis zur Hälfte im zweiten Monster steckte. Beide Djagahs waren augenblicklich tot. Chris hatte sie mit einem einzigen Hieb erledigt.

Er zog sein Schwert aus den leblosen Körpern. Die Monster sackten zusammen. Seine Waffe war blutverschmiert und Chris fühlte sich erleichtert. Es war einfacher gewesen, als er befürchtet hatte. Diese Wesen waren für ihn viel zu langsam und zu schwach. Das gab ihm neuen Mut.

Er machte sich ohne weitere Gedanken auf den Weg zu dem hohen, turmähnlichen Gebäude. Es hieß Pagode, hatte einen quadratischen Unterbau und war mehr als dreißig Meter hoch. Chris wusste, dass dort Gradag auf ihn wartete. Gradag war einst ein mächtiger Krieger der Sheliag-Indianer gewesen. Doch er hatte seine Seele an das Böse verkauft und war jetzt Diener des Spiels. Er war Chris' erste Hürde.

Chris hatte sich in seinem ganzen Leben noch nie so sehr wie ein echter Mann gefühlt wie in diesem Augenblick. Nach ein paar Schritten erreichte er den Turm. Gradag stand vor dem Haus und erwartete ihn. Er hielt in der einen Hand einen Speer und in der anderen eine kleine Axt. Aus blutunterlaufenen Augen sah er zu Chris hinüber.

Vor Gradag stand noch ein Tier. Was es genau war, konnte Chris nicht sagen, denn solch eine Kreatur hatte er noch nie gesehen. Sie glich einem gefährlichen, großen Hund. Er fletschte seine spitzen Zähne und keifte Chris gefährlich an. Dieser blieb stehen.

Dann auf einmal spürte er etwas Heißes in sich. Das Schmuckstück, das er in dem weißen Tempel erhalten hatte, fing an, auf seiner Brust zu glühen. Es war, als würde es auf den Hund reagieren. Irgendetwas war in Chris und es wollte raus. Chris dachte, das Medaillon würde brennen. Dann spürte er, dass er etwas sagen musste, damit dieses Brennen aufhörte. Er hatte Zweifel, ob das, was in ihm glühte, nicht böse war, aber er vertraute darauf, dass es ihm helfen wollte. Die Worte waren auf einmal in seinem Kopf, er hatte sie noch nie gehört, aber er sagte sie trotzdem. Er schrie: „Jas Ursadas!"

Ein Lichtblitz zuckte aus ihm heraus in Richtung des Hundes. Was Chris sah, konnte er nicht glauben. Das Licht peitschte auf das Tier zu und verwandelte sich dann in einen Bären, einen echten, braunen, großen Grizzlybären. Dieser lief brüllend auf den Wolfshund zu und griff ihn sofort an. Chris wusste auf einmal, wer dieser Bär war. Es war sein Gefährte. Er war Chris' Freund, er würde ihm helfen, Papa wieder zurückzubekommen.

Chris sah staunend zu, wie der Bär gegen das Tier kämpfte. Der Hund hatte keine Chance gegen den großen Grizzly. Er drängte ihn weg von Chris und schlug mit seinen mächtigen Pranken auf die Bestie ein. Da spürte Chris, dass er jetzt angreifen musste. Er hob sein Breitschwert und griff Gradag an.

Lijang war völlig verunsichert. Nachdem sie die beiden Djagahs mit Leichtigkeit getötet hatte, wollte sie so schnell wie möglich zu Bullogh. Er war ihre erste Hürde. Die erste Stufe des Spiels. Er war ein mächtiger Wikinger gewesen und trug eine schwere Streitaxt. Der schwarze Dämon hatte ihr alles Wissen über ihn gegeben. Er war ein Mörder, der es verdiente, getötet zu werden.

Lijang hatte auch schon einen Plan, wie sie ihn töten wollte. Die Streitaxt hatte einen großen Nachteil. Um jemanden damit zu treffen, musste man weit ausholen und durfte nicht zu nah an seinem Gegner stehen. Dadurch verlor man wertvolle Zeit. Und diese sollte Bullogh nicht haben, Lijang wollte ihm, bevor er zuschlagen konnte, schon den Bauch mit ihrem Schwert aufschlitzen.

Doch dann, ehe sie das Kondo erreicht hatte, spürte sie einen flammenden Schmerz in sich. Er ging von der runden Scheibe aus, die sie an der Kette um ihren Hals trug. Sie wollte das Stück abnehmen, konnte es aber nicht. Das Medaillon schien an ihrer Brust zu kleben.

Lijang wehrte sich nach Leibeskräften, doch der Schmerz war zu stark. Sie kämpfte unerbittlich dagegen an. Nie im Leben würde sie sich dem hingeben. Etwas Fremdes wollte Macht über sie ergreifen. Es war gerade so, als ob ein Vulkan aus ihr herausbrechen wollte. Doch sie ließ es nicht zu. Ein lautes Fauchen dröhnte in ihren Ohren. Sie wehrte sich so sehr, dass sie auf die Knie sank. Vor ihr tauchte ein Tier auf, es schnellte auf Lijang zu. Der Schmerz in ihr wurde unerträglich, doch sie kämpfte qualvoll weiter.

Das Tier, es gehörte zweifelsohne zu Bullogh, stürmte auf sie zu und setzte zum Sprung an. Es glich einem Wolf und hatte es offensichtlich auf ihre Kehle abgesehen. Das Wesen in ihr fauchte schrecklich und schlug gegen ihren Verstand. Kurz bevor der Wolf sie packte, sprang sie zur Seite. Doch während sie sich wegrollte, schlug er mit seinen Tatzen nach ihr und traf ihre linke Wade. Sie spürte einen stechenden Schmerz. Das Tier hatte sie mit seinen Krallen verletzt. Blut strömte aus einer tiefen Wunde.

Ihr Atem ging flach. Der Wolf war drei Meter neben ihr gelandet und fletschte seine scharfen Zähne. Lijang hatte ihr Schwert beim Sturz verloren. Wie konnte dies nur geschehen. Das Toben in ihrem Kopf war immer noch da, es wurde immer stärker. Wildeste Gedanken schmetterten auf sie ein, dann hielt sie es nicht mehr aus. Es musste raus. Lijang schrie, wie sie es noch nie in ihrem Leben getan hatte: „Jas Acinonyx jubatus!" Anschließend sackte sie erschöpft zusammen.

Aus ihren Augenwinkeln sah sie ein grelles Licht, es schoss aus ihr heraus. Sie sah genauer hin und konnte eine Raubkatze erkennen. Es war ein schwarzer Leopard, genauer gesagt, ein schwarzer Panther. Er stürzte sich mit schnellen Bewegungen auf den Wolf. Jetzt erkannte sie ihre eigene Torheit. Das, was aus ihr heraus gewollt hatte, war ihr Gefährte und er wollte sie nur beschützen. Sie hatte einen Fehler gemacht. Sie schaute hastig hinüber zu der Stelle, an der Bullogh gestanden hatte. Doch er war nicht mehr dort. Hinter sich spürte sie einen Schatten schnell auf sich niederkommen.

Jack gab sich völlig dem Moment hin, er genoss ihn. Er wehrte sich nicht. Der Blitz verwandelte sich in seinen Gefährten.

Er hatte einen edlen, erhobenen Kopf, scharfe Augen mit einem sicheren und flammenden Blick. Er besaß einen dunklen, kräftigen Hakenschnabel, Fänge mit spitzen Krallen und starke Flügel.

Es war der König der Lüfte. Sein Gefährte war ein Adler. Er flog direkt auf den Wolf zu, der Jack angriff. Er stürzte mit rasender Geschwindigkeit hinab, packte das Tier im Tiefflug am Nacken und zog es mit sich nach oben. Das Tier heulte laut auf. Noch während sie in der Luft waren, ließ der Adler den Wolf für den Bruchteil einer Sekunde los und schleuderte ihn herum, sodass ihn seine scharfen Krallen an einer anderen Stelle packen konnten. Genauer gesagt schlug er seine Krallen tief in die Kehle des Wolfes. Mit seinem kräftigen Schnabel riss er seinem Opfer den Kopf ab und ließ es anschließend aus großer Höhe zu Boden fallen. Der leblose Körper des Wolfes schlug hart auf dem sandigen Boden auf. Er war tot, Jacks Gefährte hatte ihn getötet.

Jetzt war Jack an der Reihe, frisch gestärkt ging er auf Drogan zu. Dieser hatte den Kampf zwischen den beiden Tieren verfolgt und starrte Jack vorsichtig an.

Drogan war ein Riese von einem Mann. Er hatte tiefliegende, dunkle Augen, sein Gesicht war halb versteckt hinter einem dichten, schwarzen Bart. Eine große Narbe durchzog sein gesamtes Gesicht. Er hatte breite Schultern und war muskulös. Er trug schmutzige Sachen, die irgendwie primitiv aussahen.

Jack kannte die Geschichte von Drogan. Wie fast alle, die dem schwarzen Dämon dienten, hatte auch Drogan seine Seele dem Bösen verkauft.

Drogan war ein Krieger aus den tiefen Ebenen der Mandschurei gewesen. Seine Sippe wurde vor sehr langer Zeit von einem benachbarten Stamm gefangen genommen. Seine Frau und seine beiden Söhne wurden vor seinen Augen gevierteilt und ihre zerstückelten Leichen den Schweinen zum Fraß vorgeworfen. Am nächsten Morgen sollte Drogan im Feuer den Göttern geopfert werden. Drogan, dem Wahnsinn verfallen, flehte in dieser Nacht zu den Mächten des Himmels. Sein Geist wollte nur noch Rache. Er war bereit seine Seele zu verkaufen, wenn er nur seine Feinde töten konnte.

Der schwarze Dämon erhörte und befreite ihn und gab ihm alles, was er brauchte, um seine Rachegelüste zu befriedigen. Drogan tötete alle Feinde mithilfe des Dämons auf grauenerregende Art und Weise. Anschließend forderte der Dämon seinen Lohn ein und bemächtigte sich Drogans Seele.

Drogan wartete auf Jacks Angriff.

Jack schlug unvermittelt mit seinem Schwert auf Drogan ein. Dieser wehrte die Schläge zwar gekonnt ab, schaffte es aber wegen Jacks enormer Schnelligkeit nicht, selbst zuzuschlagen.

Immer wieder ließ Jack seine Schlagkombination auf Drogans Waffe niederprasseln. Die Klinge von Drogans Schwert besaß nicht annähernd die Güte von Jacks Waffe. Tiefe Kerben waren nach den ersten Treffern zu sehen. Jack schlug noch nicht mit der größtmöglichen Härte zu. Er beobachtete Drogans Bewegungen und studierte seinen Gegner. Das hatte er immer getan, wenn er gegen andere in einem sportlichen Wettkampf angetreten war. Er erforschte seine Gegner, bevor er zuschlug.

Jack beschloss Kraft zu sparen und setzte mit seinem Angriff aus. Drogan hatte alle seine Schläge pariert, war aber schon merklich außer Atem. Jetzt griff der Riese an. Schon beim ersten Schlag erkannte Jack die Einfältigkeit des Kriegers. Hatte er in der Abwehrhaltung seine Waffe noch geschickt eingesetzt und locker in der Hand gedreht, so benutzte er sie im Angriff eher wie einen großen Knüppel.

Jack wartete keinen Augenblick. Er sprang zur Seite, als das Schwert auf ihn niederrauschte. Es schlug knapp neben ihm auf dem Boden ein. Genau in diesem Moment schnellte Jack nach vorn. Seine Waffe zielte dabei auf Drogans Oberkörper. Dieser erkannte seinen Fehler und ließ sich nach hinten fallen. Aber nicht schnell genug. Jack erwischte die Brust des Kriegers. Seine Schwertspitze schlitzte sie über eine Länge von etwa zwanzig Zentimetern auf. Blut verfärbte den Stoff des zerschnittenen Hemdes.

Drogan schaute kurz auf seine Verletzung und stierte Jack rachsüchtig an.

Aber Jack zögerte nicht und setzte nach. Seine ersten Schläge waren wohldosiert und Drogan hatte keine Mühe sie abzuwehren. Immer wieder schlug Jack in Richtung des Oberkörpers. Doch dann änderte er seine Taktik plötzlich. Mitten im Schlag ging er in die Knie und zielte mit voller Wucht auf die Beine von Drogan. Dieser schaffte es zwar, den Hieb abzuwehren, verlor dabei aber seine Waffe. Sie wurde zur Seite weggeschlagen.

Jetzt war Drogan ohne Deckung. Das war der Augenblick, auf den Jack hingearbeitet hatte. Er setzte den nächsten Treffer, indem er seine Klinge von unten nach oben in die rechte Körperseite von Drogan trieb.

Drogan torkelte schwer verwundet zurück. Jack folgte ihm. Der Gegner stand verkrüppelt vor ihm und versuchte vergeblich, seine große Wunde mit einer Hand zu verdecken, seine glasigen Augen suchten verwirrt nach seiner Waffe. Jack überlegte keine Sekunde, er holte aus und schlug ohne zu zögern oder Reue zu empfinden Drogan den Kopf ab.

Chris schlug mit wilden Hieben auf seinen, einen Kopf kleineren Gegner ein. Er erlebte es zum ersten Mal in seinem Leben, dass es jemand schaffte, mit seiner Geschwindigkeit Schritt zu halten. Wenn es darauf angekommen war, waren seine Bewegungen immer viel schneller als die der anderen gewesen. Das hatte er schon sehr früh in seinem Leben festgestellt. Ob in der Schule bei einer Rauferei oder als er mit Mrs. Fischers Mann gekämpft hatte.

Doch dieses Mal schaffte er es nicht, so schnell zuzuschlagen, dass sein Gegenüber getroffen wurde. Gradag schaffte es mit Leichtigkeit, die harten Schläge von Chris abzuwehren. Das beunruhigte Chris, er bekam langsam Angst. Er hatte in seinem Kopf einiges von der Vergangenheit des Mannes gesehen, mit dem er da kämpfte.

Er hieß Gradag und war ein Krieger der Sheliag-Indianer gewesen. Seine Familie hatte ihn verstoßen. Seine Rache war brutal. Er tötete alle, seinen Vater, seine Mutter und seine drei Brüder. Er fesselte sie und schälte ihnen dann bei lebendigem Leibe mit seinem Messer die Haut vom Gesicht. Dann ließ er sie in der Sonne verbluten. Die Tiere der Wüste fraßen seine Familienmitglieder langsam auf, während er zusah. Das Martyrium dauerte zwei volle Tage.

Als Chris diese Bilder vor seinem geistigen Auge sah, wurde ihm schlecht. Er fürchtete sich vor diesem grausamen Mann. Umso leichter fiel es ihm, mit seinem Breitschwert auf den Indianer einzuschlagen. Seine Schläge erzielten jedoch nicht die gewünschte Wirkung.

Gradag hielt in der rechten Hand einen Speer und in der Linken eine Axt. Chris schlug mit dem Schwert, mal von der einen, dann wieder von der anderen Seite, auf den Indianer ein.

Dieser kreuzte aber jedes Mal seine beiden Waffen, wenn sich das Schwert näherte, und bildete dadurch einen unüberwindbaren Schutzschild.

Immerhin war Chris mit seinen Hieben so schnell, dass es für Gradag unmöglich war, selbst einen Angriff zu starten.

Chris drängte seinen Gegner über den Platz vor dem Turm. Gradag war sehr konzentriert und blickte nur geistesabwesend auf Chris. Es sah so aus, als würde er etwas auf dessen Körper suchen. Chris ahnte, dass es nicht gut sein würde, wenn der Indianer gefunden hätte, wonach er da suchte.

Chris schlug immer weiter mit unglaublicher Kraft zu, doch langsam kam er außer Atem und seine Arme fingen an zu zittern. Dann veränderte sich der Blick des Indianers, ein boshaftes Funkeln war darin zu erkennen. Er hatte gefunden, wonach er die ganze Zeit gesucht hatte. Chris befürchtete Schlimmstes und trotz seiner Erschöpfung schlug er noch härter zu als zuvor.

Gradag wartete eine weitere Minute, bis der erneute Sturm der Schläge wieder schwächer wurde, dann schlug er zurück.

Gradag hatte gesehen, dass wenn Chris von der linken Seite angriff, er jedes Mal sein rechtes Bein etwas zu weit vorne stehen ließ. Dadurch war es für den Bruchteil einer Sekunde ungeschützt. Am Anfang hatte Chris es immer noch schnell zurückziehen können, doch mit zunehmender Erschöpfung schaffte er es immer später.

Als Chris den nächsten Schlag von links ausführte, nutzte Gradag den Moment und stach mit seinem Speer tief in den Oberschenkel des Gegners.

Chris spürte augenblicklich einen stechenden Schmerz in seinem rechten Bein. Er sprang sofort einen Schritt zurück. Das rettete ihm sein Leben. Vorerst.

Der Indianer hatte ihm mit dem Speer in sein rechtes Bein gestochen. Ziemlich weit oben, schon fast in die Leiste. Chris hatte dabei noch Glück gehabt, denn der Angriff des Indianers hatte sein Ziel verfehlt. Er wollte die Hauptschlagader in der Leiste treffen. Hätte er Erfolg gehabt, wäre Chris in weniger als zwei Minuten verblutet. Doch er hatte zu tief gestochen und Chris so nur eine Fleischwunde zugefügt.

Der Schmerz war wahnsinnig groß und die Wunde dadurch, dass Chris zurückgesprungen war, weit aufgerissen. Sie sah aus wie das weit aufgerissene Maul einer Muräne. Hautfetzen hingen herunter. Er blutete fürchterlich und blickte schockiert auf sein verwundetes Bein.

Da kam der Indianer auf ihn zugerannt. Gradag hob sein Beil und wollte Chris in die Seite schlagen, doch der schaffte es, den Hieb mit seinem Schwert abzuwehren. Chris sah, dass Gradag erneut mit dem Speer auf sein Bein stechen wollte und schwang es schnell zur Seite. Dadurch rutsche er vor seinem Angreifer aus. Gradag schlug ihm sofort mit der flachen Rückseite seiner Axt hart ins Gesicht.

Es war, als würde seine Nase explodieren. Tränen schossen ihm in die Augen, er sah nichts mehr, außer überall Blut. Von Schmerzen gequält sackte er zusammen und kniete sich hin. Sein Puls raste und Übelkeit stieg in ihm auf. Sein Schwert konnte er nicht mehr in seiner Hand fühlen, er suchte es, konnte es aber nicht mehr sehen. Sein Blick war verschwommen und alles um ihn herum schien sich zu drehen. Er hatte unglaubliche Schmerzen. Er hatte verloren.

Gradag blickte auf seinen geschlagenen Gegner. Dieser kniete wie ein Betender auf dem schmutzigen Boden der Tempelanlage. Die Wunde seines Beins blutete stark und tränkte den Sand um ihn herum in ein tiefes Braun. Gleich würde es vorbei sein. Gradag umkreiste sein Opfer, wie es ein Raubtier tat. Der schwarze Dämon würde über das Geschenk sehr zufrieden sein.

Gradag hatte etwas Abstand zwischen sich und Chris gebracht. Er stand nun ungefähr fünf Meter von seinem Gegner entfernt. Aus dieser Entfernung war sein Beil ein tödliches und zielsicheres Werkzeug. Selbst bei doppelter Entfernung und wenn sein Opfer in Bewegung war, traf er immer. Er fletschte seine Zähne, hob seine Waffe und schleuderte diese auf sein hilfloses Ziel. Sofort als er das Beil losließ, spürte er, dass sein Wurf treffen würde. In weniger als einer Sekunde würde seine Axt unwiderruflich in den Schädel des Auserwählten schlagen.

Bullogh hatte Lijangs Unaufmerksamkeit brutal ausgenutzt und sich von hinten an sie herangeschlichen. Sie hatte ihn nicht gesehen und so konnte er seine Breitaxt, ohne dass sie es merkte, erheben. Er wollte ihr gerade den tödlichen Schlag versetzten, als die junge Chinesin im letzten Moment auswich.

Lijang tat nun etwas, von dem man ihr während ihrer Ausbildung immer eingeprägt hatte, dass man es niemals tun dürfe. Doch es blieb ihr keine andere Wahl.

Sie sprang nicht von Bullogh weg, sondern direkt in seine massigen Arme. Sie landete unsanft an seiner breiten Brust und fiel vor seine Füße. Wäre sie nach hinten oder zur Seite gesprungen, hätte sie der Wikinger aufgrund seiner enormen Reichweite mit seiner Waffe treffen und mit einem Hieb töten können.

Jetzt war sie ihm im Nahkampf ausgeliefert. Der Hüne packte Lijang sofort an ihrem langen, schwarzen Zopf und hob sie an den Haaren hoch in die Luft, sodass sie den Boden unter ihren Füßen verlor. Lijang durchzuckte ein stechender Schmerz. Sie hatte das Gefühl, ihre Kopfhaut würde ihr abgerissen. Deshalb zog sie sich schnell mit beiden Händen an seinem Arm hoch. Sie strampelte wild mit den Füßen, doch sie fand keinen Halt. Bullogh hielt sie mit einer Hand am ausgestreckten Arm in der Luft, wie ein Kaninchen an den Ohren. Verzweifelt trat sie in seine Richtung, aber die Distanz war zu groß. Sie schlug mit ihren Händen auf seine Arme, doch der Riese schmunzelte nur. Sie kratzte ihm mit ihren Fingernägeln die Haut auf. Doch sie konnte den Schmerz auf ihrem Kopf nicht lange ertragen und hielt sich wieder fest. Die Welt drehte sich für Lijang.

Dann hob Bullogh mit seiner freien Hand die große Streitaxt und hielt sie Lijang vors Gesicht. Was jetzt kommen würde, konnte sie sich denken.

Da seine Waffe zu lang war, musste er Abstand zu seinem Opfer gewinnen, um sie direkt mit der Schneide treffen zu können. Er ließ Lijang fallen und trat einen Schritt zurück. Er machte den Versuch sie so treffen, als würde man mit einem Schläger einen Baseball wegschlagen.

Doch sie war vorbereitet, ließ sich der Länge nach auf den Boden fallen und machte sich ganz flach. Bulloghs Waffe verfehlte sie um Millimeter, einzelne Haarsträhnen wurden abgetrennt. Er fluchte.

Lijang blieb keine Zeit, denn schon hatte Bullogh sie wieder ergriffen. Doch dieses Mal packte er sie am Kragen und drehte sie ruckartig um. Augenblicklich trat Lijang ihrem Feind mitten ins Gesicht. Doch der Treffer erzielte keinerlei Wirkung. Es war genau so, als hätte sie gegen einen Felsen getreten. Bullogh ließ seine Axt fallen und packte sie mit beiden Händen an ihrem Hals. Seine massigen Finger umschlossen ihn und er begann, sie langsam zu erwürgen. Lijang erwartete, dass jeden Moment ihr Genick gebrochen würde. Sie bekam keine Luft mehr und lief schon blau an. Sie schlug ihm gegen sein Gesicht, auf seinen Kehlkopf, doch nichts brachte den Riesen dazu, seinen tödlichen Griff zu lockern.

Lijang sah nur noch schwarz, sie fing an zu krampfen. Sie unternahm ihren letzten Angriff. Sie spannte mit letzter Kraft zwei Finger zu einer Spitze. Dann schlug sie mit dem Mittel- und Zeigerfinger ihrer linken Hand dem Monster tief in eines seiner Augen. Dabei spürte sie, wie die Knochen ihrer Finger brachen. Doch sie schaffte es, den Schmerz zu ignorieren, und bohrte mit den Fingern in der weichen Masse seiner Augenhöhle. Bullogh schrie fürchterlich vor Schmerz auf und ließ Lijang sofort los. Dabei zog sie die Finger ruckartig zurück. Eine gelbe Substanz klebte an ihren Fingern, die jetzt schief an ihrer Hand hingen.

Lijang rollte sich zur Seite ab, weg von ihrem Feind. Dieser brüllte wie ein wildes Tier. Lijang atmete schwer, sie spürte, wie wieder Luft in ihre Lungen strömte. Sie war der Ohnmacht nahe, aber ein tiefer Instinkt in ihr hielt sie wach und gab ihr die Kraft sich aufzurichten. Mit wildem Blick suchte sie ihre Waffe. Sie erblickte sie zehn Meter von sich entfernt. Sie schaute zu Bullogh. Er stand hinter ihr, bückte sich und hob seine Axt auf. Mit einer Hand hielt er sein verwundetes Auge zu. Blut quoll durch seine dicken Finger.

Lijang rannte so schnell es ihr möglich war los. Sie wankte bei dem Versuch und fiel beinahe hin. Sie hörte, wie Bullogh ihr schreiend folgte. Seine wuchtigen Schritte polterten in ihrem Kopf. Sie lief schneller. Kurz vor ihrem Schwert spürte sie, dass der Hüne knapp hinter ihr war. Sie rutschte auf dem staubigen Boden die letzten Schritte und packte sich im Fallen ihr Schwert. Sie drehte sich um. Bullogh schlug zu. Lijang konnte den Schlag abwehren und lenkte die Streitaxt weg, sodass sie nicht die ganze Gewalt des Schlages abbekam. Sie rappelte sich auf und sprang ein paar Schritte weg von ihrem Gegner.

Jetzt hatte sich das Blatt zu ihren Gunsten gewendet. Die Tatsache, bewaffnet ihrem Gegner gegenüberzustehen, verlieh ihr neue Kraft.

Der Wikinger stand jetzt vor ihr und sah sie hasserfüllt an. Die Wut, die ihm ins Gesicht geschrieben stand, war die eines Wahnsinnigen. Er packte seine Streitaxt mit beiden Händen und hielt sie hoch über seinen Kopf. Er brüllte. Das zerstörte Auge baumelte an ein paar schnurähnlichen Fäden über seiner Brust. Blut strömte aus der leeren Augenhöhle. Der Riese lief schreiend auf Lijang zu und schlug in ihre Richtung.

Dieser ungeschützte Angriff bedeutete sein eigenes Todesurteil. Kurz bevor er Lijang erreicht hatte, duckte sie sich und drehte sich knapp an seinem Körper vorbei. Bulloghs Waffe kam nicht mal in ihre Nähe. Dabei schlitzte sie dem Monstrum den Bauch auf.

Der Wikinger strauchelte, konnte sich aber gerade noch abfangen. Er blickte auf seinen Bauch und sah, dass seine Eingeweide aus einer riesigen Wunde hingen. Ohne zu zögern lief Lijang auf ihn zu und rammte ihm ihr Schwert in die harte Brust. Sie traf das Herz. Bullogh fiel tot um. Lijang zog ihr Schwert wieder heraus. Die schwere Streitaxt lag neben ihrem alten Besitzer.

Mit dieser Waffe hatte Bullogh zahlreiche Taten vollbracht. Vor mehreren Hundert Jahren war er der Anführer eines kleinen Wikingerdorfes gewesen. Er hatte eine junge, hübsche Frau, die gerade ihr zweites Kind zur Welt gebracht hatte. Das erste, sein kleiner, fünfjähriger Sohn, war Bulloghs ganzer Stolz.

Sein Dorf lebte hauptsächlich von Raubzügen gegen andere Dörfer. Dafür segelten sie die Küste entlang. Eines Nachts kam es auf seinem Boot zur Meuterei. Er wurde zum Sterben auf ein paar Felsen mitten im Fjord ausgesetzt.

Wochenlang verharrte er dort, trank Regenwasser und aß Algen und tote Fische. Als er einmal träumte, hörte er eine Stimme. Sie nahm ihn mit auf eine Reise und zeigte ihm sein

Dorf. Der Anführer der Meuterei hatte Bulloghs Frau zu seiner Ehefrau genommen. Das Baby hatte er getötet.

In der Szene, die ihm die Stimme zeigte, saß der Verräter mit Bulloghs Sohn beim Angeln und hatte seinen Arm um dessen Schulter gelegt. Der Junge sah glücklich aus und lachte mit dem Mann. Bei diesem Anblick verfiel Bullogh in Raserei. Er sprach Schwüre und Flüche. Die Stimme machte ihm ein Angebot. Ohne zu überlegen nahm er es an.

Noch in der gleichen Nacht kehrte Bullogh mithilfe der Stimme in sein Dorf zurück. Alle schliefen.

Er ging in seine alte Hütte. Dort tötete er mit der Streitaxt erst den Verräter, dann seine Frau und seinen Sohn. Doch war sein Werk damit noch nicht am Ende. Alle im Dorf waren Verräter. Er machte sich an die Arbeit. Die Stimme sorgte dafür, dass ihn niemand aufhielt.

In jener Nacht schlug er mit seiner Streitaxt zu. Im Morgengrauen hatte er alle einhundertundfünfzig Bewohner im Schlaf getötet.

Bullogh hatte sprichwörtlich seine Seele dem Teufel verkauft. Sein Leiden endete Jahrhunderte später in der Tempelanlage von Nara.

Etwas traf Chris hart und er fiel zur Seite.

Er spürte einen neuen Schmerz an seinem Ohr. Es war, als hätte es ihm jemand abgeschnitten. Er blieb regungslos am Boden liegen. Sein ganzer Körper bebte vor Schmerzen. Er hatte das Gefühl, als ob sein Brustkorb eingedrückt würde. Er konnte kaum atmen. Durch seine mit Tränen und Blut gefüllten Augen konnte er nichts erkennen und auch seine Arme nicht bewegen. Etwas Schweres lag auf ihm. Er fühlte sich wie tief in der Erde eingegraben.

Dann ließ das Gefühl nach. Das, was auf ihm gelegen hatte, war aufgestanden. Er konnte seine Arme wieder bewegen. Er wischte sich die Augen so gut es ging frei. Dabei berührte er seine Nase. Der Schmerz war höllisch. Die Erinnerung an Gradags Schlag mit der Axt kehrte zurück. Panisch schaute er sich um.

Da sah er, dass der Bär, der aus seinem Medaillon entsprungen war, sich vor ihm aufgebaut hatte und schützend vor ihm stand. Chris verstand langsam, was passiert sein musste. Der Bär, sein Gefährte, hatte ihn umgeworfen und beschützte ihn vor dem Indianer. Dankbarkeit kam in ihm auf. Er versuchte aufzustehen. Seine Beine waren schwach und gehorchten ihm kaum. Er suchte nach seiner Waffe. Er fand sie einen Meter neben sich im Sand.

Gradag konnte es kaum fassen. Tausendstel Sekunden, bevor sein Tomahawk den Kopf des jungen Schwarzen getroffen hatte, war der Bär wie aus dem Nichts auf sein Opfer gesprungen und hatte es zur Seite gestoßen.

Gradags Waffe flog denkbar knapp an seinem Ziel vorbei. Nur ein Stück des rechten Ohres wurde dabei abgetrennt. Er fluchte und wollte sich sofort auf den Auserwählten stürzen. Aber das Ungetüm von Bär hatte sich schützend vor dem Jungen aufgestellt. Die Regeln des Spiels verboten einen direkten Kampf zwischen ihnen. Die Gefährten besaßen einen eigenen Schutz, den er nicht überwinden konnte. Gradag sah keine Chance, zu seinem Gegner zu gelangen, auch der Weg zu seinem Tomahawk war versperrt. Unruhe kam in ihm auf.

Er musste so schnell wie möglich zuschlagen. Nur mit seinem Speer dürfte er gegen den Auserwählten kaum Chancen besitzen, dafür ging dieser viel zu geschickt mit seinem Schwert um.

Er hoffte, dass die Verletzungen des Schwarzen stark genug waren. Er war wütend auf sich, weil er seine Gelegenheit nicht genutzt hatte. Nervosität quälte ihn. Doch leider konnte er jetzt nur warten.

Chris' Körper war ein einziges Meer aus Schmerz und Qual. Die tiefe Wunde an seinem Oberschenkel, sein gebrochenes Nasenbein und das zum Teil abgetrennte Ohr brachten ihn kurz vor eine Ohnmacht. Er hatte sein Schwert aufgehoben und hielt es nun mit den letzten Kraftreserven in seiner Hand. Sein geschundener Körper war schlaff vor Erschöpfung und Müdigkeit machte sich in ihm breit. Doch etwas in ihm trieb ihn noch voran. Sein Überlebensdrang zwang ihn, wach zu bleiben und weiter zu kämpfen.

Der Indianer stand etwa zehn Meter von ihm entfernt. Er hatte seine Axt nicht mehr in der Hand. Chris wusste nicht, wo sie war. Aber die Tatsache, dass sein Gegner nicht mehr mit ihr bewaffnet war, gab ihm neuen Mut. Sein Gefährte, der große Bär, stand aufgerichtet da und brüllte Gradag mit ohrenbetäubendem Lärm an.

Er beschützte Chris. Und Chris empfand eine tiefe Verbundenheit mit ihm. Alles, was er noch an Stärke in sich spürte, sammelte er. Trotz seiner Qualen schaffte er es, sich kampfbereit zu machen.

Er sah zu Gradag hinüber und sah in den Augen des Indianers etwas, das er zuerst nicht glauben konnte. Es war Furcht, Furcht vor ihm.

Chris fasste neuen Mut und ging auf Gradag zu. Er musste das verletzte Bein nachziehen und konnte es nicht richtig belasten. Der Bär wich zur Seite, als Chris an ihm vorbeihumpelte. Wärme und Zuspruch gingen von seinem Gefährten aus. Seine Schritte wurden wieder sicherer. Chris wusste, dass er für einen langen Kampf nicht genügen Kraft besitzen würde. Er rief sich die Parade aus dem ersten Gefecht in Erinnerung und fand, wonach er gesucht hatte. Gradag hatte zur Abwehr immer dieselbe Schlagkombination benutzt, wobei seine Axt die Hauptarbeit leistete. Chris' Plan war denkbar einfach: Zerstöre seinen Schutz. Dann töte ihn.

Gradag hatte seine Abwehrhaltung eingenommen und erwartete den Angriff. Dieses Mal hielt er allerdings nur seinen Speer in beiden Händen.

Chris zielte wie schon bei ihrem ersten Schlagabtausch auf Gradags Kopf, zog jedoch sein Schwert im letzten Augenblick nach unten und halbierte somit den Speer. Er holte erneut aus und setzte den nächsten Angriff in die gleiche Richtung. Er traf die Hälfte des Speeres, an der der Griff war, und trennte ein weiteres Stück ab. Gradags Waffe war somit auf die Größe zweier langer Messer geschrumpft. Den Griff in der einen, die Speerspitze in der anderen Hand startete Gradag seinen letzten

Angriff. Er sprang auf Chris zu, doch dieser wich zur Seite aus. Gradag stach mit der Speerspitze auf das verletzte Bein ein, traf aber nur den Stoff der zerfetzten Hose.

Gradag stolperte an ihm vorbei. Chris holte aus und schlug so fest er konnte die schwere, große Klinge dem Indianer auf den Rücken. Sein Schwert rammte sich tief in das Fleisch seines Feindes. Mit einem Hieb hatte er die Wirbelsäule durchtrennt. Die Rückenwirbel lagen frei, Gradag fiel tot zu Boden.

Chris hatte gewonnen. Er schaute auf den zerstückelten Körper seines Feindes. Erschöpfung und Müdigkeit kamen zurück. Die Schmerzen, die er während des Kampfes nur noch unwesentlich gespürt hatte, machten ihm wieder zu schaffen. Er fühlte sich wie ein leerer Wasserschlauch. Alle Kräfte waren fort. Er hatte das Gefühl, jeder Windhauch könne ihn umblasen. Seine Blicke suchten seinen Gefährten, doch er war alleine. Niemand war zu sehen außer dem Leichnam des getöteten Indianers. Chris stolperte, ohne zu wissen warum, auf den Turm zu. Der Eingang stand weit offen. Benommen vor Erschöpfung und Schmerzen wankte er hinein.

Einzelheiten nahm er nicht mehr wahr. Die Person, die in der Ecke stand, sah er nicht. Dunkelheit breitete sich in seinem Kopf aus. Er hatte zu viel Blut verloren und dachte, dass Gradag ihn letztendlich doch getötet hatte. Verschwommen sah er vor sich ein Regal, in dem viele Krüge aus Ton standen. Erinnerungen an das Spiel kamen zurück. Nachdem er Gradag besiegt hatte, durfte er sich einen der Krüge nehmen. Den Sinn erkannte er nicht mehr. Sein Geist wurde immer schwächer, er konnte keinen klaren Gedanken mehr fassen.

Die Wunden schmerzten von Sekunde zu Sekunde mehr, die Verletzungen waren einfach zu groß. Er hielt es kaum noch aus. Es ging zu Ende, die Müdigkeit wurde stärker und zog ihn in ein tiefes, dunkles Loch. Ohne zu wissen, was er tat, griff er nach einem der Krüge. Doch kurz bevor er ihn an sich nehmen konnte, spürte er das gleiche, brennende Gefühl, das er erlebte hatte, bevor er seinen Gefährten entfesselt hatte.

Der Bär wollte, dass Chris ein bestimmtes Gefäß auswählte. Was er als Nächstes tat, bekam er nicht mehr mit. Er ergriff eines der Gefäße, das ziemlich weit oben stand, und trank den Inhalt aus. Dann nahm die Ohnmacht überhand und Chris brach bewusstlos zusammen.

Er lag alleine, völlig regungslos, auf dem Boden des Padoges, des Turms des Naratempels. Sein Herzschlag verlangsamte sich fast bis zum endgültigen Stillstand.

Dann geschah etwas mit ihm. Die Wunden an seinem Bein verschlossen sich wie durch Zauberhand von alleine. Ebenso heilte die Verletzung in seinem Gesicht ab. Sein Herzschlag pochte von einem Moment zum anderen wieder kräftig und regelmäßig. Das alles spürte er nicht. Er blieb weitere achtzehn Stunden in seiner tiefen Bewusstlosigkeit.

Die Person in der Ecke beobachtete ihn, es war ein Pallas.

Der Krug, den Chris ergriffen hatte und zu dessen Wahl ihn sein Gefährte gedrängt hatte, enthielt etwas, was ihm das Leben gerettet hatte.

Der Krug enthielt Heilung.

Lijang stand vor der Wahl. Sie war, nachdem sie Bullogh getötet hatte, in das Kundo gegangen. Dort, wusste sie, stand ihre Belohnung für das Überstehen der ersten Hürde. Ein Pallas hatte sie zu ihrem Preis geführt. Der Pallas war eine unscheinbare Frau mit kurzen, braunen Haaren. Sie hatte keine Bedeutung für Lijang.

Der Raum, in dem sie stand, war durch Kerzen erhellt. Sie schaute auf ein großes Regal aus Holz. Lijang hatte Schmerzen, ihre Kopfhaut fühlte sich wie verbrannt an. Zwei Finger der linken Hand waren verkrüppelt. Doch sie ignorierte den Schmerz und konzentrierte sich auf die Tonkrüge vor ihr. Sie zählte mindestens fünfzig Stück, die unregelmäßig verteilt in dem Regal standen.

Sie sahen alle gleich aus, aber in jedem steckte etwas anderes. Lijang wusste, wonach sie suchte. Sie blickte von Gefäß zu Gefäß. Dann entdeckte sie, wonach sie gesucht hatte. Durch den Kampf mit Bullogh hatte sie gelernt, dass Geschick und Schnelligkeit allein nicht genügten. Es gab etwas, das ihr fehlte. Und das befand sich in dem Krug, den sie in diesem Moment aus dem Regal nahm. Sie trank den Inhalt in großen Zügen leer. Es war eine klare Flüssigkeit. Die Wirkung spürte sie sofort. Lijang verließ das Gebäude mit hasserfülltem Blick, in ihrem Herzen schwelte ein Brand. Noch mal würde sie nicht versagen.

Als sie das Kundo verließ, sah sie nicht, dass sich auf ihrem Schwert ein goldener, kleiner Kreis gebildet hatte, er hatte die Größe eines Auges. Lijang hatte sich verändert, sie fühlte sich für die nächste Aufgabe bereit.

Der Krug enthielt Kraft.

Jacks Augen wanderten von einem Behälter zum nächsten. Er hatte als Erster seine Aufgabe erfüllt. Der Pallas der ersten Hürde hatte ihn empfangen. Das Gefühl, die erste Hürde mit einer solchen Leichtigkeit überstanden zu haben, gab ihm zusätzlichen Antrieb. Er fragte sich, ob es den anderen beiden genauso ergangen war. Nachdem er beobachtet hatte, wie Lijang die Djagahs getötet hatte, hatte er nichts mehr von den anderen erblickt. Auch von seinem Gefährten war nichts mehr zu sehen.

Die Belohnung für seinen Erfolg stand direkt vor ihm, er genoss den Augenblick und staunte über das, was er dort sah. Der Pallas stand in einer der Ecken des Raumes und beobachtete ihn.

Es standen sehr viele dieser Krüge auf den Brettern des Regals. Er konnte sich kaum entscheiden. Nachdem er herausgefunden hatte, um was es sich dabei handelte, verwandelte sich seine Neugier in echte Verzückung. Er wusste, dass er nur eines der Gefäße wählen durfte, und traf seine Wahl mit Bedacht. Es war erstaunlich, er brauchte sich nur auf einen der Behälter zu konzentrieren und schon spürte er dessen Inhalt. Die Flüssigkeiten in den Gefäßen waren Eigenschaften, die man sich aneignen konnte.

Glück, Schnelligkeit, Vertrauen, Dunkelheit, Kraft, Ausdauer und noch viele andere. Er war fasziniert. Dann, nach langem Überlegen, hatte er seine Wahl getroffen. Er nahm den entsprechenden Krug und trank die Flüssigkeit aus. Das, was er ausgewählt hatte, breitete sich schnell in ihm aus. Sofort wusste er, dass er die richtige Entscheidung getroffen hatte. Der Krug enthielt etwas, das ihm für die bevorstehenden Aufgaben sehr nützlich sein würde.

Der Autor

Lars Szuka, geboren 1972 in Celle (Niedersachsen), wuchs in Dormagen-Zons, NRW, auf. Seit drei Jahren lebt er mit seiner Ehefrau Daniela und ihren gemeinsamen Söhnen Kai, acht Jahre alt, und Tim, fünf Jahre alt, in Neuss-Allerheiligen (NRW). Nach einer Ausbildung zum Chemikant absolvierte er eine dreieinhalbjährige Weiterbildung zum Industriemeister der Chemie. Anschließend folgte eine dreijährige Fortbildung zum Chemietechniker. Zurzeit arbeitet der Autor als Betriebsingenieur im Umweltschutz bei der Currenta GmbH.

novum EIN HERZ FÜR AUTOREN

Der Verlag

Der im österreichischen Neckenmarkt beheimatete, einzigartige und mehrfach prämierte Verlag konzentriert sich speziell auf die Gruppe der Erstautoren.
Die Bücher bilden ein breites Spektrum der aktuellen Literaturszene ab und werden in den Ländern Deutschland, Österreich, Schweiz und Ungarn publiziert.
Das Verlagsprogramm steht für aktuelle Entwicklungen am Buchmarkt und spricht breite Leserschichten an.
Jedes Buch und jeder Autor werden herzlich von den Verlagsmitarbeitern betreut und entwickelt.
Mit der Reihe „Schüler gestalten selbst ihr Buch" betreibt der Verlag eine erfolgreiche Lese- und Schreibförderung.

Manuskripte herzlich willkommen!

novum publishing gmbh
Rathausgasse 73 · A-7311 Neckenmarkt
Tel: +43 2610 43111 · Fax: +43 2610 43111 28
Internet: office@novumpro.com · www.novumpro.com

AUSTRIA · GERMANY · SWITZERLAND · HUNGARY